夜を待ちながら

北方 謙三

幻冬舎文庫

夜を待ちながら

目次

第一章　浜田流

1

フライド・チキンが好きだ、というわけではなかった。

眼醒めて起き出し、すぐに油を火にかける。そして昨夜仕込んだものを、手早く揚げる。油の音が、なんとなく好きなのだった。

外は、まだ暗い。この季節は、夜明けが六時近くだろうか。ずいぶんと肌寒くもなっていた。

フライド・チキンの油を切ると、浜田はアルミホイルを敷いた二つの容器に、それを詰めた。容器には余裕があり、そこに厚焼きの卵と佃煮を詰めた。小さなパックになった、ソースとケチャップも添える。それに、プチトマトを二つ。

夏子は、料理の汁が、ほかの料理や飯にしみこむのを、極端にいやがった。だから、アルミホイルはかなり厳重にそれぞれの料理を包みこんでいる。

炊飯器の蓋を開けた。湯気が、一瞬浜田の眼鏡を曇らせる。ただガラスが入っただけの眼鏡だから、取ってもなんの支障もないが、曇りが消えるまで、浜田は湯気から顔をそらして待っていた。

二人分の、弁当。作りはじめてから、四年になる。その間に、夏子は小学生から中学生になった。小学校から高校まで続いている私立の学校だから、特に入試の心配などということも、浜田はしなかった。

弁当を包み終えると、浜田はコーヒーメーカーのスイッチを入れ、パンを焼いた。トーストとツナサラダ。それに二杯のコーヒー。それが、仕事に出る時の浜田の朝食だった。夏子は、浜田が出たあとに、起きてきて朝食をとる。メニューは夏子の希望で、サラダの種類だけが、日によって変る。そして、マーマレイドを、いつも欠かさない。

食事を終えると、浜田は煙草を一本喫い、ワイシャツの上にジャケットをひっかけて、部屋を出た。八階建のマンションの、五階である。二LDKで、浜田の持物だった。夏子と、ひと部屋ずつ分け合っている。

外は、まだ暗かった。玄関から駐車場まで、五十メートルほどのものだった。寒い季節になっても、浜田はほとんどコートなどは着ない。せいぜいジャケットを革ジャンパーに替えるぐらいだ。

七万キロ走った車だった。こいつが新車だったころは、仕事で乗る車も三速コラムシフトだった。いまでは、仕事はオートマチックの車になっている。こいつだけが、五速のフロアシフトのままだった。

　エンジンをかけ、すぐに車を出した。

　夜明け前の、車が一番少ない時間帯だ。十分かかるかどうかという程度で、いつも到着する。道路工事などをやっていても、ほとんど影響はない。

　会社に着くと、浜田はロッカールームでジャケットを毛糸のベストに着替え、すぐに車のところへ行った。洗車は済んでいたが、完全に拭き取ってはいない。ボディの下の方は、水滴がいくらか残っていた。

　改めて拭くほどのものではないと判断して、浜田は運転席に座り、エンジンをかけた。燃料計だけチェックする。それから、シートベルトストッパーをつけた。なんであろうと、締めつけてくるものは好きではない。

「おい、あさって空いてないか？」

　車のそばを通りかかった岩崎が、サイドウインドーのガラスをノックして言った。

「生憎《あいにく》だな」

「アマダイが釣れはじめてるって話だぜ」

　岩崎は、釣り仲間だった。もっとも、付き合うのは、三度に一度ぐらいだった。乗り合いの遊漁船での釣りが、浜田はあまり好きではない。貸ボートを借り、湾内の静かなところでやる釣りの方が、好みに合っているのだ。

「アマダイも、ほんとに旨くなるのは、年が明けてからだろう」

「まあそうだが、船宿から電話があったんだ。先週の日曜に、七、八本あげたやつがいるらしいんだな」

タクシードライバーの休日は、日曜と決まっているわけではない。ウィークデーは当然客が少ない船宿にとって、タクシードライバーは上客なのだろう。だから、特別に情報なども知らせてくる。

「とにかく、俺は用事が詰まってる」

「三人客がいれば、船を出すと言ってるんだがな。ひとりは、もういるそうだ」

「ほかを当たってくれ」

岩崎は、露骨に舌打ちした。

いつものように浜田は車を出し、駅前へ行った。すでに、四台が前に並んでいた。

浜田のいるタクシー会社は、この駅と次の駅の、構内の権利を持っていた。つまり構内タクシーというやつで、タクシー乗場の前で客を待って並ぶのだ。勿論、適当に街を流して客を拾っても構わない。

浜田は、一日の最初の客は、駅で乗せることに決めていた。

タクシードライバーになって、十三年が経とうとしている。十三年前、浜田は二十五歳で、ある意図のもとに、この商売を選んだのだ。いまでは、会社で最古参のドライバーになっている。

極端にいい成績でも、悪い成績でもなかった。五十台のタクシーがいて、ドライバーは百三十人に達するが、いつも二十位から三十位の間の売上げだった。

最初の客は、若い女だった。国立病院までで、看護婦らしい。メーターは二度ほどしかあがらないが、うまくすると病院で客を拾える可能性はある。そんなことが、特に頭を回転させなくても、躰でわかるようになっていた。

客とは、話しかけられないかぎり、あまり喋らない。行先を復唱するだけである。

すぐに、国立病院に着いた。浜田は通用門のところで女を降ろしても、しばらく愚図愚図していた。すぐに、夜勤明けの医者らしい若い男が飛びこんできた。病院からの客には、やはり権利を持っている構内タクシーがいて、ほかの会社の車は客を乗せないという取り決めになっていた。ただ、電話で呼ばれたのなら、それは仕方がないのだ。通用門の前にいるということは、電話で呼ばれたという恰好を作ることができる。

この程度の悪知恵は働かせたが、これ以上あくどく客を集めるということは、しなかった。つまり、誰もがやっている程度だ。

午前中に、長距離が二つ入った。千円程度の客を二十人ばかり乗せているので、悪い日ではなかった。

昼食をとる場所は、三つほど決めている。弁当だからどこでもいいようなものだが、自然とそうなった。

公園のベンチで弁当を食べながら、浜田はおかずのレパートリーを思い浮かべた。牛肉を甘辛く煮こんだもの、塩鮭、豚の生姜焼き、コロッケ、エビフライ、ハンバーグ。メインのおかずだけでも、あと五、六品は作れる。それは弁当のおかずということで、夕食のメニューになると、もっと豊富だった。各種のカレーやシチュー、魚の料理などは、時に応じたバリエーションがあった。自分で釣ってきたものは、どんなふうにも料理をする。

缶入りの緑茶で、浜田は弁当を終えた。茶は、夏でも熱いものを買う。

煙草を二本喫う間、浜田はベンチでぼんやりとしていた。生活。仕事も含めた、生活。平穏なものだった。なにかが毀《こわ》れていくという感じは、どこにもない。

ただ、浜田の躰の中で、おかしなものが疼《うず》いていた。それは古い傷のようでもあり、筋肉が刺激を欲しがっている感じにも似ていた。

タクシードライバーには、連休が多い。一日出て、翌日が明けになり、次の日にまた出るというのは、月に四回もない。明けの翌日が休みということが多く、二日続く休みも三回は取れる。休みの時は、躰を動かした。家事を済ませると、走る。多少の、ウェイトトレーニングもやる。それでも余った時間で、釣りに出た。オールを漕いで、かなり沖まで出る。錨《いかり》のロープを別に持参するので、水深三、四十メートルのところでも、平気で錨泊した。それぐらいの深さになると、かなりの種類の魚が狙える。

最近では、船外機付きの四メートルのボートを、一時間千円で貸してくれる漁師とも知り合いになった。それだと、波がないかぎりかなり沖まで出ることができて、トローリングさえも不可能ではないのだ。月に三度は、その船を借りていた。

車に乗ると、午後の仕事をはじめた。

街の中を流すというやり方を、浜田はあまりやらない。雨が降りはじめた夕方とか、月末の忙しい時だけ、そうやって客を拾う。それ以外は、決めた十数カ所の場所で車を停め、客の方が寄ってくるのを待つのだ。どこかまで走って客を降ろし、決めた場所の一カ所にむかおうとしている時に、客を拾うことはしばしばあった。

堅実なやり方、と言っていい。客の拾い方に、自分の性格が出ているのだ、と浜田は思っていた。やり方だけは、どんな時でも堅実なのだ。なにをやるかということについては、およそ堅実という言葉とは、これまではかけ離れていた。

夕方に、一度休みを取る。その時の気分次第で、コーヒーを飲んだり、車の中で煙草を喫っていたりする。午後、一時間の休憩を取らなければならないと規則で決まっていて、会社でも一応はそれを監視している。車に積んである発信機で、いまどこにいるかはわかってしまうのだ。

会社が、浜田の仕事のやり方に関して、文句を言うことは一切なかった。それだけの実績を示してきたのだ。歩合給だからと、やたらに頑張る連中は、二、三年で疲れが出て、怠惰なドライバーに変身していく。あるいは、躰を毀すかだ。

会社にとっては、浜田は最も計算しやすいドライバーのひとりのはずだった。ボーナスの査定も悪くない。

いつものように、午後が過ぎていった。

海のそばを、二度通った。夜釣りに出る漁船が、準備をしているのを、浜田は眼の端で捉えた。このあたりの漁港は、遊漁船は少ないはずだった。タチウオでも狙って、出漁するのかもしれない。

東京までの客が、ひとり乗った。往復で二時間程度はかかる。帰りがほとんど空車であることが、長距離の欠点と言えた。帰りに客を拾えるのは、稀れな幸運と言っていい。客自体はいるのだが、湘南方面でないかぎり、断るしかないのだ。

渋谷に到着したのは、夜九時過ぎだった。浜田はラーメンを食い、車に戻った。男がひとり、車のそばに立っている。

「湘南方面なんだけどね、運転手さん。ナンバーを見て、あっちの車だから戻ってくるのを待ってたんだ」

幸運は、時々起きる。客は、行先の住所しかわかっていなかった。メモを見せられただけで、浜田にはそれがどこだかわかった。

「安心したよ。どうも、わかりにくい場所らしいんだ」

「海のそばは、意外に狭い道が入りくんでいますからね。だけど、大丈夫です。私の地元のようなものですから」

しばらくすると、男は眠りはじめた。お喋りな男ではないようだ。

東京との往復を実車でこなしたので、売上げは二万近くいつもより多かった。

帰庫したのは二時半で、浜田は手早く車を洗い、乾いた布で拭きとった。そのころになって、ほかの車も戻りはじめた。

洗車を、スタンドに置いてあるような、自動洗車機でできないか、という声がドライバーたちからあがっていた。会社は、拒絶している。ドライバーが、車に愛情を持たなくなるからという、もっともらしい理由を並べていた。要するに、自動洗車機の費用を惜しんでいるのだが、仕事が終ってからの洗車を、浜田は嫌いではなかった。一日の終りの儀式という感じがする。

二時から四時過ぎまでに、ほとんどの車は帰庫してくる。そして五時と六時の二つに分けて、また別のドライバーが乗るのだ。

タクシーが、何十万キロも保《も》つのは、完全にエンジンを冷やしてしまわないからだ、という説を聞いたことがある。ほんとうのことだ、と浜田は思っていた。この十三年間、六十万キロ近くを、ほとんど故障なしで走る車を、何台も見てきたのだ。

部屋へ戻ったのも、まだ暗い時間だった。

浜田は、あまり音をたてないようにシャワーを使い、ビールを飲んだ。浴室には赤と青のランドリーバッグがあり、浜田が使っているのは青だった。

夏子との取り決めで、それぞれの洗濯物は自分で洗うことになっている。夏子に生理が訪れたころ、浜田の方からそれを提案した。夏子はなにも言わなかったが、ランドリーバッグを置くと、赤い方を自分で使いはじめた。

夏子の初潮は、小学六年になったばかりのころで、学校で教えられていたのか、本人はそれほど慌ててはいなかった。むしろ、いつ来るかと怯えるような気持で待っていたのは、浜田の方だったのだ。

生理、来たよ。夏子は、浜田に友だちでも紹介するように、そう言ったのだった。

ビールを、オン・ザ・ロックスのウイスキーに替えた。二杯飲んだあたりで、浜田は大抵眠くなる。

リビングの明りを消し、グラスを持って浜田は自分の部屋に入った。

2

酒を飲むのは、横浜が多かった。

山下町に、十五年以上馴染んだ店がある。十五年前は黒々としていた、マスターの木暮の髪が、白くなり、そして少なくなった。十五年間に変ったことといえば、それぐらいのものだ。街そのものは、十五年間でずいぶんと変った。『サイクロン』のある一角だけが、変化を拒絶するように変らない。

入ってきたのが浜田だと認めると、木暮はちょっと頷いただけで、いらっしゃいませも言わなかった。カウンターと、ブースが二つの小さな店である。女の子が二人というのも、昔から変らない。

「非番か?」

「いや、明けさ」

浜田が言うと、木暮は頷いてボトルを出した。ありふれたバーボンである。酒は、昔からこいつだった。

「ひと月ぶりってとこか」

「そうだね」

浜田は、月に三回ほどは、ここで飲んでいる。しばらく足をむけなかったのは、釣りに行った日が多かったからだ。

「そんな服を、着ることがあるのか?」

上も下も、黒だった。ブルゾンの裏地まで、黒である。

「似合わないかな」

「いや、似合いすぎだね。タクシー運転手には見えないよ。なんかこう、肩で風を切っている商売ってとこだな」

「肩で、風か」

木暮は、あまり愛想はないが、善良な男だった。どんなことのあとに、浜田がここで酒を飲んでいたかも、知らない。

バーボン・ソーダが、カウンターに置かれた。特に註文しないかぎりは、こいつと決まっている。

夏子を家に残して、出歩くのもめずらしくなかった。家事を、きちんとやる。約束できるのは、それだけだと夏子には言ってある。学校の父兄会などには、できるだけ都合をつけて出るようにする。やりたいことがあれば、ひと月前に話し合いをする。あとは、お互いに勝手にやるという取り決めは、小学生だった夏子には酷だったかもしれない。

しかし、無理はしたくなかった。どうせ、月のうち十一日間は、夜中も家をあけなければならない。

買弁といって、弁当を学校の購買部で買うのは、明けの日だけだ。それ以外は、浜田が必ず作る。最近では、冷蔵庫に材料さえ入れておけば、夏子は自分で弁当を作って学校へ行くこともあった。そういう時は、昼食にしろといって、浜田の分も作ってある。

夏子がなにをやろうと、干渉もしなかった。門限を、七時と決めてあるだけだ。決して守らなければならない門限ではない。遅れる時は、自宅であろうと浜田の携帯であろうと、必ず電話を入れる。それだけでいい。

浜田は、夏子をひとりの女として扱っていた。リビングには買物帳が置いてあり、必要とするものはそれに書いておく。掃除の時以外は、決して部屋に入らない。掃除だけは、夏子は言ってもやろうとしない。どこかで甘えたがっているのだ、と浜田は思っている。あるいは、父娘であることを、それで確認しようとしているのかもしれない。

カレンダーには、出勤の日に丸が打ってある。それ以外は明けか休みで、それを動かさなければならないことを、夏子に頼まれたことはなかった。父兄会も、担任の個人面談も、明けか休みの日になっている。出勤日に行われるものについては、夏子は浜田に知らせていなかった。それは、夏休みのあとの個人面談でわかったことだが、浜田は気づかないふりをしていた。浜田が気を遣っているように、夏子も浜田に気を遣っている。それは、大人になってきたということでもあった。

よそよそしい父娘関係でもない。部活はバスケットボールだが、夏の神奈川県大会には、頼まれて浜田は夏子を車に乗せて送った。観戦もし、帰りには外で食事をしてきた。そんなこともあるのだ。

「最近は、釣りかね？」

日焼けしている。確かに、釣りに出た日は多かった。木暮は、釣りに関心を持ってはいない。競馬に入れこんでいるだけだ。

「自慢できるようなものは、釣れちゃいないな」

「それなら、魚屋で買えばいい、と俺は思うがね」

「競馬だって、自分で馬に乗って走ればいいのに、と俺は思うよ。あんなに熱くなるぐらいなら、そうした方がいい」

「お互いの趣味を、馬鹿にしてもはじまらんか。趣味なんだから」

「あんた、時々馬鹿にするよ」

「そうかな。気づかなかった」

店の中には、客が四人いるだけだった。二人の女の子は、その席についている。軽い、ジャズのBGMが流れていた。テープデッキだったものが、CDプレイヤーに変ったのは何年前だったのか。よく見ると、この店にも新しくなったものはある。

「酒とマスターだけか」

「なにが？」

「この店で、新しくなっていないもの」

グラス類も、ある時全部取り替えられた。壁のリトグラフもそうだ。

「変ってないといえば、なにひとつ変ってはいないね」

「変ったといえば、みんな変ったか」

「まったくだ。まだ小僧だった、浜田は。昔から、変に大人びてはいたが」

「あんたは、爺さんと呼んでもいいようになったよ」

「だろうな」

「文句はないのか？」

「ないな。俺も、もうすぐ五十に手が届く」

浜田より、ちょうど十歳年長だった。十年経てば、自分が老人と呼ばれる。そう言ったようなものだった。

木暮が、新しいバーボン・ソーダを作った。

ほかの四人の客は大人しくて、BGMだけが妙に耳についた。

「なにか、今夜はおかしいな、浜田は」

「どこが？」

「けものの匂いがする。服装がそうだとかいうんじゃなく、躰の内側からその匂いを出してるね。ここ何年か、なかったことだ」

「何年か前には、俺はけものの匂いをさせてたってことかい？」

「時々だがな」

けものだった。それも、鋭利すぎるほどの牙を持った、兇暴なけものだった。心の中の檻に、それは閉じこめてしまっているはずだ。

「俺は、ちょっと酔いたいだけだよ、マスター。つまらん話はしたくない」

「そうだろうさ。うちは、いつでもそういう店だったよ」

一杯飲め、と浜田は合図を送った。左手の親指を立てるのがそうだ。木暮は、ショットグラスになみなみとバーボンを注ぎ、ひと息で飲み干した。

「酒の飲み方が、五十近くになって、ようやくサマになってきた。そう思った時は、肝臓がくたびれちまっていた」

「くたびれてるんじゃなく、毀れてるんじゃないか、あんたのは」

ひと月半の入院生活を送ったのは、二年ほど前のことだ。それから、アルコールの量は厳しく制限されているはずだった。

「浜田の飲み方は、いつまでも変らんね」

昔と同じような、酒の飲み方。つまり浜田は、なにひとつ自分のやり方を変えようとはしない。タクシードライバーとしての、客の漁り方でさえそうだ。

「しかし、浜田が黒ずくめの恰好とはな。しかも、似合いすぎているんで、妙な気分になっちまう。おかしなもんだよな。三十ちょっとにしか見えないし」

こういう恰好で、『サイクロン』に来たのは、考えてみればはじめてだった。黒ずくめの身なりの時は、眼鏡もしていなかったし、飲む場所も違った。

三杯目を、木暮が作った。

新しい客が二人入ってきて、空いている方のブースに腰を落ち着けた。木暮のキャラクターと、しばしば入れ替る女の子たちは、それなりに客を集めているらしい。

自分はどうしてしまったのか、と浜田は考えはじめた。どこかで、なにかが変ろうとしている。それは錯覚で、もともと持っていたものが無視できないほど表面に出てきただけだ、という気もする。また、出てきたのだ。つまりそれが自分の本質で、それを出さないために、生活から仕事まで、なにひとつ変えずにやってきたのかもしれない。

どうでもよかった。心がむいてしまう、方向というやつがある。そちらにむいてしまうと、もうほかのものなど見えないのだ。

煙草を、一本喫った。それから、三杯目のバーボン・ソーダを飲み干した。勘定をカウンターに置き、スツールを降りた。

「帰るのか？」

「もうひとつ、用事があるんでね」

「うちの女の子たちが、浜田に見えないと言ってるぜ。眼鏡さえなけりゃ、完全に別の人間だってな。ちょっと苦み走っていて、見つめられるとクラッときそうだってな」

浜田は、口もとだけで笑い返した。眼鏡はただのガラスで、度など入っていない。

「もてるだろう。そろそろ、再婚したっていいころだぜ」

「よせよ」

「夏子ちゃんが、問題なのか？」

「関係ない。その気がないだけさ」

浜田は軽く左手を振り、店のドアを押した。

外は、さらに肌寒くなっていた。山下町から、関内にむけてしばらく歩いた。午後十時。人の姿は、まだ少なくない。

道はわかっていた。路地を辿る。その間に、浜田は眼鏡をレイバンのサングラスに替えた。十分ほど歩き、路地の出口で立ち止まる。四階建の古い小さなビル。二階には、まだ明りがあった。

十分ほど待った時、その明りも消えた。

黒い革の手袋を、浜田は素速くつけた。なにか蘇える。そう思ったが、なにもなかった。ただ、躰だけが動いている。

茶のジャケットを着た柳田が、仏頂面をして出てきた。浜田は、路地を出て歩きはじめた。

横浜への客を拾うことは、それほどめずらしくもない。そのたびに、この事務所の前を通り、柳田が何時まで勤務しているか、調べあげていた。火曜と木曜が夜の十時半まで。あとは、夜中の一時や二時になったりする。

木曜日だった。調べた通りの時間に、柳田は出てきた。

浜田は足を速めると、柳田を追い抜こうとした。肩が並んだ時、腕を摑んで路地に引きこんだ。

「なんだっ」

声が、途中で切れた。首筋に肘を打ちこんだのだ。崩れかけた柳田の躰を、髪を摑んで引き起こす。腹と顔に、続けざまに五発叩きこんだ。全部、体重を載せたパンチだ。

腰が抜けかけた柳田の躰を、もう一度引き起こし、力まかせに背中を蹴りつけた。首が後ろに反り、それから壁にぶつかって柳田は崩れた。髪を摑み、首をひねり、三度路面に額を叩きつける。

殺さない程度に。そう自制する余裕はあった。柳田は白眼をむき、完全に気を失ったようだ。頸椎を、かなり傷めているだろう。

浜田は手袋を取りながら路地を出、レイバンを眼鏡にかけ替えた。煙草をくわえ、火をつける。いくらか呼吸が乱れているが、歩いているうちにそれは収《おさま》った。

柳田は、二十日ほど前の客だった。

交差点で、信号無視の車を避けるために、浜田は急ブレーキを踏んだ。柳田が、大袈裟にバックシートに転がった。それから首を押さえて躰を起こすと、すぐに携帯で警察を呼んだ。

事故ではなかったので、警官の事情聴取もお座なりなものだった。運転手さんは、まったく悪くない。だが、俺の首は痛い。柳田は、ただそう言い続け、警官も最後は笑い出してしまうほどだった。

結局、話し合いで済ませろということになり、警官は立ち去った。

翌日、診断書を持った柳田が会社に現われ、治療費と休業補償を要求してきたのだ。運転手さんは悪くない。だが俺の首は痛い。柳田が会社で言ったのも、それだけだった。当たりやまがいの質《たち》の悪さだ、と会社の弁護士も呆れていた。首が痛いということと、急ブレーキに因果関係があると言い張っているのだが、それは柳田の痛みだけが根拠になっていた。柳田の要求した金は百二十万円で、それは最初から変らなかった。

呆れていた弁護士も、最後は怒りはじめ、裁判に持ちこむ気になったようだ。なにしろこの二十日の間、毎日三度は電話をしてくるし、関係機関に訴えたりもしている。嫌がらせを続け、こちらが根負けするのを待って、金を取ろうという態度は見えていた。

事故もめずらしいことではないので、会社には顧問の弁護士がいる。大抵は裁判などに発展はしないが、今回は特別だと見たようだ。弁護士がいるかぎり、浜田が話し合いに立ち合うことはない。柳田がやっていることを、会社で聞かされるだけのことだった。

ひねり潰しておこうか。何日か前から、浜田はそう考えるようになった。

柳田の、薄汚なさが、浜田の心のなにかを刺激した。汚ないものが自分に触れてくる時は、それを叩き潰してきた。そういうふうに生きた時のことを、思い出した。

汚なさも、あまりに惨めなものすぎた。いまの自分には、相応《ふさわ》しいではないか、という気もした。

四年以上も、動かなかった躰が、動いた。動いても、変ったところはなにもなかった。昔は、あれぐらいでは息も切れなかった。そう思っただけだ。

福富町まで歩き、ビルの四階にある小さなクラブに入った。『ソフィア』という名は変っている。十年前、そういう名だった。それから何度も、代が替っただろう。

品の悪い店ではなかった。

席についた女に、はじめてだと告げた。女は、ボトルの種類と値段を口にした。

「マーテル・コルドン・ブルー」

現金で払う、と浜田は言った。女の子が、かすかにほほえむ。

ギターの弾き語りが、シャンソンをやっていた。十年前は、歌手がひとり入っていた。

「船の方ですか？」

遠慮がちに、圭子と名乗った女が言う。

「なぜ、そう思う？」

「だって、陽に焼けていらっしゃるから」

横浜で、船員が飲んでいるというのは、幻想に近い。最近では、大型船でも乗っているのは十二、三人なのだ。

「これは、釣りさ」

「そうなんですか。じゃ、お仕事は？」

「それを忘れたくて来ている。別な話題にしてくれないか」

「すみません、あたし馴れなくって」

「別にいいさ。飲みたいものは？」

「お酒も、駄目なんです」

「ジュースでもいいさ」

浜田は、コニャックを口に運んだ。十年前、これをどんな味に感じたのか、思い出せなかった。女が、ジンジャエールを頼んでいる。

「どちらに、お住いなんですか？」

「湘南の方だよ」

「あっ、いいところだわ。あたしも、あっちに住もうかと考えてるんです」

「いいところも、あるらしいね。俺は、ごく普通のマンション暮しだ」

「あっ、結婚なさってるんだ」

「どうして、そう思う？」

「でなければ、普通のマンションなんておっしゃらないような気がして」

「独身だ。ただし、娘がひとりいる」

「そうなんですか」

「女房は、逃げちまった」

「また、そんな」

十年前、この店がまだ『ソフィア』といっていたころ、浜田は彩子に会った。この店での名も彩子で、本名も同じだった。

三度通って、外へ誘い出した。一時間だけ、と彩子は言った。その一時間、浜田はひとりで喋り続けていた。彩子のことを知るより、自分を知って貰おうとすることに懸命だった。

あれがどういうことだったのか、いまではよくわからない。いくら自分を語ったところで、決して語れないことはあったのだ。それがあるから、逆に語れることだけを語り続けたのだろうか。

タクシードライバーなんだ。大した稼ぎはないが、使いもしないから、結構金は溜った。休みの時は、釣りさ。おかず代の節約にもなる。

笑いながら、彩子はそれを聞いていた。

好感は持たれたようだった。四度目に来た時はあまり飲むなと言われ、五度目は、昼間外で会ってくれた。

「いくつだ、圭子ちゃんは？」

「二十三です」

「四つサバを読んで、二十七ってとこか」

「あら」

「図星だろう」

「ほんとに、二十三です」

「冗談だ。疑ったわけじゃない。こんなところで歳を訊くのは、はじめから冗談みたいなもんじゃないか」

「そうですね」

十年前、ここは『ソフィア』だったのか。そして彩子がいたのか。そして、十年前、自分はどんなふうに生きていたのか。

なにもかも、曖昧だった。

ただ、躰の底で身動《みじろ》ぎをする動物のようなものが、たえず浜田になにか語りかけようとしてくる。

「飲もう」

浜田は、圭子という女にそう言い、ちょっと笑ってみせた。

3

キッチンで、もの音がしていた。

錯覚に襲われかけ、それから時計を見て飛び起きた。午前八時を回っている。

夏子が、台所で料理をしていた。味噌汁と鯵《あじ》の干物と大根おろし。それに沢庵を三切れずつ並べている。多分、生卵もあるはずだ。母親が作っていた朝食と、まるで同じという感じだった。

「君は、学校を休んだのか？」

「なにを言ってるの。休みでしょ」

夏子は、まな板にむかっていて、ふりむこうともしなかった。まな板の上では、豆腐が賽《さい》の目に切られている。掌の上で切ることは、まだこわいのだろうと浜田は思った。

「今日は、平日のはずだ。パパは、休みだがね。君は、土曜日と間違ったんじゃないのか？」

「仕方がないのね。本気でそう思ってるんだ。十一月三日。つまり祝日ね」

「そういうことか」

「ちょっと、ひどすぎるって気がするな。こんなんじゃ、まともな人間として、生きていけなくなるわよ」

まともな人間、という言葉だけが、いつまでも心にひっかかって取れなかった。

浜田はダイニングテーブルの椅子に腰を降ろし、煙草に火をつけた。朝刊は、すでに取ってきてある。

「それにしても、寝坊しちまったもんだ。朝起きるのだけは、自信があったんだが」

「帰ってきたの、遅かったでしょう。明けの日と間違ったんじゃなくて」

「かもしれんな」

夏子が、庖丁に載せた豆腐を、鍋の中に恐る恐る入れた。それから、火を強くする。冷蔵庫から、生卵を素速く出す。手順はよかった。

「たまには、お酒を飲みたくなる気持もわかるけど」

大人びた口ぶりで、夏子が言った。

祝日の朝、食事の仕度をする、中学三年生の少女。ちょっとばかり不憫だと思っても当然だろうが、浜田はできるだけそういう気持を押しのけるようにしていた。

「君は、料理をママから習ったのか？」

夏子に、おまえなどと言ったことはない。十年前から、君と呼んでいて、二人ともその呼び方に馴れてしまっていた。

「たまには、こういうのも悪くない、と思っただけよ」

「パパの朝食じゃ、ちょっと安直すぎるのかな」

「そんなことないわ。学校へ行く時は、トーストの方が助かる。ごはんより、ずっと早く食べられるし」

鍋が吹き、夏子は手早く火を落とした。

朝食がはじまった。二人でむかい合う朝食も、別にめずらしいものではない。休みの日には、浜田は夏子に朝食を食べさせて、学校に送り出す。

「浜田流、やろうか」

「そうね」

生卵を、直接ごはん茶碗に落とす。ただ落とすと溢れてしまうから、あらかじめ箸で中央に穴をあけておく。醬油をちょっと垂らし、はじめて卵を箸の先で四つに割るのだ。容器の中で掻きまぜたりはしない。卵の味が生きる、と浜田は思っていた。

「釣り、行かないの？」

「行かないよ」

「どうして？」

「祝日だって、君が気づかせてくれたからさ。人が多い時は、いい場所でなかなか釣れないんだ。パパみたいな仕事だと、平日にしっかり釣れるからな」

味噌汁の味は、そこそこだった。出汁《だし》の利かせ方を、まだ知らない。夏子は、無心に浜田流の卵めしをかきこんでいる。

「パソコンを買い替える金は、溜ったのか、夏子？」

「あと、一万円ぐらいね」

「少し値が下がっているかもしれないぞ。調べてみるといい」

最近では、小学校でもパソコンの扱い方を教える。夏子は、初心者むきの機種を、上級者むきのものに替えたがっていた。値段の半分を溜めたら、残りの半分は出してやる。夏子が欲しいと言ったものは、そうやって買うことにしていた。

「この間、靴とマニキュアを買ったの。それで、予定通りいっていないんだな」

「パパは知らないぞ、そんな買物は」

「おしゃれに関するものだったんで、自分で負担したわ。口紅の時もそう」

「しかし、君がマニキュアをしたり口紅をしたりという姿は、見たことがないな、パパは」

「親に隠れてやるものよ、それは」

「そんなものか」

「だから、もう済んだこと」

お互いに、あまり干渉はしない。ルールとして、この四年間、それは言い続けてきた。十歳であろうと五十歳であろうと、耐えなければならないものには、耐えるしかない。

「あんまり、似合わない靴だったわ」

「君の脚は、とてもスマートだとは思うがな」

「みんな、細くなりたいって言う。そう言うのが、流行みたいなものなんだ。だから、あたしも言ってる」

「細くなりたいのか？」

「別に」

「弁当のおかずをダイエットメニューにしたいというなら、相談に乗ってやってもいい」

「中三だよ、あたし。まだ育ち盛りなの」

「まったくだ。ダイエットって歳じゃない」

「それでも、ダイエットしてるやつはいる。それも、大人の流行だから」

鰺の干物は、いくらか焦げすぎていた。苦い味が、口の中に拡がる。

「どれぐらい焼けばいいのか、よくわからないんだよね」

「経験さ」

「パパは、あんまり失敗はしないね」

「君も、いずれそうなる」

　どういう友だちがいて、どんなことをして遊んでいるかも、浜田は知らなかった。知ったところで、なにかできるわけではないのだ。

　放任している、というのとも少し違うような気がする。洗濯以外の、家事をやる。弁当を作るし、夕食も作る。時間が許すかぎりはだ。父兄会があれば、きちんとスーツを着て出かけていく。買いたいものがあれば、相談には乗る。

　自分ができることとできないことを、浜田は夏子に言い聞かせ続けてきた。だから、夏子が無理を言うことはない。小学生のころ、二、三度言ったが、できないと答えただけで、あとは黙っていた。

「味噌汁の作り方、パパに習った方がいいのかな」

　味覚は、しっかりしているようだった。

「見て、覚えるもんさ」

「パパは、誰の料理を見たの？」

「誰のものも見ていない。ママはただ作ってくれた。パパは、テーブルで待ってただけだからな」

「でも、あまり失敗作はないよ」

「それは、才能があるからだ、という気がする」

「つまり、才能がないあたしは、人が作るのを見て覚えなくちゃならないってわけね」

「大抵のことは、そうさ」

浜田は、食事を終えると、食器を流し台に運んだ。あたしが洗う、と夏子が言った。

浜田は、洗濯機を回し、窓を開け放って掃除をした。ベランダには鉢植がいくつか並んでいて、それは全部夏子がどこかで買ってきたものだ。浜田は、なぜか草や花にはまったく興味がなかった。

掃除は、バスルームから玄関やベランダにまで及ぶ。ほとんど、スポーツの感覚に近かった。終ると、洗濯物を干す。クリーニング屋に出すものは、別にしてある。

ベランダは三畳ほどの広さがあって、浜田はそこでダンベルを使ったトレーニングをはじめた。五キロのダンベルだった。それから、外に出て三十分ほど走る。休日で、釣りに行かない日は、必ずそれをやった。

戻ってくると、シャワーである。

昼食には、スパゲティを茹でた。同時に、挽肉に味つけをし、作りおきのトマトソースと一緒にして火を通した。

夏子を呼ぶ。

お互いにあまり喋らずに、昼食を済ませた。

冷蔵庫の点検をし、買い足さなければならないもののメモを作る。買物は、三日に一度というところだ。

浜田は車を出し、ちょっと遠くのスーパーまで行った。週に一度は、このスーパーだった。あとは、マンションの近所の店だ。

戻ってくる時、自転車で出かけようとしている夏子に会った。白と茶のセーターに、ジーンズを穿いている。どこへ行くのかは、訊かない。七時までに戻ればいいのだ。

買ってきたものを収納すると、浜田は自分の部屋で釣具の手入れをはじめた。

スピニングのリールが二十個。両軸のリールが十個というところで、要所にCRCを吹きつける。回転と、ドラッグを試してみる。これも、釣りのうちだった。古くなったラインは、その都度巻き直す。

タックルボックスには、仕掛けを作る道具が詰めこまれていて、暇がある時にさまざまな仕掛けを作った。手先を使う仕事をしている時は、余計なことは頭に浮かばない。

そろそろアマダイが釣れはじめているというし、カサゴや鰈《かれい》の季節でもあった。船外機でちょっと沖へ出れば、鰤《ぶり》も狙える。今年は、カワハギも狙うつもりで、だからかなりの仕掛けが必要だった。

釣りをやるようになったのは、十三年前、タクシードライバーになってからだった。時間が余っていた、というのが最も大きな理由だろう。人のいない海岸で釣るのが好きだったが、そんな場所はあまりなかった。

ボートで海の上にいるかぎり、ひとりだということに気づいたのは、一年もやってからだった。

釣り以外に、趣味らしい趣味はなかった。躰が動かなくなるということについては、恐怖に近い感情があり、トレーニングは続けている。

タクシードライバーになる前は、無職だった。つまり、まともな仕事はしていなかったということで、金は稼いでいたのだ。

車を盗んでは、中古車として海外に売り捌《さば》くという仕事だった。そのすべてをやっていたわけではなく、路上から車を盗んでくるのが浜田の仕事だった。それは一カ所に集められ、ナンバーを付け替えたり、部品を入れ替えたりして、どこかの港から貨物船に積みこまれる。そこまで仕切っていたのが、浜田の親父のような男だった。

ほんとうの親父は、知らない。おふくろの記憶はあるが、浜田が四歳の時にどこかに消えた。それからは、祖母に育てられたのだ。

高校二年の時に祖母が死に、浜田は通っていた高校を中退した。長野県の祖母の家は、叔父がやってきて売り払った。その中のいくらかを、浜田は貰った。笹井に拾われたのは、東京をふらついている時だった。そして、車の盗み方を教えられたのだった。

竿の手入れの途中で、夏子が帰ってきた気配があった。竿も、やはり四十本近くになっている。実際には十本もあれば充分だが、釣具屋へ行くと、どうしても買ってしまうという時期があったのだ。

浜田は時計を見、竿の手入れを中断して、キッチンに立った。

夕食は、カレーである。

オックステイルを煮込んで作ったフォンドボーが、大量に冷凍してある。それに炒めて色が変った玉ネギを加え、そしてカレー粉を加える。かなり辛口のカレーでも、夏子は文句を言わない。肉はステーキで、レアに焼いたものを細く切り、ライスに載せる。つまり、ステーキカレーという趣きで、これも浜田流と呼んでいた。

卵かけごはんと、カレーライスと、ビーフシチュー。この三つが、浜田流である。

気になるタレントでも出ているのか、夏子がリビングに出てきてテレビをつけた。

手伝え、と言ったことはない。勉強をしろとも言わないし、テレビを見すぎるなとも言わない。そんなことは、好きにやればいいのだ。

自分がやれると夏子に言ったことを、浜田はやるだけだった。

「また浜田流ね」

玉ネギを炒めていると、夏子が背後に立って言った。テレビは、いつの間にか切られている。

「もう、うんざりか？」

「いいよ。載ってるステーキが、おいしいんだよね。だけど、パパはずいぶんと手間をかけて料理すると思う」

「こだわると、こんなになってしまう。手が抜けないんだ」

「男というの、そうなんだってね」

「女が、化粧をするようなものかもしれないな」

「ほら」

不意に、夏子が両手を浜田の顔の前に差し出した。きれいにマニキュアが施されている。金色というのか、卵の黄身の色というのか、あまり見かけない色だ。

「似合ってる」

「ほんとに？」

「ママの手と似ているな。ママは手がきれいで、自分でもそれを自慢していた」

「知らないな、あたし」

「勿論、自慢したのは、パパにだけさ。ささやかな自慢だったよ」

「パパ、好きだったんだ、ママの手が」

「君の手も、好きさ」

「ママが中学生のころ、どうだったか聞いたことがある？」

「君のような、中学生だった」

「そうかな。写真なんかないしな」

家にある一冊だけのアルバムは、夏子が五歳の時からのものだ。それ以前のアルバムはないし、彩子の昔のアルバムもない。

「君のような中学生だったさ。そう思えばいいんだ」

「ねえ、玉ネギを、いつまで炒めるつもり？」

「この半分に減るぐらいまでさ。炒めていると、少しずつ量が減ってくるんだ」

「フライパンの使い方が、大事ね」

「これも、馴れだな」

浜田は、二、三度フライパンを大きく動かした。

「あたしの友だちは、マニキュアをしていて、親に怒られた。あたしまで、ついでに怒られた」

夏子が、なにを言おうとしているのか、浜田は考えた。

「パパは、似合うと思う。ママの手にそっくりだしな」

「学校にしていけば、多分停学だよ」

夏子は、ミッション系の学校に行っていた。私立だから、停学などということも、少なくないようだ。

「パパは、どうして怒らないの？」

「君とは、いろんな取り決めをしてきた。パパは、それを守ってきたつもりだ。君が破るとも思っていない」

「マニキュアをしていいかどうかなんて、決めてない」

「自分のことは、まず自分で考えろ、と決めたじゃないか。ほんとに困った時にだけ、パパに相談しろと」

「そうだね」

「パパには、怒り方がよくわからないんだ。殴られて育ったようなものだが、君を殴ろうと考えたことはない」

夏子が、納得したのかどうか、よくわからなかった。

浜田は、もう夏子の方には眼をむけず、ただ玉ネギを炒め続けた。

第二章　誕生日

1

水深は、二十メートルほどだろう。

浜田は、アンカーロープを三十メートル出した。このあたりは岩礁と砂が入り組んだ海底で、つぶ根というやつだ。根付きの魚も、砂地の魚も狙えるポイントだった。底を探る釣りになるので、根に鉤《はり》をかける可能性も高くなる。

浜田はまず、キャスティングロッドに中型のスピニングリールを付けたものに、市販のキスの仕掛けをセットした。これは、遠くへ飛ばしておく。餌は青イソメで、置き竿にして、時々聞いてみることにした。

魚がかかっているかどうか、そっと餌を引き寄せて確かめることを、釣りでは聞くという。そういう言葉の使い方が、浜田は嫌いではなかった。

もう一本の竿は、先の部分がやわらかいもので、小型の両軸のリールだった。仕掛けは自分で作ったものだ。餌のすぐ上に、缶ビールのアルミで作った、小さな板を二つ付けている。

好奇心の強い魚は、アルミ板の照り返しに惹かれて近づいてくる。

アサリのむき身を、鉤に巻きつけるようにして付けた。こちらは、置き竿というわけにはいかない。たえず餌も動かしておいた方がいいし、先調子の竿であたりも微妙なものになる。手に持って、集中していなければならないのだ。

かすかに竿を上下させながら、浜田は空いた方の手でビールのプルタブを引き、チビチビと口に入れた。

海は、穏やかである。ただいくら穏やかでも、手漕ぎのボートの上では、動き回ることはできなかった。手網《たも》やタックルボックスなどは、手が届くところにある。

周囲に、ほかのボートはいなかった。

一応の防寒はしていたが、風がないので一枚余分なほどだった。登山用の下着を着ている。真冬には、使い捨てのカイロを、背中にいくつも入れる。そのために、下着にポケットにするための布を縫いつけている。ミシンは使えないが、多少の針仕事はこなせた。ボタン付けなど、手際よくやれる。

置き竿の方を、ちょっと立て、聞いてみた。魚は来ていない。ラインを少し巻き取り、また置き竿にした。

手持ちの方には、あるかなきかの魚信が来ていた。これは、忍耐だった。どこかで、口の先が鉤に触れる。それまでは、餌を突っつかせているしかなかった。ちょっと強いあたり。勘としか言いようがないほど、微妙なものだ。できるかぎり細かいあたりのすべてが掌に伝わってくるように、先調子の竿を使ってもいる。

合わせを入れた。かかっていない。浜田は仕掛けを巻き寄せ、半分ほど突っつかれた餌を捨て、新しいアサリのむき身を、鉤に巻きつけるように丁寧に付けた。

下にいるのは、カワハギかショウサイフグだろう。餌だけ取られることが続けば、カワハギであり、時々ハリスを食いちぎられたら、フグである。フグの口の方が、ずっと鋭い。錘《おもり》で底を取り、少し動かした。砂なら水中に舞いあがり、魚はそれに寄ってくる。ビールの缶で作った、手製の集魚板は、多少効き目を出しているようだ。

置き竿の方を、聞いてみた。やはり、反応はない。

手持ちの竿に、浜田は神経を集中させた。

ひとりきりでボートの上にいる時、浜田はさまざまなことを思い浮かべる。思い浮かべるだけで、考えこむというところまではいかない。彩子の、声や顔。作ってきた弁当。二、三日前に乗せた客。この前釣りあげた、真鯛。

明日のことを、思い浮かべることはなかった。昔から、そうなのだ。明日は、来てみなければわからないものだ、といつも思っていた。

右手が、自然に動いていた。

竿がしなり、かなり強い引きが来た。あたりはあるかないかなのに、引きはなかなかのものだ。カワハギだった。ボートにあげると、すぐに鰓《えら》の横にナイフを入れて殺《し》め、血を抜いた。クーラーボックスには、氷とわずかな海水が入れてある。そこに放りこんでも、死んだ魚体はまだ時々動いた。

カワハギが四匹、続けざまにあがった。掌にだけ神経が集中していても、合わせは無意識な動きの方がいいのだ。釣ろうと意気込むと、ほんのわずか、ほかの魚ではまったく問題にならないほどだが、合わせが早くなる。それで、カワハギは逃がしてしまうのだ。

実際、四匹あげると浜田は釣ろうという気になり、それからは次々に鉤にかけるのを失敗した。時々聞いてみる置き竿の方に、一度鰈がかかっていただけである。

昼食にした。トンカツと、マヨネーズで和えたキャベツ、ひじきの煮つけ、小魚の佃煮。夏子も、まるで同じ弁当を持って、学校に行っている。

弁当を食べ、お茶を飲み、煙草を一本喫う間、浜田は二本とも置き竿にしておいた。カワハギを狙っている方に、あたりが来ていた。完全に、鉤にかかっているようで、竿先は弧を描いては戻ることをくり返している。

ボートの上下の揺れが、偶然絶妙の合わせになった。時には、そういうこともある。

煙草を喫い終えるまでしばらく泳がせ、それから巻きあげた。

午後は、カワハギが二匹と、鰈が一匹だった。置き竿でラインをいくらかたるませているから、青イソメの方には鰈が来るだけで、白ギスなどは餌だけ取っていく。

二時半に、浜田はボートを岸に戻し、ケースに収納した竿やリール、クーラーボックスなどを、車に載《つ》みこんだ。

カワハギ釣りにしては、悪くない釣果だった。普通は二、三匹で、外道《げどう》の方が多い。

浜田は、オールをボート屋に返しに行き、数時間分の料金を払った。この季節になるとボート屋の親父もものぐさになり、きちんとやるのは料金の計算ぐらいだった。

「今年の鰈は、でかいんじゃないか、浜田さん」

釣り銭を数えながら、親父が言った。鰈を狙っていた、と決めつけているようだ。

「数は出ない」

「でかい年はそうさ。数が出る時は、掌サイズ。去年がそうだった」

親父は、短くなった煙草を、空缶の灰皿で消した。

浜田は車に乗り、海沿いをしばらく走ってから、マンションの駐車場に車を入れた。荷物を降ろし、肩に担いだ時、車のそばに人が立っているのに気づいた。

「なんだ、あんたか」

浜田は苦笑し、鈴川のそばに立った。

「電話でも、くれりゃよかったのに」

「会社にしたら、非番だって言うし、どうせ釣りだろうと思って、待ってた」

ゆっくりと、歩いた。そうするかぎり、鈴川の歩き方には、おかしなところはどこもない。左が、義足だった。

「悪かったな、これなくて」

彩子の命日のことを言っている。浜田と夏子は、彩子の命日に特別になにかするということをしない。普通とまったく同じだが、去年は鈴川が来たので、浜田はそれに付き合うような気分で、線香をあげた。

「ちょっと気にしすぎじゃないか、鈴川さん」

「おまえに、一年に一度は会う理由がある。そう思っているところもあるな」

エレベーターに乗った。鈴川は小柄な男で、義足になってからさらに背が縮んだような気がする。これで、三年間に四度会ったということだった。ちょっと、老けた感じもある。

部屋へ入り、鈴川は最初に彩子の遺影に線香をあげて手を合わせた。仏壇などはないので、写真立てに入れた小さな遺影があるだけだ。

一週間前の十月三十日が、彩子の命日だった。

「夏子、でかくなったろう？」

「一緒に暮してると、よくはわからんがね。時々、はっとすることがあるよ」

鈴川を構う前に、浜田は鍋に水を入れて火にかけ、昆布で出汁をとった。煮立つ前に昆布を取りあげ、代りに鶏の手羽先を入れ、蓋をしてトロ火に落とした。

「夕めし、食っていけるだろう、鈴川さん？」

「迷惑じゃなかったら」

「夏子が帰ってくるのは、夕方になる。バスケットボールをやっててね」

「ふうん」

「今じゃ、中心的なレギュラーらしい」

浜田は、冷蔵庫からビールを出し、グラスを二つ置いた。注いでも、グラスを触れ合わせたりはしない。ちょっと頷くだけだ。十三年前から、そうだった。

「商売は？」

「どうってことはない。面白くてやっていることでもないし」

「鈴川さんには、似合わない商売だしね」

いわゆる、ブティックというやつだった。女にやらせている。有限会社の組織で、社長が鈴川だった。女と、結婚はしていない。一緒に暮してもいない。

「相変らず、タクシードライバーか。昔を思い出さないのか、浜田？」

「思い出さないな。というより、昔と同じ感覚で街を流している、という気がする時もあるんだよ、鈴川さん」

「仕事《ヤマ》を踏んでるような？」

「ちょっと違うな。仕事《ヤマ》が持ちこまれるのを、待っているような、と言った方がいいかもしれない。最近のことだがね」

「禁断症状か、おい？」

「まさか。いつまでも感覚が消えないってことで、それが強くなったり弱くなったりしているんだと思う」

つまみに出すものが、冷蔵庫になかった。浜田は、カワハギを一匹捌き、サクに切って肝《きも》和《あ》えにした。血抜きを完全にしてあるので、身はほどよく締っている。

ついでに、浜田は残りのカワハギも捌き、ブツ切りにした。二匹の鰈は、鱗《うろこ》を取り、五枚におろした。頭も骨もとっておく。

「うまいな、これは」

肝和えを突っつきながら、鈴川が言った。

「ちょっと、そいつでやっててくれ。俺は、鍋の仕込みをしちまうから」

　カワハギは、皮を剝がないことには料理できないので、そう言う。残りのカワハギは、すべて鍋の主役だった。野菜を数種類、洗って切った。えのき茸なども用意する。それから、豆腐。それらは全部、ザルに盛った。大根を、丼一杯すりおろした。米を洗い、ジャーをセットする。

　最後に、肝だけを集めて、擂鉢で擂った。これは、スープの中に溶かしこむ。カワハギは、肝だけ食いたがるものだが、これも浜田のやり方だった。ただし、浜田流とは呼んでいない。

「マメだな、相変らず」

「よかったよ。あんたにカワハギの鍋を振る舞うことができて。これは俺の自慢の料理のひとつだが、夏子はわかってくれなくてね。やっぱり、酒とセットなんだな」

「この三年で、浜田の料理を食うのは、はじめてだよ」

「昔は、二人でよく食った。彩子と結婚すると、それもなくなったがね」

「忘れたな。十年以上も前の話じゃないか。いや、おまえが作った弁当を、タクシーの中で食った憶えはあるな」

「俺の弁当を食うと落ち着くと、あんたよく言ってたよ、鈴川さん」

「縁起もの、みたいな気がしていたんだな、多分」

　仕込みがすべて終り、浜田はまた鈴川とむき合ってビールを飲みはじめた。

2

なついているというほどではないにしても、夏子は鈴川を嫌いではないようだった。

帰宅して風呂に飛びこむと、すぐに自分の部屋に入り、ピンクのトレーナーを着て出てきた。鈴川と並んでソファに座り、鈴川の飲みかけの水割りに手をのばそうとする。

「なによ、おじちゃん。毒じゃないんだからいいじゃない」

「なに言ってる。子供だろうが。中学生が、酒なんて飲むもんじゃない」

「へえ、おじちゃんは、中学のころお酒を飲まなかったっていうの？」

「そりゃ、俺は男だったから」

「男だからいい。女だから悪い。そんなの、オヤジだよ、オヤジ。うちのパパは、絶対にそんなこと言わない」

「しかしなあ、夏子」

「古いな、おじちゃん。ほんとに、古い。ちょっとひと口、お酒を飲ませてと言ってるだけじゃない。酔っ払って気持が悪くなったって、それはあたしの責任なんだし」

「おまえな、勉強もあるだろう。酒なんか飲んで、眠っちまったら宿題もできない」

「余計なお世話でしょう、それは。できなくったって、あたしの責任なんだよ。それに、食事の時、パパはワインを抜けって言うよ、多分。鍋の時はよくそうするし、今日は特におじちゃんが来ているんだから」

「おまえは、コーラかなんか飲むんじゃないのか、夏子?」

「抵抗するのね、おじちゃん。無駄よ、無駄。あたしはちょっとでいいから、おじちゃんのを飲ませてくれと言ってるんだけど、いやと言うなら、自分のを新しく作るから」

浜田は、鰈の身を、薄造りにしていた。骨と頭は、空揚げである。二度揚げをすれば、頭から全部食える。

鈴川は、折れて夏子にグラスを渡したようだ。何度かこちらを見ただろうが、浜田はふりむかなかった。

薄造りを皿に並べると、ラップして冷蔵庫に入れた。

「夏子、鰈の骨を空揚げにする。やってくれないか?」

「オーケー。二度揚げだね、パパ」

「そうだ。一度、ちょっと冷やしてからな」

「あたしが、骨せんべいを作ってあげるからね、おじちゃん。やっぱりひとり暮しで、家庭料理は食べてないんでしょ」

鈴川は、苦笑していた。むき合って座り、浜田は水割りを舐めはじめた。

「活発というのか、無邪気というのか、オタオタさせられてしまったぞ、浜田。いつも、こんなふうなのか？」

「二人きりだから、できるだけ喋るようにしているが、今日はあんたが来ているから特別だろう。いくらか、はしゃいでる」

「そうか、嫌われちゃいないってことか」

「好きよ、おじちゃん。どこかかわいいし、なくしちゃった脚を、いつも捜してるみたいで。見つからないとわかっているのに捜すって、男の子の宝捜しだよね」

「生意気言うな、夏子。俺は、おまえの何倍も生きてるんだぞ」

鈴川が言う。

「ちょっと、小麦粉とポン酢を買ってくる」

夏子が、財布を持って飛び出していった。買物リストにそれは二つとも書かれているが、鈴川が来たので行けなかったのだ。

「いい娘に育ってる」

呟くように、鈴川が言った。

「ちょっとばかり、明るく振る舞いすぎるところがある。俺の前じゃ、それほどでもないがね。一年ぶりに会ったあんたに、それなりの気を遣っているんだろう」

「なるほどね。ただ無邪気ってわけでもないのか」

義足の左脚を、鈴川はちょっと動かした。

泳いでいて、片脚を鮫に食われた。三年前に、鈴川はそう夏子に説明した。食われていない方の右脚で、鮫の鼻面を蹴るようにして、海面に浮上して、命は助かった。その話を、夏子が信じているかどうか、わからなかった。鮫は、あまりおいしいとは思わなかったかもしれない、というのが夏子の感想だったのだ。

「なにかこう、俺もおまえも、人並みの生活ってやつが、すっかり身にしみついちまったようだな。結婚しても、おまえはそうならなかった。五つの女の子を連れた女と一緒に暮すのは、タクシードライバーをしているのと同じだ、という感じがあった。やっぱり、女房を死なせてからだな」

そうせざるを得なかった。金はあるが、タクシードライバーの稼ぎだけで、生活の維持はしてきたし、前よりもいっそう、夏子の父親になろうともしてきた。望もうと望むまいと、そうするしかない四年間だった。

いまは、どうなのか。浜田は、ふとそう思った。やはり、人並みの生活が身についてしまっているのか。それでいい、と考えているのか。

「おかしな話だが、左脚を失って仕事《ヤマ》からも遠ざかると、俺は商売の方にも熱中しなくなった。適当に輸入したものを、店に並べる。適当にバーゲンをやる。損が出てもいい、とどこか投げやりになっている。不思議なことに、その方が商売がうまく運ぶ。繁盛しはじめると、なにか違うと感じたが、わからないままだ」

「俺は、以前のままだね。月に十日とちょっとタクシーを運転し、あとは釣りをしたりだ」

「しかし、身についてるよ。女房を死なせてからだ。前は、どこか醒めたところがあった。仕事《ヤマ》と、生活は完全に別だっていうところがな。いまは、違うよ」

「悪いのかな、それが？」

「いや。いい悪いを言ってるんじゃない。それに、おまえには大事なものがある」

「夏子のことか」

浜田は、煙草に火をつけた。

「血が繋がってない分、情というやつが濃くなったのさ。それは、それでいい。幸福な人生ってやつだろう。生きる意味も、しっかり見つけられるってわけだ」

「よさないか、鈴川さん、こんな話は」

「そうだな」

幸福な人生。確かに、そうなのかもしれない。彩子を失うことでそれを獲得したとすると、なんという皮肉なのだ。いや、獲得などしようとしたことはない。訪れてきた。それだけのことだ。

鈴川が、煙草の煙を手で払った。浜田は気にせず、煙を吐いた。昔からの、鈴川の癖だ。

「おまえが、立派に夏子の父親をやっているのを見たら、おかしな気分になった」

「立派とは言えないが、やるべきことだと決めたことだけは、やろうと思う」

「それが、立派なのさ」

鈴川は、自分で水割りを作った。氷が、もうなくなっている。冷蔵庫で作るには、遅すぎた。

しばらくして、夏子が戻ってきた。クラッシュアイスを、ひと袋買ってきている。

「気が利くな、夏子は。おじさんは、結婚したくなった」

「なにを言ってるの。素敵なおばさまと一緒なのに」

「そのおばさんからの、預かりものだがな」

紙袋の中から、鈴川は包みをひとつ出した。

「えっ、あたしに」

「開けてみりゃわかる。おまえ以外に、誰が使えるというんだ、夏子」

「へえっ、おじちゃん、意外に気を遣ったりするんだ。あたし、パパからこんなプレゼント貰ったことないな」

リボンのかかった包みを解き、夏子は箱の蓋を開けた。金製のペンダントだった。夏子は、すぐに手をのばそうとはしない。

「売れ残りで、悪いな」

鈴川のブティックでは、服のほかに小さな装身具なども置いているという。ブティックそのものは、この四年ばかりは見ていないし、どんなものを売っているか、関心を持ったこともなかった。

「うそっ、こんなもの、貰っちゃっていいのかな」

安物ではない。それは見ればわかった。

「夏子が中学生になった時に、入学祝いも贈っていなかった。それを、今頃おばさんに叱られてな。店の売れ残りをくれたんだ。すぐにじゃなくて、いつか首にぶらさげてみるといいと思う」

「高いよね、これ？」

「だから、売れ残りだと言ったろう」

売れ残りというのは嘘だろうと浜田は思ったが、黙っていた。こういうものに、それほど流行があるはずはないのだ。

「貰っていいのかな、パパ？」

「いいさ。君が返すと、おじさんはどうしていいかわからずに、どこかの酒場の女の子にやっちまうぞ。そして、おばさんは君に入学祝いをあげたとずっと思いこんでいることになる」

「まったくだ。持って帰ると、おばさんに叱られるな」

「じゃ、いただきます。おばさんにも、お礼を言ってください」

「おっ、さっき酒を飲ませろなんて言っていた時と、まるで違う女の子だな」

夏子が笑った。かすかな媚に似たものを感じたが、不快さはすぐに浜田の中から消えた。女というやつは、本質としてこういうものを持っている。

「収《しま》っておけ。君の宝石箱の、第一号の中身というわけだ。それから、鰈の骨の空揚げをはじめてくれ。鍋のスープは、もう充分にカワハギの肝を溶かしこめるようになっているからな」

はい、と言って夏子は部屋に駆けこみ、トレーナーの袖をまくりながら出てきた。

「気を遣って貰って悪かったが、芳子さんは相変らずかい？」

「まあな。商売がうまくいってりゃ、あいつはそれでいいんだ」

夏子が、空揚げをはじめた音がしてきた。

なにか言いかけた鈴川が、それで口を噤《つぐ》んだ。浜田は立ちあがり、鍋の様子を見て、擂鉢の肝を溶かしこんだ。たちのぼってくる湯気に、不意に濃厚な匂いが混じった。

3

海岸の堤防のところで、男が手をあげた。すでに、午前二時を回っている。タクシーを拾う人間は、どこにでもいた。しかし、浜田は少しだけスピードを落とし、ヘッドライトの中に浮かんだ男の姿を見定めた。あまり尋常とは思えない気配が、漂っていたからだ。酔っている、という感じではなかった。

男のそばで停め、ドアを開けた。

ルームランプに照らされた男の顔を、浜田はミラーの中で見つめた。ひどく顔色が悪い。濡れているように見えるのは、汗をかいているからだろう。それほど寒くはないのに、コートのボタンはきっちりとかけている。三十歳ぐらいか、と浜田は思った。

「どちらまで?」

「東京へ」

車をUターンさせた。遠心力がかかると、男はわずかだが顔を歪《ゆが》めた。

「東京の、どちらですか？」

「中野」

「この時間じゃ、下の道を通っても大して混んじゃいません。首都高を使うと、かなり遠回りになりますね。時間は、どっちも同じぐらいでしょう」

「任せるよ」

男の放つ気配は、やはり濃厚だった。

剣呑な客を乗せ、後ろから刃物でも突きつけられたら、ルーフのランプのところに、明りが点灯することになっている。つまり、運転席のわかりにくい場所に、そのスイッチがあるのだ。車の中からはなにもわからないが、外からはなにかが起きている車だということはすぐにわかる。それを発見したタクシーは、警察に通報すると同時に、追尾しなければならないことになっていた。

そういうことを、ふと考えさせるような、男の気配だった。ただ、それだけではない。男は眼を閉じ、なにか呟くように口だけを動かしていた。ちょっとおかしな男を乗せた、とも考えられた。

浜田は、時々ミラーを覗きこみながら走った。十分もすると、男の気配がなんなのか、浜田にははっきりわかってきた。

「お客さん、この先に救急病院がありますが」

「病院？」

「手当ては、した方がいいと思いますね」

「余計なお世話だろう」

「シートが血で汚れたら、商売になりませんよ」

男は、しばらく眼を見開いて、前方を睨みつけていた。それから、コートのポケットに入れていた手を抜き、前に差し出してきた。殺気のようなものはない。緩慢な、力のない動きだ。男の手が開き、助手席に札が落ちてきた。十四、五枚が束になっているようだ。

「その金で、商売になるだろう？」

「しかしね」

「全部やるよ。だから、このまま中野までだ」

「中野まで、行くのは簡単ですがね。お客さんは保ちませんよ。死ぬところまではいかなくても、中野に着いた時は、確実に動けなくなってます」

「気力さ、そんなのは」

人の姿のない小さな街を、ひとつ通り過ぎた。このあたりは、まだ住宅密集地ではない。それが横浜に近づくにしたがって、家が途切れることがなくなってくる。

「気力があったって、死ぬ時は死にますよ、お客さん。人間の躰ってのは、そんなもんなんです」

「俺が、車の中でくたばるとでも言うのか？」

「ないことじゃない、と思います」

「俺にゃ、やらなけりゃならねえことがあるんだよ」

「病院で手当てしてからじゃ、遅いんですか。血を止めることだけでも？」

「いますぐだ。愚図愚図できねえ。つまらねえことを喋ってないで、突っ走ってくれ。金はそれだけしかないが、足りるだろう？」

「多すぎます」

「いいってことよ。中野までだ」

男は、かすかに躰をふるわせながら喋っているようだった。

十三年のタクシードライバーの仕事で、実にさまざまな人間を乗せた。車の中で、赤ん坊が生まれかかったこともある。救急車の代りをするのは、めずらしいことでもなかった。

横浜に近づいてきた。

開いている店がまだあって、タクシー待ちをしている人の姿も見えた。浜田は、二十四時間と表示の出た、ドラッグストアの前で車を停めた。

「おい、なんだよ？」

「大人しく、待っててください。痛み止めの薬を買ってきます」

「待ちな、おい」

「お客さん、私になにかする気があるなら、警察署の前で車を停めてますぜ。とにかく、痛みだけでも、抑えた方がいい」

浜田は車を降り、店に入った。痛み止めの薬は買わなかった。大量の絆帯と、ガーゼ、テープ、消毒液。それに、オキシドールの瓶をひとつ。

車に戻ると、男は眼を閉じて待っていた。

「痛み止め、くれねえか」

「買ってこなかった」

「なんだと」

「眠りたいのか。痛みがおさまると、あんたは眠っちまうよ。ちょっとやそっとじゃ、眼を醒さない。まあ、そのまま死ぬ可能性が強いだろうがね」

車を出した。

しばらく走ると、建設工事の現場があった。保守のためなのか、水銀灯が二つばかりある。そこに車を入れ、浜田はライトを切った。

「降りな」

「なんのつもりだよ。金はやるって言ったろう」

「血を、止める。完全じゃなくても、死なない程度には、止められると思う」

「医者かよ、おまえ。運転手だろうが」

「余計なことを喋ってないで、早く降りろ。多少の心得はある。繃帯ぐらいは、巻いておいた方がいいからな」

「さっき買ってきたのは？」

「繃帯だよ。降りてきな。まだ、自分で動けるだろう」

「なぜ？」

「早く降りろ。引き摺り出すぞ」

　客の躰には、決して触れてはならない。それは、タクシードライバーの規則だった。そんなことを、いま自分に課そうと、浜田は思ってさえいなかった。

　男の躰を支えるようにして、水銀灯の下に積んである建材のところへ連れて行き、腰を降ろさせた。

　コートのボタンをはずすと、ジャケットからシャツまで、搾《しぼ》れるほどの出血だった。刃物で、脇腹を縦に斬られている。ジャケットもシャツも脱がせ、男の上半身を裸にした。傷は、およそ二十センチ。深さは、それほどでもない。

ガーゼを消毒液で濡らし、血を拭きとった。傷口は、見知らぬけものの口のように開き、まだ血を流していた。傷口を寄せるようにして、テーピングした。テープは長くして、腹から背中まで回した。四本のテープで、傷口はほぼ塞がるようなかたちになった。それを基本に、菱形にテーピングしていった。傷口にガーゼを当て、繃帯を巻く。かなり強く巻いた。五メートルの繃帯を、八本。締めつけているので、男の姿勢はよくなった。

「服を着な。一応、傷口が開かないようにはしてある。少々動いても大丈夫だが、完璧に止血してあるわけじゃない。医者で縫ってもらう方がいい」

「俺は、中野まで行かなきゃならねえ」

「わかってる。朝までなら、いまの状態でなんとかなる」

「おまえ、なんで？」

「さあな。人命救助なんていう、殊勝な動機じゃないことだけは、確かだ」

けものが、闘いに行く。そう思った。男の背には、かなり長い匕首《ドス》が差してあったのだ。そして、けものの眼をしていた。

「早く、車に乗れ。中野までは、連れていってやる」

「あんた、ほんとはなにしてる人だ？」

「ただの、タクシードライバーさ」

「なんか、圧倒されるよ。ただの人とは、思えねえんだがな」

男はシャツとジャケットを一緒に着、その上からコートを羽織ると、しっかりとボタンをかけた。やはり、姿勢はいい。

「さっきより、ずっといいって気がする」

「それも、朝までだ。動き回れば、いつまでも保たんぞ」

「礼を言うよ。とにかく、俺は中野へ行かなきゃならねえ」

浜田は車に乗りこみ、エンジンをかけた。シートには、血のしみがかなり拡がっている。

男が乗りこんでくると、すぐに車を出した。数分走り、自動販売機のところで一度停め、スポーツ飲料を二つ買って男に渡した。

「飲みたくはねえよ、そんなに」

「内臓をやられてるなら、俺も勧めない。肉だけ斬られてる。出血には、水分の補給が効く。まあ、飲まないより、飲んだ方がいくらかましだ」

「誰なんだ、あんた？」

「そんなことより、自分の相手をよく見据えろ。俺は、おまえを中野へ運ぶだけだ」

「そんなこと、普通の人間には言えないよな。絶対に言えない」

それきり、男は黙りこんだ。

中野に着くと、土地カンがあるのか、男が道を指示しはじめた。

「そこでいい。停めてください」

ドアを開ける。

「金は？」

降りかかった男に、浜田は言った。

「いらないんです、もう」

男が入っていったのは、古い三階建のマンションだった。浜田はルームランプを点《つ》け、時間と、横須賀から中野、と書きこんだ。煙草に火をつける。それから車を降りて後部座席に回り、買ってあったオキシドールを、血のしみにふりかけた。血のしみは、それで取れる。あとは、濡れたようになっているだけだ。

頭上で、籠《こも》ったような銃声がした。

大口径の拳銃だ、と浜田は思った。

いまはもう、あまり聞くこともなくなった、車のバックファイヤーと、思えなくもない。

運転席に戻り、メーター分の料金を袋に突っこむと、残りの札はズボンのポケットに捻《ね》じこんだ。

つまらないけものが、つまらないことで死んだ。残したこの金は、つまらないことに使ってしまうべきだろう。

車を出した。夜明けまでは、いくらか間がある。暗いうちに帰庫できる、と浜田は思った。

4

十月三十日が、彩子の命日だった。

それはもう、とうに過ぎている。

十一月十二日が、彩子の誕生日である。

浜田は、小さなケーキをひとつと、ゲランの香水を買ってきた。『ミツコ』である。彩子は、二十代のはじめから、それを使っていた。かすかな体臭と混じり合い、体温で暖められ、それは独特の香りを放つようになっていた。彩子の身のまわりの品からは、大抵その匂いがしてきたものだ。

午後三時から、浜田は料理をはじめた。

野菜の煮もの。はまぐりの吸いもの。酢めし。数種類の魚は、下ごしらえだけをした。

四時に、夏子が帰ってきた。

黙って、手伝いをはじめた。

すべての用意ができてしまうと、浜田は居間のソファで煙草をくわえた。

夕刊を開く。早朝、中野のマンションで銃撃があった、などという記事はなかった。

「パパ、今日は明けでしょう。眠くない？」

夏子は、ジーンズにトレーナーである。学校は制服なので、私服の方はすべて夏子の好みに任せてある。ジーンズにセーターとかいう恰好が多いが、夏にはワンピースを一着買った。

「君は、部活は休みか？」

「休ませて貰ったの。ひと月も前からキャプテンに言ってあったから、なんの問題もなかったわ」

「高校でもバスケか？」

「多分ね」

「勉強も難しくなる」

「スポーツと成績は、関係ない。なにもしていなくても、悪い人は悪いわ」

不思議に、夏子の成績は悪くなかった。クラスで、三、四番というところだという。良い子すぎます、と九月の個人面談では、担任の教師に言われた。それは、微妙に、浜田の気持の底にひっかかっている。

「パパ、再婚しようと思ったことある？」

「ないな」

浜田は、夕刊を畳んだ。新聞記事になっていようといまいと、あの男は死んだだろう。それは、間違いないことだ。死んだことさえわからず、この世から消えていく人間もいる。

「それは、あたしがいるからかな？」

「君には、関係ない。再婚したいという気持が、起きてこないんだ」

「恋人は？」

「いない」

「いても、不思議じゃないよね。友だちのパパと較べても、パパは若いし、恰好いいよ」

「恋人のひとりもできないものか、とパパも考えたことがある。どうも、気持が動いていかないんだな。まだ、ママの姿が強く残りすぎているのかもしれない」

「死んだ人よ、ママは」

「だから？」

「ここで、一緒に食事をすることなんか、二度とないんだから。パパがどれだけ思っても、返ってくるものもないわ」

「自分の思いに、なにか返ってくることなど期待したことはないな」

「そんなものかな。あたしは、パパが再婚してもいいと思ってる。あたしとパパは、血が繋がっていないんだし。自分の、ほんとうの子供を作ることだってできるわ」

「君が、どう感じているか知らないが」

浜田は、指の間で短くなった煙草を消した。

「パパは、自分が好きなように生きている。勿論、許される範囲内だが。君も、同じように好きに生きていい。ただ、君の人生とパパの人生は、かなり重なり合っているのだな。こうして一緒に暮している。それは、重なり合っていると言うべきだろう。そこでしなければならないことを、君もパパもしている。それでいい、とパパは思っているんだ」

浜田は、もう一本煙草に火をつけた。

「なぜ一緒に暮しているか。それは、父と娘だからだ。血の繋がりがどうだとか、考えたことはない。そんなことより、気持の方が大事だ、とパパは思ってる」

「そうか」

こんな話を、夏子とするようになった。これから、多分、くり返し同じ話をするだろう。そして夏子も、やがて現実というやつと折り合いをつけることになる。

「つまんない話、あたしはしちゃったかな？」

「どこがつまらない。パパには、重要な話だという気がするね。いつでも、こういう話はしたい」

「ほんとに？」

「血の繋がりがないなどと言われると、悲しくなる。そんなものじゃなかったはずだ、と思いたいんだ」

「あたしは、パパが好きよ」

「パパは、君が好きなのかどうか、よくわからない。近すぎるんだ。好きとか嫌いとかいう問題じゃない、という気もする」

「そうだよね。パパはパパだ」

夏子が笑った。しかしすぐに、窺うような視線になった。

「恥しくない恋人を見つけたら、最初に君に紹介する」

「見つかるよ。絶対に見つかる。自信を持った方がいいよ、パパ」

浜田は、ちょっと肩を竦《すく》めた。

「灰が落ちる、パパ」

夏子が言う。そう言いながらも、窺うような視線は消えていなかった。それは、いくらか痛々しい感じがするほどだ。

浜田は、煙草を消した。

そばに座った夏子の肩に手を置き、抱き寄せた。夏子は、浜田の肩に顔を埋めている。肩が濡れはじめたのを、浜田は感じた。

「君のボーイフレンドが、先かな。パパは、そいつとは勝負するぞ。君がやめてくれと頼んだって、勝負はしてやる。それが、父親の権利なんだから」

泣いていた夏子が、かすかに肩をふるわせはじめた。今度は、笑いはじめたようだ。

「パパは、素敵だよ。友だちに、こんな素敵なパパはいないだろうって、自慢してやりたいぐらい」

「君は、ひとりでも生きていける。結婚したら、多分いい奥さんになるし、子供を産んだらいいお母さんだ。だけど、あと何年か、あるいは十何年か、パパと一緒に暮すんだ。だから、ママが死んだ時、最低これだけはやろうという取り決めを、お互いに結んだ。年に一度、それを確認するのも、悪くないな」

「十年経つと、パパはどうなっちゃうのかな。お爺さん?」

「ふざけるな。十年経っても、四十八だ。お爺さんとは言いすぎだろう」

「わかんないな。四十って言ったら、すごく年寄りだって気がする、あたし」

夏子の年齢では、そうなのかもしれない、と浜田は思った。自分が十四、五のころのことなど、ほとんど思い出せない。ただ、祖母はいつも、物差しで浜田を打った。平たいところで打つことが多かったが、時には縦にして打った。そうやって打たれた痛みは、かなり激しいものだった。

親父は知らない。赤ん坊のころ死んだと聞かされたが、位牌すらなかった。母親のことは、かすかに記憶がある。やはり、浜田を打った。祖母は母の母で、父方のことはなにひとつとして浜田は知らない。

「はじめるか。十年後のことを、つべこべ言ったところではじまらない」

浜田は、夏子の背中を軽く叩いた。

「うん」

「君は、今年は山葵《わさび》に挑戦するんじゃなかったかな？」

「そうだよ。大人になる、と決めたんだ」

「すりおろす山葵を買ってきてある。特別に、パパの半分の量で、一応の大人と認めよう」

「一応だね、パパ」

「子供になりたい時は、子供でいていい。パパがいるんだからな」

「やっぱり、あたしのパパだな」

夏子が立ちあがった。

浜田は、夏子の顔を見ないようにして、冷蔵庫を開けた。涙を、取り繕う時は必要だろうと思ったからだ。

まな板を出し、数種類のネタを薄く切っていく。庖丁は研ぎあげてあるので、やわらかいものもきれいに切れた。

「いつも、感心するな、パパの庖丁捌きは。ほんとの、お寿司屋さんみたいだよね」

「ママが死んでから、腕をあげた。残念だよ、ママに見せてやれなくて」

「見てるよ、どこかで」

山葵をすりながら、夏子が言った。

「そう思おう」

ネタを切り終えると、浜田はすぐに寿司を握りはじめた。夏子は、はまぐりの吸いものの準備をはじめた。

すぐに、寿司盛りが三人分できあがった。

煮ものも、吸いものも、テーブルに並べられる。今日だけは、三人前だった。

彩子の誕生日。それを祝おうと言ったのは、思いつきだった。命日など、湿っぽすぎる。

毎年、十一月十二日に、彩子の誕生日の祝いをやる。そう決めたのは、浜田だった。一周忌には、なにもやらなかった。その代りに、二週間ほどあとの誕生日に、ハッピー・バースデイを唄う。よかったのかどうか、よくわからない。ただ、四回目になると、もう習慣のようになっていた。

「電気を消せ、夏子」

「わかった」

部屋が暗くなった。浜田は、小さなケーキに立てたローソクに火を点けた。それからオルゴール。浜田が、横浜の元町で見つけて買ってきたもので、蓋を開けるとハッピー・バースディのメロディが流れる。もともとは、夏子の誕生日のために買ってきたものだ。

呟くように、メロディに合わせてハッピー・バースディを唄う。ローソクの炎。吹き消すのは、夏子の役目だ。

こんな、命日があってもいい。

「その香水、瓶だけにして、君の宝石箱に入れておけよ」

「鈴川のおじちゃんから貰った、ペンダントがひとつ入っているだけだよ」

「二つになる。宝物ってのは、そんなふうにして増えていくんだ」

宝石箱も、去年の彩子の誕生日に、浜田が買ってきたものだった。

「ママが使っていた、香水なのね」

「とてもいい。大人になる時に、つける香りだとパパは思う」

「わかったわ。ほんとに大人になりたいと思った時に、つけてみることにする」

「君にも、似合う香りだと思う」

「ママは、いくつになったのかな、パパ？」

「三十九だ」

浜田より、ひとつだけ年長だった。三十四で、彩子は死んだのだった。

夏子が、寿司を口に入れ、涙を流しながら嚙んでいる。山葵の量は、浜田のものと同じだった。それに耐えてこそ、ほんとうの大人というものだ。

「パパ、これはほんとに半分の山葵？」

「人生には、いろんなことが起きるんだ、夏子。君に、それをわかって欲しかった」

「騙したな」

「大人ぶるからだ。ほら、ママが笑ってるぞ」

「駄目。涙が出てきちゃう」

「それでいいのさ。泣きたい時に泣けるのも、大人というやつだよ」

「騙されて、泣くのが？」

「つまり、それも人生だ。父親は、いろんなことを娘に教えなければならない」

「よくわかったわ、パパ。大人を相手にする時は、油断しちゃいけないってことね」

「君も、なかなか理解力がついてきた」

「いつか、復讐してあげる。パパの言い方だと、それも人生ってことだから」

「待ってるさ」

命日と、誕生日。

悪い日ではない、と浜田は思った。

彩子は死んだ。四年前に、浜田の見ている前で、全身が粉々になって、死んだ。

しかし、誕生日はある。それが、人の心というものだ。

第三章　闇の底

1

その日一番の客だった。

前の四台が出て、浜田の番になった時、駅の柱のかげから歩いてきたのは、若い女だった。まだ、ようやく始発が動きはじめた時刻だ。いつもより早く順番が回ってきた、と浜田は思った。

乗りこんできた女は、浜田が住んでいる街の名を言った。

メーターを倒さず浜田は車を出し、人通りのない、商店街の舗道の脇に停めた。この季節、明るくなるのはもうちょっと時間が経ってからだ。

「久しぶりだな」

「わかってくれたのね、あたしのこと」

声。それを聞いた瞬間に、わかった。ふり返って確かめることはせず、あえてミラーで見ようともしなかったのは、とっさの時に平静で余計な動きをしないという、昔の習慣がまだ身についているからだろう。

「ちょっと寒いが、外で話をしようか」

「大丈夫よ。そんなに寒くはないわ。駅のところで、ずっと立ってたんだから」

ドアを開け、浜田は降りた。肌寒さは、思ったほどではなかった。夜明けの、風がやむころだからだろう。

舗道に立った可那子の、髪をかきあげる指さきを、浜田は見ていた。マニキュアはしていない。白い、しなやかな指だった。

「四年とちょっとになるな」

「彩子さんが亡くなったのは聞いたけど、お葬式には行かなかった」

「立野のことがあってから、すぐだった」

「新聞に、出ていたわ。事故だって」

事故と言えば、事故だ。

「鈴川さんも一緒に巻きこまれた事故なんて、どう考えてもおかしいわよね。ほんとは、浜田さんが巻きこまれるはずだったんじゃないのかしら？」

「どういう意味だ？」

「なにもかも、全部おかしいってこと。兄が死んだのだって」

「そう、思ってるのか？」

「思ってる。いや、思うようになったわ」

浜田は、煙草に火をつけた。四年前と、可那子はまったく変っていないように、浜田には思えた。三十になるかならないか、というところのはずだ。腰まである髪の長ささえ、変っていない。ただ、眼は暗い光を放っていた。

「なぜ、いまごろ俺に？」

「兄が死んだ理由を、知りたくなった」

「立野は、自殺だろう。その理由については、俺にはよくわからんね」

「自殺だなんて、浜田さんは思っているわけがないわ」

「思ってるよ。思うように、している」

「おかしな言い方ね」

「お互いにだろう」

浜田が吐いた煙が、二人の間にたちこめた。ようやく空が明るくなりはじめ、人工の光が消えようとしている。

可那子は、テイラードのスーツ姿で、昔と同じように腰の張りが目立った。ウエストのくびれが、日本人離れしているのだ。クウォーターで、イタリア人の血が入っているというが、ほとんどハーフのように見える。瞳の色は薄く、茶色い炎のように思えた。兄の良一の方は、彫りの深い日本人にしか見えない顔をしていたものだ。

「いいお父さんをやっているの、夏子ちゃんの?」

「大きくなった。もう中学三年生だ」

「彩子さんに、似てるのかしら」

「どうだろうな。時々、仕草を見てはっとすることがあるよ、仕草だけだが」

「再婚しない、理由は?」

「相手がいない」

浜田は、煙草を足もとに捨て、踏み潰した。それから、吸殻を拾いあげる。マナーに気をつけているわけではなく、これも昔からの癖だった。どこであろうと、自分がいたという証拠は、できるだけ残さない。

「俺に、どんな用事なんだ?」

「用事がなきゃ、会いに来ちゃいけないってわけ?」

「朝一番の客だ。始発が動く前から、駅で待っていたんだろう。用事がなければ、そんな会い方はしない」

「こんなふうにして、浜田さんとは会いたかったのよ。四年ぶりの浜田さんと」

可那子が結婚しているかどうかも、浜田は知らなかった。四年という歳月は、人を大きく変えるのに充分すぎるほどの長さもある。

浜田が知っている可那子は、都心のホテルに勤めている、ごく普通の女の子だった。レストランやベルキャプテンの仕事から、フロントに立てそうだと喜んでいたのを憶えている。

「ホテルは?」

「やめたわ。兄が死んでから」

「フロントには、ついに立たなかったのか?」

「どうでもよくなったの。何千万というお金が入ってくるし。なんとなく、お給料を貰って働こうって気がなくなってきたの」

立野は、可那子がフロントに立つ日を、待っていた。その時は、鈴川も浜田も、スウィート・ルームに何泊かしろと、強要されてもいた。立野が二十歳のころから、兄妹二人で暮してきたのだ。生きていれば、立野は三十四歳になる。はじめて会った時、可那子はまだ女子高生だった。

「仕事は?」

「銀座で、小さなバーを」

「そこそこには、儲かっているってことか」

「はじめに、まとまった資金があった。借金がなかったというのは、大きかったわ」

「知らせてくれれば、飲みにでも行ったのに」

「変らないのね、浜田さん。ぶっきらぼうだけど、どこかやさしくて」

浜田は、もう一本煙草に火をつけた。

可那子が、じっと浜田を見つめてくる。眼の底に、やはり暗い光があった。

「立野のことで、なにか気になってるのか？」

「保険金が八千万なんて、嘘よね、浜田さん。兄は、保険なんかには入ってなかった」

「俺と鈴川を受け取り人にして、二つ入ってたよ」

自殺か事故かは、警察では断定されなかった。遺書の類いもない。だから保険金が下りた。

可那子には、そう説明した。立野自身が持っていた金はどこかにあるはずだが、それがどうなったのかはわからない。鈴川と浜田で、四千万ずつ出した金だった。

「おかしいと思うのよ、あたし。だから、浜田さんに会ってみようと思った」

「鈴川さんとは？」

「左の脚が、義足になっていた」

「あの人、なんて言った？」

「浜田さんと同じことを」

「だろうな。答は、それしかない」

「少し、話をさせてよ。いまじゃなくていいから。時々、話しに来るわ」

「それは、構わないが」

「今度来る時は、電話をしてからにするわ」

「鈴川さんとも、そんなふうにして会うことにしたのか？」

「お店に行けば、大抵会えるわ。浜田さんには、休みの時でなけりゃ会えないでしょう」

「なら、休みの時に来ればよかった。それなら、ゆっくりと話もできた。俺はこれから、明日の明け方まで仕事でね」

「ちょっと、びっくりさせようと思っただけ。夜の仕事で、時々遅くまでお客さんがいるから、店が終ってからそのまま車を飛ばしてきたの」

「車は、どこに？」

「駅の反対側よ。車を見られると、わかっちゃうような気がして」

「送ろう。乗れよ」

返事を聞かず、浜田は運転席に乗りこんだ。可那子が、バックシートに落ち着くのを見て、浜田はドアを閉めた。

「ねえ、浜田さん。メーターを倒してくれない。昔から、こんなふうにして浜田さんのタクシーに乗ってみたいと思ってたの」

「俺が、朝の一番は駅につけていることが、よくわかったな」

「忘れてる。浜田さん、いつもそうするって言ったことがあるよ」

「そうだったかな」

「あたしが勤めていたホテルにつければいいのに、と言った時」

気軽に、話はした。彩子とも夏子とも、可那子はよく喋っていた。

浜田はメーターを倒し、車を出した。駅の反対側まで、ちょっと大回りをしなければならない。それでも、ワンメーターだ。

赤い、アルファロメオだった。訊かなくても、それが可那子の車だということが、浜田にはわかった。似合いすぎる車に乗っている、という気もする。

車を停めると、可那子は千円札を出してきた。釣り銭を、浜田は数えた。

「携帯の番号も、教えておいてよ、浜田さん」

別に、拒む理由はなかった。顧客には、電話で呼んでくれと言ってあるのだ。メモに番号を書きこみ、釣り銭と一緒に渡した。

「あまり驚いてくれなかったんで、拍子抜けしちゃったな」

茶目っ気のある言い方だったが、浜田にむけてくる視線にはやはり暗さが消えていなかった。

可那子が車に乗りこみ、発進していくのを見送って、浜田は日誌にワンメーターの記録を書きこんだ。もう一度、駅につけようという気にはならない。適当に、浜田は街を流しはじめた。すぐに、客は拾えた。

午前十時を回ったころ、浜田は電波の状態がいい場所に車を停め、煙草に火をつけた。しばらく考え、携帯のボタンをプッシュしていく。

鈴川に、直接繋がった。

「可那子が現われたんだな」

「ああ」

「この間、言おうと思って、言いそびれた」

浜田の方から鈴川に電話をすることは、滅多になかった。この三年で、二度目だ。

「銀座で、バーをやってるそうだ。あんた、知ってたのか？」

「東京だからな。時々、飲みに行ってた」

「いつからだ？」

「もう、二年半になる。ホテルをやめて、半年ほどは男と暮してたよ。結婚してくれりゃと思ってたが、つまらねえ男だった。バーをはじめたのは、男と別れてからだ」

「なぜ、俺に教えなかった？」

「おまえは、知らねえ方がいい。会えば、可那子は自分を抑えられなかっただろう」

「どういう意味だ？」

「わかってることを訊くってのは、おまえらしくねえぞ」

可那子に、好きだと言われた。彩子と結婚する前に一度。結婚してから、二度。彩子には、絶対に知られないようにする、とも言った。その時には、子供が言っていることだ、とは思わなかった。浜田の方も、可那子に魅かれるところはあった。立野の妹。そして結婚している自分。その二つが、浜田の口を噤ませた。立野が、妹の平凡な結婚を望んでいることは、よくわかったからだ。

「あんたは、自分を抑えていられたのか？」

厄介なことだった。鈴川が可那子に心を寄せていると浜田が知ったのは、六年ほど前のことだ。一度だけ浜田はそれを訊き、鈴川は頷いた。気持だけの問題だ、とも言った。

「可那子は、充分に大人だぜ。もう、年齢の差なんていう言い方もないだろう」

「俺は、抑えるよ、浜田。立野にあんな死なせ方をしたんだ。一生抑えるしかない、と思ってる。それよりも、おまえがなんとかしたらどうだ」

「よしなよ、鈴川さん。立野に死なれたのは、あんたも俺も同じだろう」

「可那子は、まだおまえを好きさ。それは、俺にとっちゃ癪《しゃく》だがね」

「くどいな。あんたらしくない」

鈴川は、しばらく黙っていた。浜田は、灰皿で煙草を消した。

「いまごろになって、なんで可那子は俺のところに現われた？」

「本人には、会わない方がいいという気持もあったんだろうがね」

「立野のことが、なにか？」

「貸金庫だ」

「金？」

「いや、宝石類に換えてあったそうだ。およそ、一億二千万ほどになるらしい。あとの金は、多分女だと思う」

立野には、女がいた。いまは消息が知れないし、あえて知ろうとも思わなかった。女には、数年かけて充分なことをしてやったはずだった。

「なんだって、いまごろ貸金庫だ？」

「五年の契約をしていたらしい。詳しいことはわからんが、立野の遺品の中から、可那子がそれを見つけたってことだろう。当然、可那子にも開けられるようになっていた」

「それで？」

「一億二千万の宝石だ。おかしいと思うのは当然だろう。立野は、ただの自動車の整備工だったんだから」

立野の、いつも油で黒く汚れていた爪を、浜田は不意に思い出した。もともと、盗んだ車の部品を入れ替えて、どれがどれかわからなくしてしまうのが、立野の役目だった。

笹井という、不良少年だった浜田を拾った男は、中古車の密輸をやっていて、鈴川とも立野とも、笹井のもとで出会ったのだった。笹井が癌で死に、窃盗団がばらけた時、なんとなく気が合った三人が一緒になった。そして、自分たちだけの、それまでとは違う仕事《ヤマ》を踏みはじめた。

「立野が、いや、俺たち三人が踏んでいた仕事《ヤマ》に、気がついたってことか?」

「まさか、そこまでは知らないさ。ただ、宝クジが当たったと思っていないことも、確かだ。それで、自殺ではなかった、と感じはじめている」

「わかった」

「おまえに会いに行ったのは、それを知りたいだけじゃない、と俺は思っている。つまり彼女は、おまえに会いに行く理由を見つけたのさ。そうならなきゃいい、と俺は思ってたが」

「変ってなかったな」

「きれいになった。眼が、前とは違う。憂いというのかな」

浜田が暗いと感じた眼が、鈴川には憂いと映ったようだった。

「早く結婚してくれればいい、と俺は思ってる。相手は、おまえでもいいんだ。夏子と可那子の三人家族じゃ、ちょっとおかしいが、だけどさまになる」

「よせ、と一度言ったぜ」

「俺は、それが一番落ち着きがいいかもしれねえと、この間ふと思った」

浜田は、もう一本煙草に火をつけた。

「俺たちは、足を洗ったんだ。いいか、浜田。昔がどうのなんて、もう考えることたあねえんだぜ」

鈴川が、可那子の店の名と場所を言った。

「切るぞ」

浜田は言い、電話を切ったが、鈴川の声は頭に残っていた。

しばらく、車の中でじっとしていた。それから、気を取り直して、街を流しはじめた。舗道から出て手をあげている男の姿が、すぐに見つかった。

「東京だ、運転手さん。銀座の近く」

「銀座、の近くですね」

苦笑して、浜田は言った。

2

友だちが来ていた。

夏子の部屋からは、笑い声が洩れてくる。めずらしいことではなかったが、日曜日だった。

夏子が通っているのは私立のミッション系の女子校で、小学校から高校まで続いていた。土曜日は休みで、その代りに日曜に教会に行かなければならないことになっている。

教会の帰りに、友だちを連れて来たのかもしれない。まだ正午前だ。

非番と日曜が重なっていた。こういう日は、釣りには行かない。スーパーで買物をし、ついでに釣具屋に寄ってきたところだった。洗濯や掃除などの、家事はすべて済んでいる。

浜田は買いこんできた食料品を冷蔵庫に収《しま》いこみ、それから自分の部屋に入って音楽をかけた。聴く音楽に、傾向はない。静かなものが好みというところで、CDは二十枚ほどあるだけだ。何度か、夏子から借りてかけてみたが、うるさくて五分も我慢ができなかった。

タックルボックスを出し、買ってきた釣具を整理した。市販の仕掛けを使うことはあまりなく、大抵は自分で作る。魚によっては、浜田が自分で考案した仕掛けもあった。

正午近くになると、浜田はキッチンに立った。

野菜と豚肉を刻み、電気プレートを出して、焼きそばを作った。三枚の皿に盛り、青海苔をたっぷりとかける。トレイに載せた二つには、使い捨ての歯ブラシを一本ずつ添えた。青海苔が歯につくのを、夏子が気にするからだ。友だちも、多分そうだろう。飲物は、夏子が勝手に冷蔵庫から選ぶ。

「おっ、パパ、手伝えなくてごめんね。パパが作ってくれたなんて、友だち恐縮しちゃう」

冷蔵庫からジュースを二本出してトレイに載せながら、夏子が言った。

夏子がトレイを部屋に運びこむと、浜田はひとりでテーブルにつき、箸を取った。昼食ではスパゲティなども作るが、焼きそばが野菜を一番多く使う。栄養のバランスは、浜田よりも夏子の方がよく口にした。

食事を終えると、部屋に入った。一、二時間、新しい仕掛けを作り、それから十キロほど走るつもりだった。夕食は、冷凍してあるワラサを塩焼きにする。走りに出る前に解凍のために出せば、ちょうどいいだろう。そのワラサは五キロほどあったが、真鯛の仕掛けにかかったものだった。ショックコードをつけていなかったら、切られていたはずだ。取りこむまでに、十分以上はかかった。捌いて、刺身にしたり、大根と煮たりして食い、いまは塩焼きの分が残っているだけだ。

ドアがノックされた。

出ていくと、小柄な髪の長い女の子が、ペコリと頭を下げた。ショートカットで大柄な夏子が、男の子のような感じに見える。指には、きれいにマニキュアをしていた。教会では、それを咎《とが》められることはないらしい。

「焼きそば、とってもおいしかったです」

浜田は、笑って頷いた。

友だちが帰ると、夏子は洗濯をはじめたようだった。

作りかけの仕掛けを仕あげてしまうと、浜田はトレーナーを着こんだ。夏でも冬でも、同じものだ。この季節になると、汗が出るのに一キロ以上はかかる。

夏子が、学校名のロゴが胸に入ったトレーナーを着て出てきた。

「一緒に頑張ろう、パパ。あたし、躰のキレが悪くなった。食べすぎて、肥った気がする。下手をすると、レギュラーを落ちちゃうわ」

「そいつは、大変だ」

「まあ、大丈夫なんだけどね。三年のエースって座を、失いたくないの」

「ふうん、君はエースだったたか」

「そうよ、知らなかった？」

「躰のキレか。それは、先輩に言われたことだろう？」

「自分じゃ、あんまり気づかないものなんだよ」

「まあいいさ、走ろう」

ベランダで、準備体操をした。外でやると、夏子が恥しがる。洗濯機は、まだ動いていた。

エレベーターで下に降りると、すぐに走りはじめた。ひとりで走る時とは、いくらか勝手が違う。しばしば、併走する夏子の息遣いを窺ってしまうのだ。一キロを、いつもより数十秒多くかけた。ようやく汗が滲み出してくる。

「パパ、もっとペースをあげられない？」

「君が大丈夫だと言うなら、いつものパパのペースで走るぞ」

「大丈夫」

ペースをあげた。公園の中を駈け抜けた。日曜日で、走っている人の姿は多い。その誰よりも、浜田と夏子は速かった。それが、快感にさえ思えてくる。

「無理しちゃ駄目よ、パパ」

夏子の息遣いは、弾んでいる。

「君こそ、息があがってきたんじゃないか？」

「大丈夫。なぜかわかんないけど、あたしのペース、パパと同じ」

「そうか」

コースは決めてあり、距離は歩幅で割り出してある。六、七キロのところで、トレーナーは外まで濡れてきていた。やはり、汗の量は浜田の方が多いようだ。

十キロ走りきった。一時間弱というところだ。軽い体操をした。

「パパ、シャワー使ってきて。あたしは、ドリブルのキレがよくなるように、ダッシュを三十本やるから」

「わかった」

先にシャワーを使わせようとしているのだろう、と浜田は思った。

洗濯機は、もう止まっていた。浜田は、トレーナーや下着を、自分のランドリーバッグの中に放りこみ、熱いシャワーを浴びた。

走ったあとは、少々熱い湯でも、あとで汗が出て困る、ということはない。

バスタオルで全身を拭い、腰に巻いた。

不思議な充足感が、全身を満たしていた。走ったあとにこういうことを感じるのは、はじめてだった。冷蔵庫を開け、缶ビールを出して、ひと口のどに流しこんだ。よく冷えている。

煙草に火をつけた。

ようやく、夏子が戻ってきた。

「あたしの友だちは、みんなパパが若いと言うわ。体力も若いということを、あたしが証明してあげる」

　ほんとうにダッシュをやっていたらしく、夏子の呼吸は乱れていた。

「だけど、走ったあとにビールと煙草じゃね。やったことが、無駄になるって気がする」

　いつもは、走ったあとにビールなど飲まない。

「君と、本格的に走ったのは、はじめてじゃないかな」

「そうね。中年にしては驚くべき体力だ、とあたしは思う。おなかなんか、全然出てないものね」

「タクシー運転手は、腰をやられる。それを防ぐためには、腹筋を鍛えておくことさ」

「その立派な体型が、四十を過ぎても維持できることを祈るわ」

　夏子が、バスルームに入っていった。かすかに、シャワーを使う音が聞えてくる。

　浜田は部屋に入り、ベッドの下の抽出しから下着を出して着こんだ。夏子は専用の箪笥を買えというが、スペースの節約だと浜田は思っている。洋服箪笥は、ひとつあるのだ。

　走ったあとというのは、いつも爽快な気分だった。躰を動かしているのが、性に合っている。そんな気がした。五キロしか走らない時は、筋力トレーニングもやる。

　夏子が、ベランダに出て洗濯物を干しはじめた。浜田の洗濯は、明日である。夏子と同じ日に、洗濯物を干すのは避けていた。

夕食の仕度をはじめた。途中で、夏子が手伝いに出てきた。魚の捌き方など、大抵はできる。浜田の釣果が多かった時に、練習したりしたのだ。今度は、平目の鱗を削ぎ落として、五枚におろすことも教えようと思っている。捌くことだけでなく、魚の食い方も夏子はうまくなりはじめていた。浜田の食い方が、いわゆるしゃぶりつくすというやつで、それを真似ている間に、うまくなってきたのだ。

「このワラサも、頭の先から全部食べちゃったね、パパ」

「人間の胃袋というのは、すごいものだろう。釣ってきた時、とてもこれは食べきれない、と君は言ったんだぞ」

「こわいことだって気がする。一生の間に食べる量って、どれぐらいあるんだろう」

「まあ、それを考えても仕方がない」

夏子が、味噌汁の仕度をはじめた。それが終ると、米を研いでいる。浜田は、いくらか凝った、野菜の煮ものを作った。

「今日のお友だち、ほんとにパパのことを感心してた。特に、使い捨ての歯ブラシが添えてあったことね。あとで出されるより、気にせずに食べられるって、喜んでた。女の子の心理がよくわかった父親だって」

「青海苔が歯につくのが我慢できない、と君に言われているからな」

「かわいい子でしょう。あたしのことを好きなんだって。それで、日記を交換してる」

「そいつは驚きだ。レズビアンだったのか、君は?」

「女の子は、そんなことをするものなんだ。先輩のお弁当を作ってきたり、着なくなった服を貰ったり」

「パパのことも、日記に書くのか?」

「当然よ。夕食になにを食べたかとかも、書くんだから」

「君も、彼女を好きなのか?」

「慕われてるってとこかな。週に一度は、必ず練習を見に来るし」

「それなら、バスケ部に入ればいい、という気がするがな」

「運動が、苦手なの。教えてあげると言っても、見ているだけでいいって断るんだもん。あたしが先輩にしごかれると、すごい眼で睨んでるよ」

「マニキュアをしていたな。それに、かわいい服を着ていた」

「似合わないんだな、あたしには。大人っぽい服の方が、似合うみたい」

浜田が笑うと、夏子が口をとがらせた。

「そういえば、きのうの午前中に、電話があった。立野さんから」

土曜日は明けで、浜田は午後まで寝ていた。気を遣って、夏子は起こさなかったのかもしれない。携帯の電源は、切ってあった。

「別に、パパに用事じゃないって。あたしと、喋りたかったらしい」

「憶えてたのか、君は？」

「勿論。きれいなお姉さまだったもの。立野のおじちゃんもいい男だったけど、あのお姉さまのきれいさは別格よ。でも、ホテルのお仕事はやめちゃったんだって」

「君は、どんなことを話した？」

「中学生になってずっと、バスケットをやってるとか、好きなミュージシャンの名前とか、あと、服の話とか。いつもパパが料理を作ってくれると言うと、ちょっとびっくりしていたな。浜田流のほかに、いくつもレパートリーを話してあげた」

　可那子は、ただ夏子の生活を知りたがっただけなのかもしれない。しかし、微妙なものを感じさせる電話だった。

「パパは、立野のおじちゃんが亡くなってから、可那子さんに会ったの？」

　とっさに、浜田は返事ができなかった。

「まだ、結婚していないんだって。もう三十だって言ってた。会ってみたらいいと思うな、一度。そりゃ、好きになるとかいうの、難しいことかもしれないけど、誰かに会ってみなきゃはじまらないし」

「君は、なにを考えているんだ？」

「余計なことかな」

「当たり前だ」

「大人は、子供の力など借りずですか。なら、あたしが驚くようなママ候補を、見せていただきたいものです。それだったら、余計なことだと納得できるけど」

「君は、パパの再婚を望んでいるのか？」

「出会いがないことを、心配しているだけよ。仕事じゃ一日じゅう運転しているし、休みの日は釣りばっかりだものね。これじゃ、恋もできませんよ」

「やっぱり、余計なことだ」

可那子の電話は確かに微妙だが、夏子との話に、浜田が気にしなければならないようなことはなさそうだった。

「炊飯器のスイッチ、入れといてくれよ。魚に塩をしたら、あとは飯が炊きあがってからでいい」

「了解。あたしは、ちょっと友だちに電話をしたい。子機を借りるわ」

夏子が、部屋に入っていった。

浜田は、手をきれいに洗い、ハンドクリームをすりこんだ。手が荒れるのは、気になる。

性格のようなものだろうが、ステアリングに指のさきがひっかかるような気がするのだ。だから冬場の釣りでは、いつもしっかりと手袋をしている。ハンドクリームも欠かしたことはなく、爪は短く切っていた。そのくせ、無精髭などは気にならない。

飯が炊けるのを待つ間、思いついて浜田は押入れから防寒のダウンジャケットなどを出した。そろそろ、釣りにはそれが必要な季節だった。登山用の下着の上下は、すでに出してある。

ベストのポケットに、必要なものはすべて入れてあった。それを着てタックルボックスと竿を持てば、大抵の釣りはできるのだ。ただ真冬は、ベストの上にやはりダウンジャケットが必要だった。

クリーニング・タグなどを取り、ハンガーにかけた。ファスナーの具合だけは、しっかりと確認した。真冬の海は危険だと思われがちだが、海水温は十度以上ある。海に落ちて危険なのは、身動きできなくなるほど着こんでいる時だった。すぐに脱げるものを着て、ズボンもジーンズのようなものでなく、余裕のあるものを穿く。

外はすでに暗くなっていた。

浜田は、窓のそばに立った。ガラスには、外の景色ではなく、自分の姿が映っている。眼鏡を、ちょっと直した。どこにでもいる男だ、と思った。どこにでもいる男から、はみ出しているものはなにもない。

それが外見だけで、心まではみ出していないかどうかは、自分ではよくわからなかった。

3

五時少し前だった。

電話をしておいたわけではなかったが、鈴川は青山の事務所にいた。一階が店舗で、二階が事務所になっている。

芳子の姿は、どちらにも見えなかった。

鈴川と芳子の間が、いまどの程度なのかは知らない。かつては男と女だったが、二人が一緒に暮したことはないはずだった。

「そのうち来るだろうと思っていたが、意外に早かったな」

「気紛れだよ」

「気紛れで、俺のところへ訪ねてくるやつか、おまえが。可那子に、会いに行く気だろう」

「まだ、決めていない」

「そうとも思えないが、まあ座れよ」

鈴川は、インターホンでコーヒーを二つ取るように言った。それから、浜田とむき合ってソファに腰を降ろす。

事務所は倉庫も兼ねていて、棚には衣料品がつまっているし、隅には白い箱が山積みになっている。この光景は、昔と変らない。

「おまえが可那子を好きだと言うなら、俺は文句を言う気はねえよ」

「よしてくれよ。この間、久しぶりに会ったきりなんだぜ」

「可那子は、昔からおまえを好きだった。そう言われたことも、あるはずだ」

「だから？」

「その時は、彩子さんがいた。いまは彩子さんがいない。そのことは、二人とも知っている」

彩子がいない時も、好きだと可那子に言われた。十年以上も前の話になる。子供が言っていることだ、と浜田は思った。それについては、鈴川は知らない。

「会うな、と俺に言っているのかい？」

「会う会わないは、おまえの勝手さ。立野の妹なんだ。おまえが半端な気持で付き合えるはずがないことは、俺にもよくわかる」

「立野が自殺のはずはない。可那子は、俺にそう言ってきたんだ」

「自殺さ、あれは。そうとしか思えん」

「そして、あんたも俺も、絶対にそうじゃないことを、知ってる」

鈴川の視線が、浜田の顔に突き刺さってきた。

「自殺ってことにしておこう。俺とおまえで、そう決めたじゃないか」

「それが、可那子にまで通用することだと思ってるわけじゃあるまい、鈴川さん。可那子は、少なくとも俺たちよりも、立野の死について知る権利がある」

「待てよ、浜田。あれは、可那子のために決めたことじゃなかったのか」

「なにも知ろうとしない可那子のためにな。知ろうとしてしまったら、俺たちで勝手に決められないことじゃないのかな」

浜田が言うと、鈴川が腕を組んだ。テーブルの一点に、視線をむけている。

「第一、一億二千万の貸金庫を、どうやって説明する。俺は、いずれ可那子が俺たちにその説明を求めてくる、と思ってるよ」

鈴川は、腕を組んだまま、身動きひとつしなかった。仕事《ヤマ》を踏んだ金。そんなことは、鈴川にも浜田にも言えない。言っていいことでもない。立野が、死んでいるからだ。

コーヒーが運ばれてきた。その間も、鈴川は腕を組んだまま動かなかった。浜田は、湯気をあげているカップに手をのばした。

「おまえを好きだ、と言うために可那子は会いに行ったわけではない。そう言ってるんだな、浜田」

「あんたの気持が、なにかを曲げてる。素直に、冷静に、可那子を見ることができなくなっているんだ、と思う」

夏子に、電話をしてきた。それは鈴川には言わなかった。

鈴川が、煙草をくわえ、火をつけた。何度か煙を吐く間、なにも言おうとしなかった。

「俺のところへ、可那子が来る。それは、貸金庫のことがあったからだろう。あんたは、そう思ったんだろう？」

「ちょっと待てよ、浜田」

「待てないね。俺ははっきりと言われたんだ。立野が自殺であるわけがないってな」

浜田がコーヒーを飲み干したころ、鈴川はようやくカップに手をのばした。

「おまえは、可那子に会ってなにを言おうとしている」

「会いに行くかどうか、まだ決めてない」

「行くよ。おまえは行く。そんな顔をしてやがる」

「会ったとして、なにを言えばいい？」

鈴川が、また黙りこんだ。

「あんたと、それを話し合おうと思った。もう、自殺じゃ誤魔化しきれない。俺は、そう感じたよ」

煙草を消し、それでも眼をあげず、鈴川はまだ考えこんでいた。あまりものを考えない。それが、鈴川という男だった。無思慮というのではなく、浜田や立野より早く行動へ跳ぶ。あれかこれかと思いあぐねていた二人が、それによって動かざるを得なくなる。自分たちの仕事《ヤマ》は、そうやって成功してきたのだ、と浜田は思っていた。考えるより先に、やってみなければわからないことがある。

その鈴川が、いま考えこんでいた。

「なあ、浜田」

「待てよ、鈴川さん。俺は余計な御託が聞きたくて、ここへ来たんじゃない。仕事《ヤマ》を踏むか踏まないか。言ってみりゃ、そんな相談をしたくて、あんたと会ってるんだ」

鈴川は、テーブルに戻したコーヒーに一度手をのばし、またそれを戻した。鈴川のカップには、すでに冷えたコーヒーが、まだ半分は残っている。

「俺に、預けてくれないか、浜田？」

「いつまで？」

「ひと月。それぐらいでいい」

「考えておく」

「いま、ここで決められねえのか？」

「あんたは、ひと月考えるんだろう。俺にも、そういう時間は欲しいさ」

「わかった」

鈴川が、また煙草に火をつけた。

それ以上なにも言おうとしないので、浜田は立ちあがった。

「めしでも、一緒にどうだ、浜田？」

「いや、いい」

「可那子のところへ行くとしても、銀座の店は七時半か八時にならなきゃ開かねえぞ」

「わかってるさ」

大きな仕事のあと、笹井が時々銀座へ連れていってくれた。だから、銀座で飲んだことがない、というわけではない。確かに、店が開くのは、八時近くになってからだ。

「俺は、もう行くよ」

浜田が階段を降りて外へ出るのを、鈴川は見送りに来た。鈴川が歩く時は、どうしても靴音の調子が取れない。

店のそばに駐めた車に、浜田は乗りこんだ。車を出す。鈴川は、ちょっと右手をあげただけだった。

夕方の街を走った。すでに暗くなっているが、車はこれからさらに多くなるのだろう。タクシーを流すような気分で、浜田は走った。明確な意識もないまま、銀座に入っていた。地下駐車場に、車を入れる。

可那子の店の場所。店の名。しっかりと頭に入っていた。

まだ、六時を回ったばかりだ。店だけ確かめておこう、という気はなかった。可那子はいるはずだ。理由もなく、そういう確信だけがあった。

ビルの六階。エレベーターを降りて左側の二つ目のドアが、『メープル』だった。

ドアを押した。開いていた。

可那子は、カウンターのスツールに、ひとりで腰を降ろしていた。照明は落とされていない。黒に、グレーのストライプの入った、テイラード・スーツの後ろ姿が、華奢で頼りなげに見えた。

「お座りになって。まだ、誰も出てこないから」

「意外に大きな店《はこ》だ。これは、クラブと言っていいんだろうな」

ドアを開けた浜田を、可那子はなんの驚きも見せず、自然に迎え入れた。まるで浜田を待っていた、という感じさえある。

「女の子が七、八人に、バーテンがひとりというところか」

可那子の隣のスツールに腰を降ろし、浜田は煙草をくわえた。

「バーテンの男の子は、七時に出てくるわ。女の子たちは七時半と八時と八時半。遅い子は、同伴のお客さまと一緒」

「そこそこ、繁盛はしているじゃないか」

「わかるの？」

「なんとなく。店にも気配ってやつがあるんだろう。人が多く出入りしているっていう、気配があるよ」

「そう。景気の割りには、お客さまは減っていないわ」

「ここに、何年？」

「二年半よ。前の店が潰れて、居抜きで買ったの。最初の半年は赤字で、あたしがカウンターに入ってたわ」

「半年で黒字に転じるってのは、立派なもんじゃないか」

「鈴川さんのボトル、出しましょうか？」

「いや、なにもいらんよ」

「最初は、毎日のように鈴川さんが来ていた。お客さまも、ずいぶんと紹介して貰ったわ」

「立野が死んでからも、鈴川さんとはよく会っていたのか？」

「ホテルを辞める時、意見された。男と暮しはじめた時もね。この店をはじめた時はなにも言わなかったけど、毎日のように様子を見に来たわ。まるで、父親ってとこね」

鈴川は、自分の気持をなにも可那子に伝えていないだろう。それが鈴川だということが、浜田にはなんとなくわかる。ほんとうに女を好きになる資格はない、と考えているに違いないのだ。青山でブティックをやらせている芳子を、本気で愛しているとも思えない。

「父親か」

「最初、強引に女性を連れてきた。雇えってね。もう四十を超えた方だったけど、いやと言えるような雰囲気ではなかったわ。結果として、その方がこういう店のやり方から、習慣のようなものまで、すべて教えてくれたの。鈴川さんからも謝礼が出ていたって、一年後に辞める時にはじめて知った」

「まったく、娘に甘い親父ってとこだ」

カウンターは木の一枚板で、丁寧に磨きあげられている。つまり、この店は軌道に乗っている、というやつだろう。

「あの八千万を、ドブに捨てるように使ってしまう、と鈴川さんは心配したのね」

「実際、ドブに捨てる気だったんじゃないのか？」

「そうね。そんな気もあったかもしれない」

「いまは？」

「このお店、好きだけど、最後の最後では、どうでもいいと思っているところがあるわ」

「皮肉だな。人生を賭けて店をやり、失敗する人間もいれば、どうでもいいと思って成功するやつもいる。だから、嫌いなんだ、俺は」

「なにが？」

「一所懸命に生きるのが」

浜田の方をむいて、可那子が低い声で笑った。煙草を消した。消えきらず、ひと条《すじ》煙があがった。可那子の白い手がのびて、それを消した。やはりマニキュアはしていない。ただ、専門家が手入れをした爪だろう。

「この間、夏子ちゃんと喋ったわ」

「あんなもんさ、俺の生活は」

「一所懸命、いいお父さまをやっているような気がする」

「夏子も、いい娘をしっかりやってる。時々、不思議な気分になるな。二人で、懸命に虚構を組み立てようとしている、という気がしちまうんだ」

「虚構なんかじゃない。夏子ちゃんは、大きくなったでしょう。やがてもっと女になっていく。それは、虚構じゃないわ」

夏子との、穏やかで落ち着いた関係。それを不思議に感じる自分を、浜田はうまく説明できなかった。

「店に出る時は、髪はアップか」

大人っぽく見える。解けば腰のあたりまであるのだろうが、まとめるとそんなふうには見えなかった。

「いまも、好きよ、浜田さん。男と女のことが、あたしにはよくわかってないのかもしれないけど。いや、わかってる人なんて、いるはずがない、といまは思うようになった」

「四度目だな、言われたの」

「憶えてくれてるのね」

四度ということに、浜田は大きな意味を見つけたりはしなかった。

「いまも好きだけど、それはもういいの。兄のことがなかったら、あたしは浜田さんに会おうとはしなかったと思う」

「やっぱり、そうか」

「昔から、甘い男じゃなかったわよね。そこが、鈴川さんと違うところ」

「君は、ずっと立野の妹だった。そして立野は、君が平凡でも幸福な結婚をすることを望んのだと思うけど」

「結局、兄も父親だったのよ。子供のころから兄と二人だけで、そうならざるを得なかったでいた」

「そっとしておいてやれ。君の心の中にいる立野だけでいいだろう」

「なにか、あるのね、やっぱり」

「だからと言って、立野が生き返るわけじゃない」

「なにがあったか、知っちゃいけないってこと？」

「知って、どうなるんだ？」

「あたしが生きてるっていう、証のひとつになるわ」

「わからんね」

「兄が死んだ代償に、わけのわからないお金を八千万も貰って、兄の貸金庫からは一億以上もの宝石が出てきて、それが全部あたしのものになる。おかしくない、これって？」

「男ってのは、女の知らない人生を生きていることもある」

「まったくよね。なら、最後まで知らせるべきじゃないわ。知らなければ、兄の人生はあたしが思っているものだけだった」

「なぜ、君は」

「やめて。兄は、あたし自身よ。兄のもうひとつの人生を知るってことは、あたし自身を知るってことよ」

可那子が、細い煙草をくわえ、赤い漆を塗ったライターで火をつけた。

「つまらないことが、起きる」

「どういう意味。あたしがあたし自身を知ろうとすることが、なぜいけないの?」

「立野が君自身であったように、俺たちにとっては、俺たち自身なんだ。だから、四年前に、鈴川さんも俺も、一度死んだ」

「あたしだけが、死んでないわけでしょう。つまり、なにも知らない生殺しみたいなものよ」

「いまの生活を」

「それを第一に守ろう、なんて考えていないわ。わけのわからないものを与えられた生活なんて」

「俺は、頼みに来たんだよ、自分を大事にしてくれって」

「自分を、大事にすると、こうなるの」

言って無駄だとは、最初から感じていたような気がした。それでも、可那子とは喋ってみたかった。平凡な幸福。立野が、妹に最も望んでいたことだったのだ。

「また、来るよ」

「帰るの？」

「そろそろ、従業員が出てくるころだろう」

「電話を頂戴、一度。いつでもいいから」

「わかった」

「必ずよ」

名刺を出された。店の名刺だが、自宅と携帯のものらしい電話番号が、すでに書き加えられていた。

浜田は、それをジャケットの胸ポケットに入れた。

「その眼鏡、度が入っていないのよね、浜田さん」

「ああ」

「似合うと思う。だけど、いつも似合うとはかぎらないわ」

「自分でも、そう思うことがある。最近だがね」

スツールを降り、浜田はドアの方へ歩いた。その間、腰を降ろした可那子は、身動きひとつしなかった。煙草の煙が、かすかにたちのぼっているだけだ。

エレベーターから出てくる、バーテンらしい若い男に会った。浜田に頭を下げ、『メープル』に入っていく。

浜田は外に出ると、眼鏡を取り、レイバンにかけ替えた。

すでに暗い街が、いっそう暗くなった。闇の底で生きてきたようなものではないか。そう思った。闇の底には、闇の底の生き方というやつがある。

すぐには地下の駐車場にむかわず、街を歩いた。人通りは、さらに多くなっている。なにも、考えなかった。考えて、どうなるものでもない。できるだけ、この人の群れの中に紛れてしまうことだ。しかしそうするには、浜田のレイバンはいくらか目立ちすぎた。はずそう、とは思わない。

人の群れに紛れて生きられるのは、まともな人間だけなのだ。そんな気持を、この四年間、実は一度も忘れていなかったのではないのか。

若い女が、浜田の胸のあたりにぶつかった。

「失礼」

浜田の方が、そう言った。

第四章　悲鳴

1

なにもかもが、違っていた。

浜田英二と自分である。はじめて会った時から、鈴川はそう思っていた。

笹井という男がいた。親分肌だが、実は気の小さい男だった。それは、博奕のやり方を見ていればわかった。言うことは派手だが、決して大きくは張らない。大負けもしない。

浜田を鈴川に引き合わせたのは笹井で、十八年前のことだった。気の弱い飼主が、それを隠すために獰猛な犬を連れている、という感じがしたことを、鈴川はいまでもはっきりと憶えている。

はじめは、笹井が集めた国産の中古車を海外に流すのが、鈴川の仕事だった。親父がやっている貿易業を継いだばかりのころで、輸出入に関する仕事は、一応心得ていた。書類の不備などもなかったので、当局に眼をつけられたことはない。そのころ親父は倒れ、入院中だった。会社の業務はすべて鈴川が思う通りになり、しかし真面目にそれを発展させていくという気持はなかった。一年後に、親父は右半身が麻痺したまま死んだ。

輸出する中古車のすべては、盗んだものだった。それに手を加えてわからなくしてしまうのが、自動車整備工の立野の役目だった。立野良一も笹井が見つけてきた男だ。人をうまく捜してくるのだけは、笹井の評価してもいい能力だった。

中古車の輸出は、かなり儲かった。元手がなにもかかっていないから、当然と言えば当然だった。月に四、五十台は輸出していただろうか。そのうちの半数は、笹井のもとへほかの窃盗団から流れてきたものだった。全体でどれぐらいの人数が関っているのか、知っているのは笹井だけだった。

笹井のやり方は慎重で、窃盗団を三つか四つに分け、その中のどれが潰されても、商売は続けられるようになっていたのだ。

浜田は、笹井のところの若い者という立場もあり、よく鈴川と会ったりしたものだった。時々立野も加わっていて、三人で飲み歩いたこともある。鈴川は浜田より四つ、立野より八つ年長で、自然に兄貴分という恰好になった。

窓のそばに立ち、鈴川はちょっと時計に眼をくれた。外にはすでに、夕方の気配が漂いはじめている。

このマンションからして、浜田とはまるで違っていた。家賃は月八十万で、鈴川ひとりでは使いきれないスペースがあり、その上掃除を入れるのに十万はかかる。浜田は、結婚して湘南の二LDKに移ったが、その前は横浜のワンルームだった。

煙草を一本喫い、鈴川は寝室のクローゼットからコートを出して着こみ、靴を履いた。凝ったイタリア製のスエードだったが、左脚は四年前から義足である。上等な靴の履き心地も、右足でしか感じなかった。

はじめのころは、義足にどうしても馴れなかった。膝の、切断した切り口のところに、痛みを感じる治療を受けた。鍼師の治療だが、それを数カ月続けると、ようやく膝から下がないのだということが、感覚でわかるようになった。そこで義足を作り替え、ようやく馴染んできたのだ。それまでは、左足があるという感覚を、どうしても捨てきれなかったのだ。

エレベーターに乗り、駐車場に降りた。

濃紺のメルセデス・クーペ。二年に一度、買い替えていた。古い国産車に乗っている浜田とは、そこも違う。

エンジンをかけ、サイドブレーキを解除する。サイドブレーキと言っても、一番左にあるペダルを踏みこむとかかり、手もとのレバーで解除するのだ。そのペダルぐらい、なんとか義足で踏みこむことができた。

立野は、サイドブレーキのことを、輪止めと言ったものだ。それが自動車整備工の使う言葉なのかどうかは知らないが、片脚を失ってから、鈴川はそういう表現が好きになった。第一、足で踏むペダルを、サイドと称するには無理がある。

道は混んでいた。

音楽をかけ、鈴川はゆっくりと車を走らせた。音楽はいつも、古いジャズである。親父がレコードを集めていたので、いつの間にか耳に馴染んでしまったというところだろうか。いま流行している音楽は、うるさいなどと感じる前に、聴こうという気が起きてこない。いまさら、無理に人生に新しいものを足そうとも思わなかった。

本来なら、小さな貿易会社の社長だった。いまも貿易業はやっているが、規模は半分以下だ。社員も、三人いるだけだった。貿易業を面白いと感じたことは、一度もない。適当にものを輸入し、時々輸出にも手を出す。親父の代からの、信用というやつはあるようだった。景気がいい時に、事業を縮小した。それが、景気が悪くなってから、効いた。銀行に借金などなかったのだ。熱意が持てぬまま縮小したのに、景気が落ちこんだいま、企業としての体力を失わない、堅実な経営をしたといわれている。皮肉な話だった。芳子にやらせているブティックも、会社で輸入したものを扱っているが、いい加減な選択で輸入したものが、なぜか当たり続けている。

昔から、そうだった。心を傾けたもので、うまくいったためしがない。四十二年の人生をふり返っても、燃えるような気持でやってうまくいったのは、浜田や立野と踏んだ仕事《ヤマ》だけだろう。それも、立野が死に、浜田の女房まで死なせることで、終った。

行先は、都心のホテルだった。

ホテルに入る前に、会見する相手と一度だけ携帯で連絡を取った。決めたやり方。だから一度連絡するだけで、用心深くなっているわけではない。

ホテルの駐車場に車を入れると、鈴川はアタッシェをひとつぶらさげ、ロビーにあがってエレベーターに乗った。

指定された部屋の前で、ネクタイをちょっと緩める。浜田がネクタイをしている姿は、一度か二度しか見たことがない、となんとなく鈴川は思った。一度は、結婚式の時だ。もう一度が、女房の葬式の時、ということはない。その時、鈴川も左脚を失って入院していた。

チャイムを押す。すぐにドアが開いた。ごく普通のツイン・ルームだった。

「外の車の中で、息子が待ってる」

いきなり、清水が言った。鈴川は、黙って椅子に腰を降ろした。

「前から一度引き合わせる、と言っていたと思うんだが」

「取引は、あんたと俺の二人だけ。そういうことじゃなかったのかね」

「私も、もう引退する歳だよ。年金でも貰って暮す、という気分になってね。仕事は、息子に引き継がせようと思ってる」

清水は、六十四、五になっているはずだ。白髪で、きちんとスーツを着ていて、身なりだけではまともな商売に見える。実際、池袋で中古の自動車屋をやっていた。店は四つあり、豊島区の中に散らばっているが、商売が潰れないのは、もうひとつの商売があるからだという気がする。

「ここへ、呼んでいいかね？」

「故買屋を継がせようってか？」

「中古車だけじゃ、食えんよ」

清水は、もともと笹井の知り合いだった。どの程度の関係かはわからないが、まともでないのは間違いないだろう。三年前に、鈴川の方が訪ねていった。そして、いまの取引がはじまった。故買屋が集めた盗品を、さらに鈴川が買う。買うのは宝石類だけで、それは海外に流し、加工し直す。時計などはあまり金にならないので、処分は清水自身でやっているのかもしれなかったが、そこまで訊こうという気はなかった。時々、宝石だけを持ってくる。それだけでいいのだ。

「あんたとの取引には、実績がある。信用もしている」

「息子だよ、私の。なにかあれば、当然私が責任を取る」

清水が責任を取る、という事態が起きれば、それはもう手遅れということだった。ほんとうなら、ここで取引を打ち切るのが賢明だろう。息子が親の稼業をまともに継ぐというのがどれほど当てにならないか、自分を見てみればよくわかるのだ。

それでも、鈴川はどうでもいいような気分で頷いていた。

清水が携帯に手をのばした。
五、六分してやってきたのは、三十をいくつか超えたという男だった。長身で、小狡《こずる》そうな眼をしている。
「準一という。あんたのことは、一度話してある」

「決めたことがひとつでも守られなかったら、取引はやめる。そっちがなにをしているか、俺は知らん。知る気もない。そっちも同じだ。わかるな？」

「子供扱いは、やめてくださいよ、鈴川さん。あんたが安心できる相手かどうかも、いままでの親父との取引でわかってる。黙って、同じようにやるだけでいいじゃないですか」

「そうだな」

清水準一という若造を、鈴川はあまり好きになれなかった。浜田に会った時。立野に会った時。それぞれに印象は違ったが、二人ともわけもなく鈴川の気持の中に食いこんできた。清水準一には、それがまるでない。

仲間ではない。ただの取引の相手だ。信用できさえすれば、それでいい。

「はじめようか」

清水が言った。テーブルに布が敷かれ、そこに指輪やネックレスなどが十数個置かれた。

鈴川は、内ポケットからルーペを出し、ひとつひとつ検分していった。

三つ、八つ、六つのグループに分ける。

「一千万だな」

「そりゃ安すぎる」

言ったのは、準一の方だった。

「乗せられるとして、あと百万。それ以上は無理だ」

「一千五百は、最低でも貰いたい」

「十一個は売りものになるが、残りの六つは屑だな。なんなら、ひとつずつの値を決めていこうか」

準一が煙草に火をつけた。

「シビアだね、鈴川さん」

「損はしたくないからな」

「これで、あんたはいくら儲けるんだ？」

「一千万」

「ちょっと、暴利だね」

「言葉が過ぎるぜ、小僧」

鈴川は、準一に眼を据えた。

「俺はこれで、一千万儲けようと思ってる。しかし、百万か二百万しか儲からないかもしれん。それは、こっちのことだ。言う必要のないことだが、最初だから言ってやった。俺は、そっちがいくら儲けるのか、考えたことはないよ。お互いに折り合える額だったら取引になるし、折り合えなかったらやめればいい。それだけのことだ」

清水は、息子の顔をじっと見ていた。清水なら、一千百万で話がついた。なにひとつ、無駄なことは言わずにだ。

「わかったよ、鈴川さん。俺も言いすぎた。一千百万で手を打つよ」

「一千五十万だ」

「なぜ?」

「五十万は、ペナルティってやつさ」

「いやだと言ったら?」

「お互い、時間を無駄にしたことになる」

清水となら、鈴川が一千万と言い、百万の上乗せを要求されてそれを呑み、それでもう取引は終っているはずだ。

「決めろよ、小僧。一千五十万か、それともやめるか」

準一が、親父の方に眼をやった。清水は、腕を組み、眼を閉じている。準一がちょっと肩を竦めるような仕草をし、それから煙草を消した。

「いいよ。それで、手を打つ」

準一が言うと、清水がにやりと笑った。

鈴川は、アタッシェから札束を十個出し、それからもうひと束から五十枚数えて出した。準一が、数え直している。

「束で取引をする。今後は、そうして貰いたいもんだな。それで、数える手間が省けるってもんだ」

「今度から、そうしますよ」

「わかった。親父さんの時と、同じやり方だ」

鈴川は、取引の時はいつも二千五百万を、アタッシェにつめこんでいる。それで不足する時の取引では、あらかじめ清水はそう言ってきた。

品物《ブツ》を布で包みこむと、鈴川はそれをアタッシェに収いこんだ。

「あと一度か二度は、あんたも立ち合ってくれ、清水さん。息子とだけじゃ、まだ心もとないね」

立ちあがりながら、鈴川は言った。

2

まだ、客の姿はなかった。女の子たちが、立ちあがって鈴川を迎える。三人だけだ。あとの女の子は、同伴出勤というやつなのだろう。銀座のクラブで客の姿が多くなるのは、八時半を回ってからだ。

鈴川は、カウンターの一番端に腰を降ろした。開店以来、そこが鈴川の席ということになっていて、女の子たちもブースの方へ案内しようとはしない。

飲むのは、コニャックかスコッチのソーダ割りだった。

「今日は、早いですからね」

スコッチの方を指さすと、バーテンは心得てそう言った。これから飲み歩くとでも思ったのだろう。車を、地下駐車場に入れてきた。景気がいいころは、そこはいつも満杯だったが、いまは空きがない方がめずらしいぐらいだ。

八時を回ったころ、可那子が出てきた。鈴川は、二杯目に口をつけたところだった。

「おととい、浜田さんが来たわよ、ふらりと」

自分と会ったあと、多分浜田はここへ来ただろうとは、鈴川は想像していたことだった。

ただ、可那子が気軽にそれを言うかどうか、わからないと考えていた。

「それで?」

「別に。いい店じゃないか、なんて言っていただけ」

「立野の話は、しなかったのか?」

「したわ。もともと、あたしの方から、浜田さんに会いに行ったんだから」

「どこまで、やろうって気なんだい、可那ちゃん?」

「どこまでも。浜田さんにも、そう言った」

「どこまでもねえ。なんだって、そんなに頑なになっちまったんだろう」

「性格よ」

「立野は、もっとあっさりしてた」

「だから、死んだのよ、きっと。兄さんって、いつもそんな貧乏クジを引いてしまうところがあったわ」

「俺たちがいい思いをして、立野ひとりが損をしたってか?」

「そんな具体的なことじゃなく、人生全般でそうだったってこと」

可那子は、シガレットケースから煙草を出し、火をつけた。白い指。握れば、握れた。握りたいという思いを、十数年抑え続けていた。だからもう、抑えるのが当たり前という感じになっている。

そこも、浜田とは違った。浜田は、彩子と出会うと、なんのためらいも見せず、店に通いつめ、結婚まで持っていった。五歳になる夏子を抱えた彩子が、強引に落とされたというように鈴川には見えた。

決めると、決して迷わない浜田の性格は、単純としか鈴川には思えなかった。どこかで軽侮し、どこかで羨《うらや》んでいた。鈴川は、仕事《ヤマ》を踏む時、せいぜい度胸を見せられるぐらいだった。あとは、すべて迷いだ。だから、本気で恋をしたこともない。

笹井という、あまり質《たち》のよくない男に拾われ、成長した浜田と、貿易会社の社長の息子だった自分。やはり、はじめから違う。鈴川は、ひとりで堕ち、堕ちたところに浜田や立野がいた。それから、三人で駈けあがった。

二人に会わなかったら、ぎりぎりの修羅場をくぐって、堕ちていく自分を止めるということが、鈴川にはできなかっただろう。小悪党。二人と自分を較べて、いつも鈴川が思い浮かべた言葉だった。二人に遅れたくはないという気持だけで、鈴川は仕事《ヤマ》を踏んできたと言ってもいい。どこかに、無理があったのだろう。立野を死なせたのも、浜田の女房を死なせたのも、その無理があったからだ、といまは思う。

「ねえ、兄がやっていたことって、要するに犯罪でしょう?」

「車の整備がか?」

「自動車整備工が、なぜ億を超える宝石を、貸金庫に保管していられるのよ」

可那子が、煙草を消した。フィルターに、生々しく紅が付着している。それに触れたいという思いも、鈴川は抑えこんだ。心を傾けたことは、なにひとつとしてうまくいかない。可那子についても、そうに違いなかった。だから、距離をとって見つめている。自分が決めたところから、決して踏み出すような真似はしない。こんな男を、可那子が好きになるわけもなかった。可那子が惹かれるのは、やはり浜田の持っている、男らしい直情の方なのだ。

「博奕で当てた。それだけのことだ」

「そんなお金があったら、兄は使ってしまうタイプの男よ。酒場をやるようになって、あたしは男を見るようになったと思う。いま思うと、兄は危険な匂いを持ってた。クラブに集まる男たちとは、まるで異質な匂いね。そしてそれは、浜田さんの匂いであり、隠してはいるけど鈴川さんの匂いでもある」

「俺も、同じ匂いがするのかね?」

鈴川は、二杯目を空けた。可那子がそばにいる時は、バーテンは寄ってこない。三杯目を、可那子が作った。

はじめて会った時、可那子はまだ女子高生で、セーラー服を着ていた。立野の妹ではなく、なにか無上に大切な存在のような気がした。女を感じたのだ、といまも鈴川は思っている。捜していた女、というような意味ではなかった。女そのもの。それ以上、どう言っていいかわからない。それから可那子が専門学校に入り、ホテルに就職するまで、時々会うことをくり返した。無論立野も一緒で、卒業や就職の時、祝ってやってくれ、と言って連れてくることが多かった。

女そのもの、という印象は変らない。いまもだ。永久に変らないかもしれない、と鈴川は思いはじめている。

その可那子が、浜田を好きらしいと感じたのは、高校を卒業しようというころだ。浜田はまったく気づいていない気配だったし、可那子に好きだと言われても、本気にはしなかったようだ。浜田はやがて、彩子を見つけて結婚した。家庭を持った浜田にむける可那子の視線は、それまでとは変らなかった。結びつくべき二人だと、少なくとも可那子を見ていて鈴川は感じた。浜田にその気があったら、嫉妬を感じることもなく、二人を結びつけようと鈴川はしただろう。その心の動きは、自分でも不思議だった。可那子が幸福という光に満ちるのを、ただ見ていたかったのだ。

「浜田さんは、兄よりももっと危険な匂いがするわ。それを、あたしは好きになったのかもしれない」

「浜田は、いまじゃ夏子のいいパパだよ」

「そうね」

「あの父娘を見ていると、俺は不思議な気がする。血が繋がっていない、なんて考えられない時があるんだ」

「二人とも、血が繋がっていないことを、克服しようと努力しているわ」

「会ったのか、夏子にも？」

「電話だけ。どうしているか、と思った。考えてみれば、夏子ちゃんとあたしが、肉親を失ったのよね、ただひとりの肉親を」

「事故だ。事故じゃなきゃいけないんだ」

「兄も？」

「立野は、自殺だろう、多分」

「殺されたのよ」

「誰が、なぜ殺したんだ？」

「浜田さんと鈴川さんが、なにかを隠すために」

「本気で、考えているのか？」

「冗談よ。だけど、八千万円のお香典なんてあるかしら。二人で割れば、四千万」

五千万でも一億でも、その気になれば出せた。保険金として、無理のない額がいい、と言い出したのは鈴川だった。浜田も、すぐにそれに同意した。そして、四千万ずつ出した。あの時は、それがいいと考えた。

「あたし、本気で捜してるの、兄を殺した人間を」

「待てよ」

「兄は、殺されたわけじゃないんでしょう、鈴川さんの言い方によると。だったら、犯人もいない。あたしがただ、自分の妄想で動いているってだけのことじゃない。だから、放っておいて」

「妄想で、勝手に動くってことかい」

執拗に止めるのにも、無理はあった。止めれば止めるほど、可那子はむきになりそうな気がする。

店に、客が二組入ってきた。二人と四人。そろそろ、混みはじめる時刻だった。

「なにを調べようと構わんが、危険なことだけはやるなよ」

調べれば、危険なことはわかっている。しかし、可那子にそこまで調べられると、鈴川は思っていなかった。

立ちあがり、店を出た。

通りの人通りは多かった。しかし地下の駐車場に入ると、ほとんど人の姿はなかった。

3

抱くために、囲っている女だった。女は、金のために囲われている。まだ二十二歳の、子供のような女だった。それでも大抵のことは、いやがらずに受け入れる。

目黒の小さなマンションで、家賃は十万だった。そのほかに、生活費として四十万。月五十万の収入は、二十二の小娘にとっては上等なのかもしれない。ほかの男と寝ないこと。携帯電話には必ず出るか、それができなければ留守電の返答をできるだけ早くすること。鈴川が行くと言った日は、部屋にいること。束縛は、その程度にしておいた。五十万の費用では、それが適当だと思えたからだ。

部屋に入ると、鈴川は服を脱ぎ、義足をはずした。まず風呂に入る。あとはバスローブを着ているか、ベッドに横たわっているかだった。

「酒はあるか、美々《みみ》?」

風呂で美々に躰を洗われながら、鈴川は言った。ここまで求めてはいないが、美々の方から一緒に風呂に入るようになった。美々というのは鈴川がつけた呼び名で、本名は別にある。美々も、鈴川をお父さんとだけ呼ぶ。その方が、たまに一緒に外へ出た時、不自然な眼で見られない。

「この間のウイスキーなら」

「あれでいい」

美々は、まったく酒を飲まない。だから、鈴川が持ってきたものが置いてあるだけだ。若い女がやりそうな遊びも、美々はやらなかった。電話をしても、部屋にいないということは滅多にない。

一年半前に、麻布のレストランで会った。ウェイトレスだが、それがいかにも似合っていなかった。ブティックの店員をやってみろと勧め、名刺を渡した。翌日、電話があった。ブティックには雇わず、そのまま囲った。金を与えても、特に贅沢なものを買うということもなかった。必要な金以外は、ほとんど貯金に回しているようだ。

つまり変った女の子で、どうしてもそういう女を見つけてしまう習性のようなものが、鈴川にはあった。

風呂から出ると、美々に支えられてソファに移った。バスローブはすでに着せられている。その間、美々は全裸のままだった。

十九歳の時に、六十八歳の老人に囲われた。知っている男はその老人ひとりで、不能なことが多く、指や口で愛撫され続けてきたらしい。その老人が死んで、レストランに勤めたという。おじいちゃんの次は、お父さん。美々は、無邪気にそんなことを言っていた。

決して見映えのしない女の子ではないが、自分をきれいに見せようという気もないようだった。お父さんと呼ばれると、美々がほんとうに父親を求めているのではないか、と錯覚してしまうこともある。

それ以上、美々について、鈴川はなにも知らなかった。知っていることも、何気なく美々が喋ったことで、それがほんとうかどうかもわからない。

美々が、ウイスキーのボトルと氷の入ったグラスを持ってきた。

鈴川は、自分で水割りを作った。

情愛に似たものが、美々に対してあるわけではなかった。しかし、性欲は強く感じる。性的な小動物を、この部屋で飼っているという気分になってしまうほどだ。

芳子とは、十五年以上続いていた。鈴川が、やくざの賭場などに出入りしていた時に、出会った女だ。一度も一緒に暮すことをせず、四年前からは躰の交渉もなくなった。そのくせ、芳子に対する情愛は残っている。

「飲みすぎちゃ駄目よ、お父さん」

酒が過ぎると、鈴川が不能になることを、美々は知っている。しかし美々が、セックスを強く求めているとも思えない。

「ほとんど飲んじゃいない」

「でも、飲んでるでしょう。また、あそこのお店に行ったの？」

「ああ」

「そしてまた、結婚は申し込めなかったんだ」

「できないさ。俺にゃ」

「一度は、言った方がいいと思うな、あたし。いまのままじゃ、不自然だよ」

「言っちゃいけないことってのが、人生にはある。俺は、それがよくわかっているだけのことさ」

「眼をつぶって、一度だけ言えばいいのに」

可那子を好きだ、と美々には言っていた。なぜベッドの中でそんなことを言ったのか、自分でもよくわからない。涙を流しながら、十年以上も前から可那子が好きだ、と言ったのだった。それも、一度や二度ではない。少なくとも、ふた月に一度はそうしているような気がする。

「じゃ、今夜、呼んでみたら？」

美々を抱いている時、可那子と呼べと言ったのだ。そうしたら、はい、と返事をするから。美々はそう言って、あたしは可那子よ、と何度も叫んだ。はじめの二度か三度、異常に興奮した。しかしそれからは、可那子と言われると、萎えてしまうのだ。

鈴川が、可那子と呼びかけたことはない。

美々の手が股間にのびてきて、鈴川のものを指さきで愛撫しはじめた。

「よせ」

「口の方がいい？」

「もう少し、酒を飲ませろ」

「だって、お父さん、このまま飲み続けると、また可那子と言いながら、泣くんだよ。そういう涙、あたし好きじゃない」

「おまえが好きかどうか、俺にゃどうでもいいことだ。俺は、この部屋では思う通りにやる。おまえは、俺が求めた時に、黙って俺に跨《また》がればいいんだよ」

「それは、そうするけど。やっぱり、あたしを可那子って呼べない？」

「違う女だ、おまえと可那子は」

女はみんな同じだ。鈴川はそう思っている。思っていながら、可那子だけが特別なのだった。この感情を、恋というとは鈴川は思っていない。

「それにしても、おまえはおかしな女だ」

「そうかな。あたしは、自分が好きなことをしていられたら、それでいいんだけど」

美々の好きなことというのは、料理と編物だった。だから冷蔵庫にはいつも食材が溢れているし、部屋の隅は編物のための道具が占領していた。

編物では、コンクールに出して賞を取ったこともあるらしいし、それだけに註文も絶えないという。しかし料理は、作っては捨てているのだ。自分の胃袋に少しは収めるのだろうが、少なくとも、四、五人分はいつも作っているようだった。時には鈴川も食うことがあったが、嬉々として出すという様子でもなかった。味は悪くないが、なにかひとつ足りないと、鈴川はいつも思った。

美々を裸で立たせ、それを眺めながら水割りを飲んだ。白い躰で、どちらかというと下半身が華奢だった。白い肌は、可那子を連想させる。ただ、可那子の裸体を、鈴川は具体的に想像したことはなかった。

イタリアの血が、四分の一入っている。立野も彫りが深い顔だったが、可那子の方がずっと混血という感じがした。

芳子とは躰の交渉はなくなったが、美々と出会う前も女を断っていたというわけではなかった。むしろ、落ち着きなく女を渡り歩いたというところがある。美々のもとでは、しばらく立ち止まっているか、腰を降ろしたという感覚なのだ。

「そばへ来い」

鈴川が言うと、立っていた美々が、ソファの背に手をつき、胸を押しつけるような恰好をした。薄い恥毛に手をのばしてしばらく触れ、大きな乳房の、淡い色の乳首を口にふくんだ。もう片方の手は、水割りのグラスを持ったままだ。

「俺は、最低のクソ野郎なんだ」

美々の恥毛を一本一本毟《むし》りながら、鈴川は言った。

「なにもかも最低だな」

「駄目、お父さん。そんなことは言わずに、あたしの躰を愉しんで」

「本気で、言ってんだよ、俺は」

「可那子を愛してるって、泣く方がまだいい。自分のこと、最低なんて言っちゃ駄目よ」

「俺は、ひとりじゃ堕ち続けた。自分で踏ん張ることもできねえ、腑抜けなんだ。仲間がいて、やっと踏ん張れたのさ」

まだ、美々の恥毛を毟り続けていた。一本抜くたびに、美々は低く声をあげるが、拒絶はしなかった。

「俺は、貿易会社の社長だったんだ、美々。わかるかな。なにひとつ努力もせず、社長になった。じっと商売を守ってりゃ、それで金が入ってきた」

「お父さんは、いまも社長よ」

「いまは、ただ便利だから社長をやってるようなもんだ。腑抜けだった。俺がどれぐらい腑抜けだったか、俺しか知らねえことだ。意気地がなくてよ、情無くてよ、てめえの映った鏡を、よくぶっ毀したもんだ」

迷うことが、こわかった。だから仕事《ヤマ》を踏む時、最初に決断するのは、いつも鈴川だった。孤児同然だった立野、不良少年だった浜田。この二人は、自分を守るという本能を持っていた。貿易会社の社長の息子であった自分とは、およそ無縁の本能だった。博奕も、ここぞと思った時以外は、大きく張らない。運を待ちきれなくなって、投げやりに大きく張る自分とはまるで違っていた。

鈴川の知らない強さを、あの二人は持っていた。鈴川はその強さを感じるだけで、なんであるのか見きわめることもできなかったのだ。それでも、あの二人とは、なにかが合った。堕ちていく自分と、這いあがってきたあの二人。出会ったのが、仕事《ヤマ》を介してだった。負けられない。はじめて、そう思った。思わされたのかもしれない。

臆病になっている自分を、あの二人が持っているなにかが、克服させたと言ってもいい。肩肘を張った。いまは、そんな気もする。しかし、生きた。仕事《ヤマ》を踏んでいる時は、生きているという実感が確かにあった。

「女の腐ったような」

鈴川は、水割りのグラスをテーブルに置き、その手で美々の乳房を揉みはじめた。若い美々の乳房には、反撥してくるような力がある。それが憎くなって強く揉みしだく時が多いが、指さきに力が入るのを鈴川は抑え続けた。つい数日前の、強く摑んだための痣《あざ》が、まだ残っていたのだ。

「こんな男に、可那子が惚れるかよ」

「自信を持ってよ、お父さん。男は、セックスで満足できると、自信を持てるんだから。あたしが、どんなことでもしてあげるから」

二十二歳だということは、しばしば忘れてしまう。それで乳房に痣ができるほど荒っぽく摑んだり、腹のあたりに歯形をつけてしまったりする。

片脚のない鈴川は、ベッドではいつも下である。しっかりと眼を見開き、美々の反応をじっと見ている。悪い反応ではないが、満足するというほどのものでもない。

「おまえのような女が、俺みてえな最低男にゃぴったりなんだ」

鈴川が出した舌を、美々が吸いはじめる。鈴川は、口からしぼるようにして唾を出し、美々の口に注ぎこんだ。

「ガキのころから、俺は駄目だった。博奕に嵌《はま》って、もうどうにもならなくなった」

賭場の借金。三千万近くになった。親父が会社の経営者であることを、やくざは周到に調べあげる。特に、親父が入院していた時だった。

しかし鈴川は、会社の金に触れることはできなかった。それで、以前から設けていた中古車輸出課をフル稼動させ、そこに笹井の盗難車を紛れこませることをはじめたのだった。課長は鈴川で、部下は無能な老人がひとりだった。

会社には、親父の片腕とも言うべき男がいたが、鈴川が仕事をしているかぎり、その内容にまで立ち入ってくることはなかった。

三千万の借金を、半年で返済した。笹井から二千万借りるというかたちで、盗難車の輸出を続けて相殺していったのだ。

鈴川は笹井の身内のようになったが、笹井はそれから一年も経たずに死んだ。親父も、すでに死んでいた。

「クソ野郎だ、まったく」

鈴川が、生きたと実感できたのは、笹井が死に、浜田や立野と組んで、自分たちの仕事《ヤマ》を踏みはじめた時からだった。笹井の仕事《ヤマ》よりずっと危険で、肌がヒリヒリとしてばかりいたものだ。

「美々、しゃぶりな」

ひざまずき、美々が鈴川の股間に顔を寄せてくる。鈴川は眼を閉じ、自分のものが熱い美々の口にふくまれるのを感じていた。

「てめえが駄目な男だって、こんなところでほざいていても、なんの意味もありゃしねえんだよな」

笹井のものを口にふくんでいる美々は、返事をしない。

部屋の中が、妙に静かだった。

4

尾行《つけ》られていた。

おかしなやり方で、鈴川の行先をひとつひとつチェックしているだけ、という感じだった。

二日間、それを確かめると、鈴川は尾行をかわし、逆にその男を鈴川の方が尾行《つけ》た。

面倒な手口を使う必要はない、と判断して、たやすく尾行をかわしたのだ。車のディーラーの前にメルセデス・クーペを停めただけだった。簡単な点検を頼み、裏の駐車場の代車で道路に出た。

尾行《つけ》てきた車は、律儀に鈴川のメルセデスの後方五十メートルほどのところに停っていた。ディーラーの工員がメルセデスを動かし、それでかわされたことを悟ったようだ。

走りはじめた車を、鈴川は尾行《つけ》た。

銀座四丁目にあるビルの、小さな事務所。なにを生業《なりわい》にしているか、鈴川にはすぐにわかった。酒場の売掛回収。ほとんどが請求書の銀座のクラブでは、よく未回収金が発生する。それを取り立てるのがやつらの仕事で、取り立てた金は依頼人と折半だといわれていた。やくざの企業舎弟か、やくざそのもののこともある。

銀座のクラブでまず頭に浮かぶのは、可那子のことだった。

しかし、可那子がなぜ自分を尾行《つけ》させるのか、と鈴川は思った。ほかに、銀座の取り立て屋に尾行《つけ》られる理由はなかった。第一、取り立て屋なら、尾行などしはしない。

可那子は、鈴川を調べることで、立野の死因を探ろうとしているのか。それならば、無駄なことだ。浜田を尾行《つけ》たとしても、同じだった。

なにかが動きはじめている。それだけは確かだった。

さらに二、三日様子を見て、鈴川は会社の車を出し、湘南にむかった。浜田の仕事が休みであることは、すでに確認してある。

駐車場に浜田のポンコツがあることを確認し、マンションから百メートルほどのところに車を停めた。

三十分ほどして、トレーニングウェア姿の浜田が、マンションの玄関に駆けこんでいった。天候も調べてある。晴れてはいるが、風が強く、釣りにはむかない日だった。思った通り、浜田はトレーニングに出ていた。

それからしばらくして、マンションのそばに見憶えのある車がやってきた。鈴川のメルセデスを尾行《つけ》回した、取り立て屋の黒いセドリックだ。

「やっぱり、浜田と俺か」

声に出して呟き、鈴川は煙草に火をつけた。尾行させているのは、可那子としか考えられない。

浜田と話し合うべきなのか。しかし、なにをどう話し合えばいいのか。

思いあぐねているうちに、浜田がジャンパー姿で出てきた。まだ、午前十一時にはなっていない。昼食には、早すぎる。

浜田は車に乗り、いくらか荒っぽい運転で駐車場から出てきた。それを、黒いセドリックが追っていく。尾行の技術などは、持っていないのだろう。そろそろと走る姿が、かえって不自然に見える。

鈴川は、黒いセドリックを追うように、車を出した。

十五分も走らなかった。住宅地を抜け、周囲が林の道にさしかかった。

鈴川が黒いセドリックの後ろに車を停めた時、乗っていた二人は路面に倒れていた。

ひとり目をどうやって倒したのかは、鈴川には見えなかった。二人目が、中段の蹴りを受けて上体を折り、肘を首筋に打ちこまれるのを、かろうじて見てとっただけだ。御丁寧に、浜田は自分の車のハザードを点滅させていた。

「よせよ」

鈴川は声をかけた。浜田は鈴川の方に眼をむけ、掌に握りこんだものをポケットに落とす仕草をした。

さすがに、浜田のやり方には、躊躇がなかった。放っておけば、掌に握りこんでいたナイフを開き、アキレス腱ぐらいは切っただろう。昔から、平然とそういうこともやってのけた。それが、鈴川には言葉にできない恐れでもあった。その浜田と付き合うには、あらゆる迷いを捨てるしかなかったのだ。

「特に意味のある尾行じゃない。これ以上やって、面倒を抱えこむこともないだろう」

「そうか」

言って、浜田は煙草をくわえ、火をつけた。息ひとつ、乱してはいなかった。

鈴川は倒れている二人のそばにしゃがみこみ、それぞれの胸ポケットに札を数枚突っこんだ。

「これで、痛い思いは、忘れてくれ。それから、意味もなく尾行《つけ》回すのも、やめにして貰いてえ。ちょっとした商売人と、躰を鍛えてるタクシードライバーが友人だったとしても、なんの不思議があるんだ」

ひとりが起きあがり、まだ倒れたままのもうひとりを支えて立たせた。

黒いセドリックのドアが閉り、走り去っていく。何事もなかった。ただ路上で浜田と鈴川が会っている。そんな気配しか、もう残っていなかった。

「俺が走っている間も、やつら、尾行《つけ》回していた。きのうもだ。だから、ちょっとばかり質問してみようって気になった」

「やくざの、枝の先だ。あんまり深く関らねえ方がいい」

「あんたが現われたってことは、可那子絡みでもあるわけだな」

「そうだよ」

「トラブルか、可那子が?」

「いや、可那子が、俺たちを探らせている。使ったのは、酒場の売掛金の取り立て屋だ。つまり暴力を売りものにしているわけじゃなく、まともな金を取り立てているだけなんだよ。まあ、五割は取るというところが、ちょっとあくどいが、店や女の子としちゃ、踏み倒されるよりずっとましだ」

「見えたよ、筋道が。だからって、それでいいって言う気はないが」

「困ったもんだ。俺も頭を抱えてる」

「行き着くと、まずいことになるな」

取り立て屋を使っているぐらいなら、どうということはない。しかし、可那子が本気になれば、立野を消した連中のところまで行き着く可能性がある。その時ほんとうに危険なのは、浜田や鈴川ではなく、可那子なのだ。浜田の心配もそこにあるのだということは、よくわかった。

「車の中で話さねえか、昔みてえに」

浜田が言った。鈴川は頷き、浜田の車の助手席に乗りこんだ。

交通安全のお守りなどが、ルームミラーからぶらさがっている。夏子がつけたものだろう。

「どうすりゃ、可那子を止められる？」

「さあな。貸金庫の宝石の説明がつかねえんで、保険金として渡した八千万まで疑いはじめた。疑われりゃ、どうにもならんさ。まったく、あの宝石だよ」

「立野は死んだんだ、鈴川さん。だからなにもできんし、責めるわけにもいかん。仲間だった俺たちが、なんとかするしかないな」

仲間。昔は、鈴川にとってはどこか甘い響きがあった。一緒に生きている。そう思えたからだ。一緒に生きて、一緒に死ぬ。そう思うことで、鈴川は踏ん張れた。しかし、立野がひとりだけで死んで行った。

あれから、仲間という言葉が、ひどく苦い響きも持つようになったのだ。仲間が死んだのに、自分は生き残った。浜田の思いも同じかどうか、考えたことはない。

「問題は、可那子がどこまでやる気なのか、ということだろう」

「どう思う、浜田。可那子の性格から言って、徹底的にやると思うか?」

「だろうな」

「悪い性格じゃないんだが、こんなことがあると、いまいましくなってくる」

「可那子に言えよ、直接」

浜田が、口もとでちょっと笑った。

可那子に対する、鈴川の思い。浜田はそれを知っていて、焦《じ》れているのかもしれず、その点だけでは軽蔑しているのかもしれない。女に対する思いさえ、口にできない男。

自分たちが安全であるために、どうすればいいか。浜田はそれを一切言わないし、頭に浮かべてさえいないのかもしれなかった。死んだ立野の代りにしてやれること。浜田が考えているのは、それだけのはずだ。

「もうしばらく、様子を見てみるか、浜田？」

「俺は、肚《はら》はくくってるよ、鈴川さん。しかし、動くにしたところで、いまの材料じゃどうしようもない」

肚をくくる。仲間のためなら、なんでもやる。鈴川は、まだそこまで考えていなかった。やはり、浜田には迷いがない。大きなところでは、決して迷わない。迷うのはいつも、仕事《ヤマ》の、小さなところだ。時間が、一分早すぎはしないか。車が、一台不足ではないか。そんな小さな点での迷いを、鈴川は捨てきれた。そしてそれを、浜田も立野も認めていた。大きなところで迷い続ける自分を、鈴川は小さなところの決断で隠し続けてきた。

浜田が、煙草に火をつけた。

鈴川も煙草をくわえ、浜田が差し出した火に顔を近づけた。

その煙草が灰になっても、浜田は喋ろうとしなかった。鈴川も、フロントグラスのむこう側に、ぼんやりと眼をやっていた。何台かの車が、通り過ぎていった。

「ひと月待てと言ったよな、鈴川さん」

「待てねえか？」

「いま、返事をしよう。多分、待てないね。できるだけ、待つつもりじゃいるが、ひと月も無理だと思う」

「わかった」

「じゃ、また」

ハンドルに手を置いたまま、浜田が言う。

かすかに頷き、鈴川は車を降りた。

5

電話を、待っていた。

この四年、素人《トウシロ》に完全に戻ったわけではなかった。浜田はタクシードライバー一本だったはずだが、鈴川はひとりで小さな仕事《ヤマ》を踏んできた。昔、踏んでいた仕事《ヤマ》と較べると、まるで子供の遊びのようなものだが、それでなにかを鈴川は癒せた。

その気になれば、人を使って調べる方法もいくつか持っている。

一階がブティックの店舗で、二階が倉庫兼事務所、三階が社員三人だけの貿易会社だ。鈴川は、三階の社長室よりも、二階の事務所にいることの方が多かった。

芳子から、インターホンが入った。下へ来てくれ、と言う。鈴川は生返事をした。芳子の用事はどうせつまらないことで、店内の新しいレイアウトを見てくれ、というようなものが多かった。

椅子の背に凭《もた》れ、しばらく煙草の煙を吹きあげていた。報告を、ひとつ待たなければならない。土曜の午後二時。それが報告を受けることになっている時刻で、すでに六分過ぎていた。

また、インターホンが鈴川を呼んだ。かっとしそうになる気持を、鈴川はなんとか抑えこんだ。

「夏子ちゃんが、来てるのよ」

「夏子？」

すぐには、あの夏子が思い浮かばなかった。

「お洋服が欲しいんだって。それも、ぐっと大人っぽいのが。それでも、いくらなんでもうちに置いてあるのじゃね。一応、試着する服は出してあげたけど」

「中学生だぞ」

「だから、ちょっと降りてきて、別の店に連れてってあげてよ」

「おまえが、連れていけ。適当なのを見つくろって、買ってやれ。中学生にしちゃ、ちょっと大人びたやつをな。それから、俺に見せに戻ってくるといい」

「わかったわ。娘の買物に付き合うみたいで、ちょっとワクワクしちゃうけど」

芳子は、いくらか高揚しているようだった。

鈴川は、インターホンを切ると、なぜ夏子が服を買いに来たのか、考えた。大人になったら服を買いに来い。そんなことは、言ったような気もする。しかし、中学生が芳子のブティックに来るのは、どう考えても不自然ではあった。

電話が鳴った。胸の中。つまり携帯である。その気になれば、どこでも受けられる。

「活発に動いてますぜ、あの連中」

「電話、遅れたじゃないか」

「そりゃ、鈴川さん、十分や二十分は仕方ねえでしょう。こっちだって、根《こん》をつめて動いてんですからね。まして、危《やば》い仕事なんですから」

「まあいい。活発ってのは、どういうことなんだ？」

「羽振りがいい。目立たねえようにやっちゃいますが、三人とも金回りは相当なもんだと思いますね。二人も女を囲って、贅沢させてやがるやつもいます」

「なにやって、そんなに羽振りがいいんだ」

「そいつが、わからねえんでさ」

長い付き合いの、情報屋だった。噂を聞きつけて売りこんでくるというより、嗅ぎ回る方が得意だというタイプだ。金はかかるが、情報の確度は高かった。

「われながら、大した報告もできねえで恥しいんですが、これぐらいにしといちゃくれませんか。どうも、危《やば》い匂いがしすぎます、あの三人は。やくざなんかとは違う匂いでね。いきなり消されるってことも、ありそうな気がするんですよ。これ以上嗅ぎ回るのは、俺はごめんです」

危険な匂い。それが一番の情報だった。四年前のルートは、まだ生きているということだった。そして、情報屋のひとりぐらいなら、蠅でも叩き落とすように平然と消すに違いなかった。

「俺もね、腰が引けてるわけだから、報酬は全額とは言いません」

「いや、全額渡すよ」

「そうですか。なんか、悪いですね」

「気にしないでくれ。あんたとは長い付き合いなんだ。危《やば》い連中だってことがわかっただけでいい」

「まさか、やつらとやり合おうってんじゃないでしょうね、鈴川さん？」

「いま、その気がなくなったよ」

電話を切った。

あのルートは、まだ生きている。それを知ったら、浜田の気持は乱れるだろう。あのルートに固執したのは、浜田だった。すぐに潰されるから見切りをつけよう、と鈴川は言った。浜田が諦めたのは、彩子が殺された時だ。夏子も危ない、と思ったのだろう。

煙草を二、三本喫い、それから鈴川は二人に電話をした。故買屋の筋だが、そこからはなにも出てこない。

どれぐらいの時間が経ったのか。

インターホンが鳴り、芳子の声がした。時計を見ると、すでに三時半を回っていた。女二人は、かなりの時間をかけて買物をしたということなのか。

「いま、降りる」

短く、鈴川は言った。

夏子は、黒っぽいワンピースに、枯葉色のカーディガンを着ていた。十七、八の娘に見える。鈴川は、しばらく立って見ていた。確かに、女というのは不思議な動物だった。

「あっ、おじちゃん」

「誰だ、おまえは。思わず、そう言っちまいそうだったぞ、夏子」

夏子は、鈴川がやった金のペンダントもしていた。指にはマニキュアときている。

「困ったな、おじちゃん。どうしても、おばさんがお金を払わせてくれなかった」

「気にするな。それにしても、似合ってる」

「でしょう。思わず、母親みたいな気分で選んでしまったわ。あんたからのプレゼントね。本人は、ちゃんと大金を財布に入れていたんだけど」

「あたし、ほんとにお金持ってるの」

「いいって言ったろう。おばさんのストレス解消になったんだ。こっちが金を払いたいぐらいだぜ」

いくらか踵《ヒール》の高い靴も買ったらしい。大人っぽく見えるのは、そのせいかもしれない。

「なんだか、おねだりに来たみたい」

「いいさ、年に四回ぐらいなら、歓迎する」

「なんで、四回なの？」

「ワンシーズンごとに、服ってのは揃えておくもんさ」

「でも、パパはびっくりするだろうな。おじちゃんとおばさんに買って貰ったって言ったら、傷つくかもしれない」

おこられると言うのではなく、傷つくという言葉を遣うところが、浜田父娘だった。そして浜田は、ほんとうに傷つくかもしれない。

「夏子ちゃんが高校生になったら、うちで扱ってる服を一着プレゼントするわね。それまでは、おじさんに買って貰いなさい。選ぶのは、おばさんがやってあげるけど」

「おばさんのお店の服が、こんなに高いとは思わなかった。値札を見て、びっくりしちゃったな」

「高校生になったら、一着よ、夏子ちゃん。約束するから。それから、パパのことは気にしなくていい。どうせ男には、女の子が服を欲しいという気持なんか、わかるわけないんだから。叱られたら、おばさんが言ってあげるわよ。ママに買ってあげたつもりになりなさいって」

「でもおばさん、パパはきっと、余計なことはしないでくださいって言うわ。あれで、なかなか頑固なんだから」

「いいの、夏子ちゃんは心配しなくても」

芳子は、母親をやっていた。二度、鈴川の子供を堕している。ひとりぐらい産ませておいてもよかった、と肉体の交渉がなくなってから、後悔したこともあった。

「行こうか、夏子」

「どこへ？」

「その姿で、チョコレートパフェなんてもんをパクついてるのも、悪くないかもしれないぞ。

おじさんは、コーヒーだが」

夏子は、二度、芳子に礼を言った。

近所の、ケーキがうまいという噂のカフェだった。どこか律儀なところがあるのか、夏子はチョコレートパフェを註文した。

「ところで、金はどうしたんだ、夏子。財布に入ってるっていう話だったが」

「パソコンを、もっと上級機種に買い替えるための、貯金だったの。半分まで貯金したら、残りの半分はパパが出してくれる。そんなふうにして、欲しいものを買うことになってるわ」

「そうか」

実の父親よりも、父親らしい。浜田は、そうなろうとしているのかもしれなかった。金の価値も、しっかり覚えさせようとしているように思える。

「いいのか。そんな金を出しちまって」

「パパは、びっくりしたと思う。だけど、また郵便局に逆戻りだな」

「一度は、使おうと思ったんだろう。どうして、そんな気になった？」

「なんとなく」

「わかった。パパには、おじさんがうまく言っておく。おばさんに会ったら、無理矢理買ってくれた。おまえは、そう答えてりゃいいと思う」

「わあ、おじちゃん、おまえって言うんだよね。パパは、あたしのことを君としか呼ばない」

「ママのことも、君と呼んでいた。おじさんは、パパと較べると、ずっと柄《がら》が悪い人なんだ」

「こわい」

「柄が悪いと言っても、ちょっとばかり口調が荒っぽいだけさ」

「そうじゃなく、パパが」

「こわいのは、パパなのか？」

「そう」

鈴川はコーヒーを啜《すす》り、それから煙草に火をつけた。いくらか、考える時間が必要だと思ったのだ。

「パパの、どこが？」

「このごろ、ぼんやりしてる。いつも、ひとりの時は、釣りの仕掛けなんかを作るのに夢中になってるのに、それもやらない」

「仕掛けを、作りすぎたんじゃないのか？」

「そんなことじゃないわ。いつものパパと、どこか違うの。時々、冷たい眼をしてる。あんな眼、したことないわ」

「考えすぎだろう、夏子」

「かもしれない。パパとあたしと二人きりだから、ちょっとしたことでも、感じすぎるのかもしれない。たとえば、お弁当のおかずの味が、いつもとは違うとかね」

「贅沢なやつだ。父親に弁当を作らせておいて」

「そうね。確かに、あたしは贅沢すぎる。どこかで、それが当たり前だという気もしてるわ」

喋りながら、夏子はチョコレートパフェを平らげてしまっていた。

それからしばらく、学校の話などをした。どういう話題を出せばいいか考える前に、夏子の方が喋っていた。お喋りな女の子、という印象では決してない。気を遣って、話題が途切れないようにしている、という感じがある。浜田と喋る時も、こうなのだろうか。

夏子はなぜ、土曜の午後にひとりで店へ来たのか、鈴川は喋りながら考えていた。それも、なけなしの貯金を全部下ろしてだ。

そして、浜田をこわいと言った。

心が、揺れ動いたのだろう。その揺れた部分を、どこへ持っていけばいいのか、わからなかった。その時、夏子が自分の顔を思い浮かべたというのが、鈴川にとってはある充足にも似た、微妙な心持ちになる出来事ではあった。鈴川ほど複雑に考えていないにしろ、芳子の高揚にもそういうところはあったに違いなかった。

「さてと、送ろうか、夏子」

「大丈夫よ。ひとりで帰れるから」

「いいさ。おじさんも、横浜に用事があって、おまえを送り届けると、ちょうどいい時間になる」

「おまえと呼ばれるの、なんとなくいいな」

「パパに、頼んでみろ」

「パパが、いまおまえってあたしを呼んだら、やっぱり変な気分になると思う」

「ならば、このおじさんが夏子をおまえと呼んでくれる、と思っていい。おまえと呼ばれたくなったら、また遊びに来るさ」

「ありがとう、おじちゃん」

鈴川が伝票を掴んで立ちあがると、夏子も腰をあげた。

駐車場まで、しばらく歩いた。

「わあ、おじちゃんの車、ベンツなんだ」

車を見て、夏子が言う。

「メルセデス、と言いなさい。ツードアのクーぺさ。このあたりが、おまえのパパと趣味が違うところさ」

「稼ぎも違うんだ、きっと」

稼ぎなど、問題ではない。四億か五億、浜田も持っているはずだ。タクシードライバーを続けているのは、やはりまっとうな職業を持っている父、ということに浜田がこだわったからなのだろう。

浜田がタクシードライバーになったのは、仕事《ヤマ》に都合がいいと思えたからだ。

目黒通りを走り、第三京浜に入った。そこから、横浜新道を経由して、横横道路に入る。

青山から、飛ばせば一時間強というところだった。

音楽をかけていた。夏子は、それをぼんやり聴いているようだった。

「もっと、いま風のやつがありゃいいんだがな。おじさんは、こんなのさ」

「パパも、同じだよ。もともと音楽をそんなに好きじゃないみたいだけど、聴く時はこんなのをかけてる。スタンダード・ナンバーというんだって」

「ジャズのな」

「昔から、こんなの好きだった？」

「昔は、大人からうるさいと怒鳴られるようなのを、聴いてたよ」

学生のころまでは、流行を追った。服なども、そうだった。親父は、時々それについて文句を言ったものだ。おふくろとは、その時はもう別れていた。

スタンダード・ナンバーは親父のレコードがあったからで、聴くきっかけは浜田と違っていた。浜田がなぜジャズを好むのか、訊いてみたことはない。

横須賀にむかう道路に入ると、車は少なくなった。鈴川は、スロットルをいくらか踏みこんだ。およそ、百五十キロである。

「パパのことは、あんまり気にするな、夏子。おまえのパパだが、女房に死なれたかわいそうな男でもある。なにか喋りたいことがあれば、おじさんのところへ来て喋れ。貯金を下ろして、パパに心配させようなんて考えるんじゃない」

「うん、そうする。この服も嬉しいけど、ほんとは上級機種のパソコンが欲しかったんだから。買ってくれたおじちゃんやおばさんには、悪い言い方になるかしら？」

「嬉しいんだろう、服？」

「うん、とっても。得をしちゃった、という気分もある」

「じゃ、それでいい。気軽に、話しにおいで。パパに言いにくいことがあったらな」

「ありがとう、おじちゃん。この服、選んでくださいって言ったら、買って貰っちゃったって、パパには言っていい？」

「その方がいい。おまえ、パパが傷つくと言ってたが、それが一番傷つかないな」

「パパのこと、大好きなの。おじちゃんに、こわいと言っちゃったの、後悔してる」

「秘密にしといてやるよ」

鈴川が言うと、夏子はうつむき、くくっと笑った。

6

駐車場へ車を入れ、最上階のバーへ行った。

港の夜景がよく見えるようにするために、店内は薄暗くしてある。この季節、六時を回るともう夜と同じだった。

このホテルは、いまも時々使う。六年前、十七階の一室で仕事《ヤマ》の計画を詰める話し合いをした。その時、鈴川はなんとなく気に入ったのだが、浜田も立野も関心は示さなかった。ホテルの一室を話し合いに使うこと自体、あの二人はあまり好んではいなかったのだ。

話し合いは、大抵車の中でやった。あの時だけ、地図が何枚も必要で、広い場所を使うしかなかったのだった。

カウンターに腰を降ろし、鈴川はバーボン・ソーダを頼んだ。外に眼をやる。ソーダの音がした。バーテンの方を見た時、もうマドラーはグラスに突っこまれていた。ほんとうは、ステアしないソーダ割りが好きなのだ。ステアすると、炭酸が鋭く弾ける感覚が弱々しくなり、のども通りやすくなる。

煙草に火をつけた。まだ、炭酸はふつふつと音をたてている。ほかに客はいなかった。ボリュームを絞ったBGMが、海の囁きのように聞えてくるだけだ。

六時半ぴったりに、武藤が現われた。ジャケットの下に派手な柄のシャツを着ている。この男の服のセンスは、いつまでも直ることがなかった。

鈴川は、ひと束入った金の包みを、武藤に渡した。

「でかい仕事《ヤマ》でも踏むんですか？」

「そんなんじゃない。その金で、おまえの躰を三週間ばかり押さえたい」

「てえことは、仕事《ヤマ》じゃないんですか？」

「違う。人のガードだ。おまえ、腕っぷしにゃ自信があるんだろう」

「そりゃ、青臭いの二、三人が相手なら」

武藤は、大きな仕事《ヤマ》を踏みたがっていたが、そういうものに腕っぷしはあまり必要ないのだった。だからこれまで、知らない相手との取引などの時、ガードにつけたりしていたのだ。

六、七年前からの付き合いになる。横浜の遊び人の間では、結構な顔だった。それも、仕事《ヤマ》を一緒に踏む相手としては、適当ではない。
ただ、武藤は本格的な仕事《ヤマ》を踏みたがっていた。やくざ稼業の堅苦しさより、そういう方が好きなタイプだ。

「まあ、いいですよ。いまのところ、鈴川さんにゃガードしか能のない男だと思われてるんでしょうから」

「最後のテストだと思ってくれ。このガードをうまくやり終えたら、俺はおまえと組もうと思ってる」

「ほんとですか」

鈴川が大きな仕事《ヤマ》を踏んでいる。武藤はそう信じていた。昔と較べると、大人と子供ほどの差があるが、武藤にしてみれば大きなものなのかもしれない。

鈴川は、メモを武藤に渡した。

「女ですか」

「そんなことを、おまえが気にする必要はない。確かに飛びきりのいい女だが、それとガードも関係ないぞ」

メモには、立野可那子という名、そして自宅と店の住所が書かれている。

「どういうガードですか？」

「すべてからさ。すべてから、その女をガードする。ただ、やりすぎるな。相手にガードされていることを気づかせてもいかん」

「そりゃ、難しいな」

「それだけのものを、払ってるつもりだ」

「確かにね」

「それに、やさしけりゃ、最終テストの意味もなくなる」

「わかりました。金は充分です。どうせ遊んでたんだから。それで、襲ってくるってのはどういうやつらですか」

「わからん」

「わかってりゃ、大金を投じてガードする必要もないわけか。それで、トラブルの質は？」

「それもわからん。というより、その女がトラブルを起こす可能性がある。それも、止めて貰いたい」

「なにも起こらなかったら？」

「それは、その方がいい。起きそうな気がするから、頼んでいるんだが」

「すべて、わかりました。で、いつからはじめますか？」

「今夜からだ。まず、店に出ていることを確認しろ。写真がどうのというより、おまえが店へ行って飲むのが一番いい。そういう必要経費は、別に請求してくれ。二十万以上になったら、その時点で払う」

武藤が頷き、オン・ザ・ロックスを呷《あお》った。鈴川は、まだ二杯目のバーボン・ソーダだった。

「めしにするか」

「ありがたいですね。このところ、大したものを食っちゃいないんです」

武藤は、ヒモをやっている。女はただの酒場勤めで、三十をやっと超えたばかりの武藤よりは、四つ五つ歳上なのだという。それほどの稼ぎはないらしい。

灰皿に置いていた煙草を消し、鈴川は腰をあげた。同じ最上階に、フランス料理のレストランがある。

窓際の席に案内された。

こういう食事は、最近では少なくなった。これが贅沢などと、まるで感じないのだ。武藤は、くり返しメニューを見ている。

「コースっての、恰好よくないですよね」

「そんなことはない。頼む本人が恰好悪いと思えば、そうなるだけさ」

「アラカルトで頼みたいんですよ。いかにも、こんなめしを食い馴れてるって感じでね」

「前菜二品、スープ、メイン。それで、ほぼ充分だろう。あとは、パンを食ってりゃいい。ワインは、俺が選んでやる」

「定番ってありますか。店の味を測るようなやつで、調理場でもその註文が来たら緊張するっていうようなやつが」

「フォアグラのテリーヌ。フランス料理なら、それで測ればいい。ほんとうは、ソーテルヌという白いワインが合うが、甘い。それがいやなら、シャンパンをグラスで貰え。その前に、ドライ・シェリーをやるともっといい。フィノってのが、食前に飲むやつだ。アルマセニスタのフィノ。多分、置いてないから、ドン・ゾイロってことにする」

「憶えきれませんよ、そんなに。酒は、鈴川さんに任せていいですか？」

「その方がよさそうだ」

ウェイターが、食前酒を訊きにきた。ドン・ゾイロのフィノになった。それが運ばれてきてしばらくすると、料理の註文だった。

「フォアグラのテリーヌ。鴨と温菜のサラダ。コンソメスープに、仔羊のロースト」

武藤は、なんとか註文をこなした。鈴川も、同じようなものを頼み、ワインリストを受け取った。

「ローヌでいいものは？」

「コート・ド・ローヌがございますが」

「ソムリエを呼びたまえ」

ウェイターが一礼し、逃げるように奥へ入っていった。すぐに、タキシードにバッジを三つつけたソムリエが現われる。

「ローヌをお望みだとか？」

「エルミタージュは、舌に合わない」

「コート・ロティでいかがでしょうか。ラ・トゥルクがございますが」

「八九年なら」

「ございます」

「その前に、シャンパンをフォアグラのテリーヌに合わせて」

「はい」

「メインには、ボルドーを合わせて」

「仔羊と、鳩でございましたか？」

「仔羊の方に合わせる。なにがある？」

「ポイヤックで、いかがでしょうか」

「当たり前すぎるね。今日の私の客は、品はないが料理にも酒にもうるさい」

「マルゴーで、シャトー・パルメか、サンテミリオンでシャトー・アンジェリュスか」

「君、ビンテージをつけたまえ、勧めるならば。もしかすると、値段だけをローヌのものに合わせて言っていないか？」

「はっ、パルメが八七年で、アンジェリュスが八六年です」

「次」

鈴川が言うと、ソムリエは額に薄《う》っすらと汗を浮かべはじめた。

「ポムロルで、シャトー・レヴァンジルの九〇年がございますが」

「それは、いっぷう変っているぞ」

「恐れ入ります。あとリストにないもので、シャトー・トロタノワなどもございます。八八年です」

「レヴァンジルだな。私は九〇年の方が、好みに合っているし、飲みごろでもある」

「かしこまりました」

「すぐに、抜栓。レヴァンジルの方は、デキャンタ」

「かしこまりました」

ソムリエが、深々と一礼して立ち去った。

「すげえや。どうやったら、あんな註文ができるんですか？」

「無駄な金を使えばいい」

「なるほどね。フランス料理ではったりをかますには、ワインなんですね」

「金も、使うさ」

「いくらぐらいなんです、いま註文したの？」

「最初のが四万、二本目が八万ってとこか。合わせて、十二万だ」

「まさか」

「無駄な金さ。贅沢というのは、無駄ということだからな」

ワインにこだわったころがあった。講釈は並べないが、ソムリエの自尊心は傷つけたりくすぐったりする。ワインセラーも持っていて、四十本ほどが寝かせてあった。

「俺、今度のガード、完璧にやってのけます。やっぱり、鈴川さんと組んで、大きな仕事《ヤマ》を踏みたいですから」

「それは、今度の働き方を見てからだ」

「わかってます。俺は鈴川さんと組めるようになって、いい生活を手に入れたいです。絶対に、失望はさせませんから」

「それでいい」

「三年で、そんなになれますか？」

「稼げば、一年で充分だ。高《たか》が酒だぞ」

「だけど、ちょっと酔って、十二万ですぜ。半端じゃありません。酒によっちゃ、千二百円でもっと酔えます」

「だから、無駄なんだ、贅沢ってやつはな」

「俺、口説きたい女がいるんですよ」

「いまの女は、どうする」

「そうなりゃ、捨てますよ。半端なことじゃ、口説けそうもない女なんです。一応女優ですが、いまはあんまり出ていません」

「金があれば、女優だって転ぶ」

「まったくです。俺はいま、気を持たせられているだけですが、いつかあの女を、好きに転がして、いい声で啼《な》かせてみたいんです」

「露骨だな」

「男って、いつもそうじゃないですか。俺はその女の尻の穴までぶち抜いたら、生きてるって感じがすると思うんです」

　この男の使い方を、いまのところ失敗してはいない。払った分の働きは、一応している。

そして、かなり長くなった。しかし、浜田や立野に対しては強く抱いた、仲間という感情は湧いてこない。擦り切れて使いものにならなくなるまで、使いきってやろうと考えているだけだ。

この食事も、そしてウェイターやソムリエに対する態度も、この男の働く意欲をかき立てるためだけのものだった。

食事がはじまった。

こんな食事が贅沢で、いつもこんなところで食える自分は成りあがったのだ、と思った時期があった。ただ、二、三年も続けると、はじめに持っていた意味は失った。

浜田や立野には、はじめからそういうものはなかった。浜田は立食いのラーメンで充分だったし、結婚してからは女房の料理を黙って食っていたという。浜田が本格的な料理をするようになったのは、女房を死なせてからだ。

また、以前のように堕ちるかもしれない、という不安が鈴川にはある。いまさら堕ちることもないだろう、という思いもある。

仕事《ヤマ》。いまのような、故買屋からものを集めて、それを海外に流すようなことは、仕事《ヤマ》ではない。あのころ踏んでいた仕事《ヤマ》には、肌がひりつくようなところがあった。一歩間違えると、そこには破滅があったのだ。

　自分の人生には、ああいう仕事《ヤマ》が必要なのだ、と鈴川はしばしば思った。しかし、仲間がひとり欠けている。立野の代りに武藤を入れる、などという問題ではないのだ。鈴川が自分の左脚を失ったように、仲間を失った。なにを補おうと、それは義足にすぎない。

「いいなあ、こういう生活は。女だって、こういう生活をしている男に口説かれりゃ、転ぶな。肩で風を切って歩くっての、こういうことなんですよね」

「おまえが、立野可那子を守りきる。それが終った時、こういう生活が見えてくるさ。食っちまって、食後のコニャックを一杯やったら、おまえはその足で銀座へ行け。『メープル』の客になって、立野可那子の顔をまず頭に焼きつけろ」

「最後に、ひとつだけ質問していいですか？」

「なんだ？」

「三週間といや、結構長いんです。俺以外の人間を、使ってもいいですか」

「それはいい。ただ、仲間内のこととしてやるな。純粋に仕事としてやらせろ。それが、プロのやり方だぜ。使った人間には、一日何時間動こうと、二万払う。それ以上は、おまえが払ってやれ。そして、おまえ以外に、あと二人しか使うな」

「鈴川さんに払って貰わなくても」

「言ったろう。仕事としてやらせろ。仲間内を頼るのは、どんな場合でも、一度きりしかプロはやらん」

「わかりました。そこで仲間内に頼るようじゃ、手を組む相手として、俺は失格ってことですね」

ワインに手をのばし、鈴川はそれを武藤の方へ差し出した。武藤が、グラスを触れ合わせてくる。妙に空《むな》しい音がした。

「おまえが踏ん張れるかどうか。踏ん張れりゃいいという気持を籠めて、いまグラスを触れ合わせた」

「絶対に、手を組みたい相手だと、鈴川さんに思わせてみせますよ」

懸命に働くための儀式。こういう男には、それが必要だった。それは、一応やっておく。仲間にしようという気は、やはり毛ほどもない。

チーズとデザートまで平らげ、コニャックを一杯飲み、最敬礼して、武藤はレストランを出ていった。

鈴川が、ホテルの地下駐車場に降りたのは、それからしばらくしてだった。

あまり、車は入っていない。鈴川が駐めた列の端に、人が乗っている車があった。それはスポーツタイプの国産車で、色と車種を鈴川は頭に入れた。駐車場の車に人が乗っていたところで、不思議はない。

首都高から第三京浜に入り、いつもよりゆっくりと、百二十キロほどで走った。

玉川料金所を抜け、環状八号線に入った時、鈴川はミラーに駐車場にいた車を捉えた。

めずらしい車というわけではない。しかし、同じ色、同じ車種。偶然だと考えて偶然のまま終るより、異変だと感じて、それから偶然だと気づく方が、ずっとましだった。

目黒通りに入り、途中で脇道にそれた。この間の連中より、尾行はずっとうまい。鈴川が車の姿を捉えたのは、環八で一度だけだ。しかし、背中になにか感じる。感じ続けるから、目黒通りを走ってきたのだ。

その感じは、大事にしていた。仕事《ヤマ》を踏む時、なにか感じたということで、危険からかろうじて身をかわした経験は、何度もある。

環状七号線を越え、環状六号線に達するちょっと手前を、右に曲がっていた。このあたりは、多少の土地鑑がある。八年ほど前、一年間住んだことがあるのだ。

一方通行を辿った。尾行《つけ》てくる車は、発見できない。しかし、背中にはなにか感じ続けていた。

公園のそば。塀で囲われた大きな公園で、昼間でもあまり人通りはない。鈴川は車を路肩に停め、歩きはじめた。しばらく舗道を進み、角で曲がると、そこの塀に寄りかかった。

待った。しばらくして、無灯火の車が近づいてきた。色。車種。確認した。

この間の尾行方《つけ》とは、まるで違う。巧妙で、用心深い。専門家の匂いが、濃厚にするやり方だった。鈴川は、かっとこみあげかかった怒りを、抑えこんだ。

車が停った気配がある。ドアが開き、閉った。足音が、入り混じる。二人いるようだ。ペアを組んでいるところなど、まるで刑事だった。

二人が、角のところに立っている鈴川の前を駈け過ぎようとした。後ろにいた方が、鈴川に気づいて立ち竦んだ。その時、鈴川は男に歩み寄っていた。ほんの三歩の距離だ。腹を押さえてうずくまった男の首筋に、スパナを叩きこんだ。

腕は、落ちていない。歩み寄った瞬間、腹に一発食らわせ、次にスパナを首筋に打ちこむのは、昔の鈴川のやり方だった。それが、自分の脚がある時より、なめらかな動きでやれた。

もうひとりが、引き返してくる。一対一でむかい合う恰好になった。全身に、気を籠める。浜田などには負けない。どこかで、それを考えていた。一歩。鈴川の方から踏み出した。まだ若い男だった。いきなり、蹴りがきた。上体をそらせてそれをかわし、かわしながら脛《すね》のあたりにスパナを叩きこんだ。

手応えはあったが、男は倒れなかった。

「死にたくねえんだろう、坊や」

男は、痛みに耐えてやっと立っているだけのようだった。もう一歩鈴川が踏みこむと、男は片脚を引き摺るようにして退がった。

「逃げるなよ、おい。おまえが背中をむけた瞬間、頭を後ろから叩き割るぜ」

もう一歩。男は、動かなかった。

「暴力は、やめてください」

「俺は、見える暴力しか使わねえさ。おまえらみてえに、見えねえ暴力を使うやつは、胸がむかつくんだよ」

「われわれはなにも」

尾行の技術などは持っている。しかし、荒事に慣れた連中ではないようだ。ひどく危険な匂いがする、というわけでもない。

鈴川が一歩踏み出すのと、男が拳を突き出してくるのが、ほとんど同時だった。スパナの分だけ、鈴川の手の方が長かった。男の顎のあたりに、スパナはぶつかった。糸の切れた操り人形のように、男は路面にくずおれ、倒れた。

ポケットの中を探った。探偵社。つまるところ、サラリーマンだ。かなり大手の探偵社なので、依頼人が誰なのかも、現場の人間は知りはしないだろう。

鈴川は、車のところへ戻った。スポーツタイプの国産車。ドアはロックされていない。開けると、ルームランプがともった。大したものはなかった。運転席の下に手を突っこみ、コードを二、三本切った。ルームランプが消える。

自分の車に乗りこむと、ゆっくりとバックさせた。三十メートルほどバックしたところで、方向を変えた。

腕は落ちていない。

もう一度、そう思った。心の中で、なにかが走り回っている。

電話をとった。浜田の携帯。番号は、しっかり頭に入っていた。電波が届かない、というインフォメーションが流れた。

次に電話をしたのは、芳子へだった。店を閉め、事務所の方に芳子はあがってきていた。

「どうしたのよ、こんな時間に」

「おかしいか？」

「いつも、夕方からは連絡がつかなくなるんじゃない」

「夏子を、家まで送った。礼を言っておいてくれ、と何度も言われた」

「そう」

「芳子、おまえ、いくつになった？」

「どうしたのよ？」

「どうもしねえさ。おまえがいくつになったか、ちょっと考えただけだ」

「三十九」

鈴川よりも三つ下。そんなことも、忘れていた。誕生日に、花を買ったこともあるが、日付けがどうしても浮かんでこなかった。

「なにか、あったの？」

「夏子が、はじめて店を訪ねてきた。それは変ったことじゃねえか」

「そうね」

「やたら、母親みたいだった」

「よしてよ、もう」

芳子の声に、高揚の響きは残っていなかった。鈴川の躰の中では、まだなにかが走り回っている。

電話を切り、美々にかけ直した。

「なにをしてる、美々？」

「編物。註文をこなせないぐらいなんだから」

「いまから、行くぞ」

「もう、急なんだから、お父さんは」

「じゃ、やめる」

「なに子供みたいなことを言ってるの。何時になるのよ」

「あと十分もかからんな」

「そばにいるのね。ごはんは？」

「済ませた」

「お酒は？」

「少しだけでいい」

「じゃ、この間のが残ってるわ。ソーダもあるし。おつまみだけでいいね」

「なにも、いらんよ」

電話を切った。

なにか違う。そう思ったが、鈴川は美々のマンションに車をむけていた。ひとりで自分の部屋に帰るのが、ほんとうは一番いい。

「俺の、悪いところだ」

鈴川は、ステアリングを指さきで叩きながら低く呟いた。

第五章　霧雨

1

釣りに手頃な日ではなかった。

海は多分穏やかだろうが、いつ雨になるかわからない空模様だった。

浜田は、トーストとサラダの軽い朝食を済ませると、熱いコーヒーを淹れた。勤務明けの時は、帰宅が午前四時ごろになるので、夏子が自分で弁当を作ることが多い。ついでに、浜田の朝食の用意もしていることがあるが、大抵は和風のものだった。母親の影響もあるだろうが、浜田に気を遣ってもいるのかもしれない。浜田が、中学生である夏子に気を遣って、ハンバーグやシチューといったものを多く作るようにだ。

コーヒーには、砂糖は入れない。そしていつも、いくらか濃い。

薄っすらと、不精髭が生えていた。髭は毎日当たるが、勤務明けの朝だけはいつもよりザラついた感じがする。

コーヒーを飲み終えると、浜田はトレーニングウェアに着替え、ベランダでストレッチをしてから、外へ出た。

走るのは五キロから十キロの間で、その日の調子によってコースを決める。コースは四通りあり、アップダウンが一番多い道を浜田は選んだ。およそ、六キロである。

走っている間は、ほとんどなにも考えない。いくら考えても、路面を蹴るたびに、思考が躰からふり落とされるような感じになるのだ。

ただ、気配には、敏感だった。犬がいる。車が近づいてくる。曲がり角のむこうに、人が立っている。そんなものは、肌で察知する。相手に害意があれば、なおさらのことだ。

三十分ほどで戻ってきて、ベランダでダンベルを使った。躰は鍛えあげている。なんのためにそうするか考える前に、躰がそれを求めるようになっていた。三日運動をしないと、躰のどこかが腐ったような気分になる。

風呂に湯を張り、洗濯機を回した。シャワーでは、躰が温まらない季節になっている。ゆっくりと湯に浸り、髭を当たった。

雨が降りはじめたのは、午後だった。

浜田は自分の部屋に入り、釣道具を床に並べると、四つの両軸受けリールから、ラインを抜いた。それぞれ三百メートルは巻いてあるので、大きな糸巻きにそれを巻きこむのである。

定期的に、ラインは交換する。巻いた時は四百メートルあったものが、いまでは三百になっていた。傷んだ部分を切り捨てている間に、そうなってしまうのだ。

ライン交換の時が、リールの手入れの機会でもあった。汚れを取り、小さなドライバーで分解する。機械油をやるところ、グリスアップをするところ。やり方はわかっていて、ひとつのリールは三十分そこそこで、分解、組立が完了する。

両軸受けリールは、ヒラメや真鯛を狙う時のものだった。ほかにも、これからはアマダイやメジナの釣期でもあった。メバルやカサゴはスピニングリールでも充分だが、いきなり大物が来ると、それでは対処できない。カワハギも釣期だが、これはまったく別の道具が必要だった。

釣りをはじめて何年になるのか、数えたことはなかった。東京に出てきて、笹井に拾われたころ、何度か堤防の釣りに連れていかれたことがある。しかし、本格的にはじめたのは、タクシードライバーになってからだった。十年以上のキャリアはあることになる。

四つのリールの手入れを終えると、浜田はそれぞれに新しいラインを巻いた。それから竿の手入れをし、道具を収いこんだ。押入れの下半分は、釣りの道具で一杯である。

部屋を出ると、キッチンに立ち、夕食の仕度をはじめた。朝食が遅かったので、昼食は抜きである。明日は非番だが、雨はあがりそうもなかった。

野菜の煮つけ、釣ってきて、切り身に分けて冷凍しておいた、ワラサの照焼。湯豆腐。それに味噌汁と漬物。ちょっと年寄り臭いメニューかもしれないという気がしたが、きのうの夜、夏子は作り置きのカレーライスを食ったはずだ。

電話が鳴ったのは、下ごしらえを終えたころだった。

「明日、非番よね、浜田さん？」

可那子だった。そうだ、と答えた声が、口の中でくぐもった。

「会いたいんだけど」

「用事は？」

「別にない。用事がなければ、会えないってわけ？」

「釣りに行くつもりだった」

「雨よ。外を見てわからないの。明日もやむわけはないと、自分でも思ってるでしょう。こんな季節の雨は、何日か続くものよ」

浜田は苦笑し、受話器を耳からちょっと離した。携帯からの電話らしく、声がきれぎれで雑音も混じっている。

「変りない？」

「ないね」

「夏子ちゃんは、元気？」

「元気じゃなかったら、変りがあるってことだろう」

大人っぽい服を買った。いや、選んで貰うために鈴川を訪ねたら、芳子が選び買ってくれたという。夏子が着るには、相当に高価な服だ。そんなことより、自分には選ぶことなどできないだろう、と浜田は思った。その思いが、気持の底にひっかかっている。

「ねえ、関根って誰？」

訊き返さなかった。危険な罠が、仕かけられている。それは、はっきりと感じた。関根とは、人の名ではない。そして、可那子がそれを知るはずもなかった。

「誰よ？」

「知らないな」

「友だちに、そういう名前の人は？」

「俺の友だちを知って、どうなる？」

「立野の友だちかもしれないでしょう」

「兄の友だちなら、君の方が詳しいんじゃないかと思うな」

「兄について、あたしが知らないこと、たくさんあるみたいだから」

「俺にだってあるさ」

声が、また途切れた。車を運転しながらかけているのかもしれない、と浜田は思った。

「夏子ちゃん」

「よせよ。話したいのは夏子のことか。それとも、俺の知らない人間のことか」

「関根よ」

「知らんと言ったはずだ」

「明日、ちょっと会いたいの」

「どこで？」

言っていた。関根は、人の名ではない。しかし、知らない言葉でもない。

「どこなら、会ってくれる？」

「横浜」

浜田は、場所と時間を言った。

「わかったわ」

電話が切れた。

浜田はキッチンに戻り、湯豆腐の薬味を刻みはじめた。紫蘇と茗荷《みょうが》と鰹節。いつもそうだった。土鍋の底には、昆布をしく。

関根は、人の名ではない。それで思いつくのは、六年前の仕事《ヤマ》だった。関根の交差点。それで、あの仕事《ヤマ》を関根と呼んだ。

玄関が開き、夏子が帰ってきた。

野菜の煮つけから、浜田は火を入れた。手を洗い、うがいをした夏子が、セーターの袖をまくりあげながら、キッチンに入ってきた。手早く、配膳していく。

「今日は、買弁をしたわ」

弁当を持っていかない日は、パンかなにかを買い、その代金はあとで浜田が払ってやることにしていた。月に十一日は朝方の帰宅になるが、大抵は夏子が自分で弁当を作る。

「買弁、嫌だったんだけど、猛烈に眠たかったの。朝、唸りながら起きたんだよ」

「めずらしいな。君の、寝起きの顔はいつもさっぱりしているんだが」

買弁というのは、仲間内で使う言葉なのだろう。夏子の買弁は、二カ月に一度というところだろうか。

「眠れない夜が続いているの、このところ」

「なにか、悩みは？」

「理科の先生が、やたらに生徒に調べさせるのが好きなことね」

「そいつは、解決が難しいな」

「誰にも、解決できない悩みなのよ。ただ、抜け道はあるの。毎年同じ調べものをさせるから、先輩にお願いするという手がある」

「なるほど」

浜田は、湯豆腐も火にかけた。ワラサは、夏子が焼きはじめている。

「バスケ、調子はどうだ？」

「きのう、今日は最悪ね。生理の子が三人もいて。あたしも、その中のひとりだけど」

生理については、平気で口にする。平気なのだと装っている感じもあるが、浜田はあまり深く考えなかった。自分には、わかるはずのないことなのだ。

「基礎体力をつけているつもりでも、生理の時はバテるんだよね。血を流し続けているからかな」

「パパにわかるわけないだろう」

「このつらさ、パパにも経験させてやりたいって思う時がある」

「ごめんだな」

「男の、エゴ。パパ、ママが生理の時、やさしかった？」

いつもの夏子だった。男をどこかで困らせようとするのは、女の本性のようなものなのか。

浜田は、野菜の煮つけの具合を調べた。悪くない。

「焼きすぎるなよ。骨から身が剝がれる。その瞬間をとらえるのが、焼魚の極意だ」

「何度も聞いたよ、その極意。そしてパパは、時々失敗してレアすぎることがあるわ」

「できるだけうまく食いたい、という思いが先走るんだな。君は、ママよりずっと味にうるさいし」

夏子が、声をあげて笑った。

食事の間、夏子はバスケットボール部の、メンバーの話をしていた。ドリブルからシュートに移行する時の、足の運びは誰がうまいか。パスワークをどうやるか。ブロックの回避の技術。

浜田は、乗せた客の中に変った人間がいたらその話をするし、そうではない時は、釣りの話をしたりする。

ここに彩子がいれば、なにも欠けたものがない家庭というやつなのだろう。家庭を知らない浜田にとっては、彩子が作りあげたものだけがそうだった。そして、そこから彩子が欠けた。いまは、夏子と二人の微妙な均衡の中で、家庭らしきものが成り立っているのだろう。

その均衡が崩れることを、浜田は想像したことさえなかった。

食事を終えると、二人で食器を洗った。お互いに、手際はいい。すぐに終った。

「パパ、手を出してみて」

夏子に言われるまま、浜田は両手を差し出した。掌で拡げられたクリームが、浜田の手の甲に塗りつけられる。夏子は、浜田の指一本一本を、丁寧に掌で包みこむようにした。

「尿素が入ってるって書いてあったけど、尿っておしっこのことじゃないの。ほんとに、それが入ってるのかな」

「まさか」

「そうだよね。ハンドクリームだもん」

擦りこむように、夏子の手は動いている。浜田が、いつも指さきの荒れを気にしていることを知っているのだ。手に、奇妙な感覚があった。その感覚に、かすかだが性的なものが入り混じっているような気もする。うつむいたまま浜田の手を擦る夏子の顔が、はっとするほど彩子に似ていた。この角度が、一番彩子を思い出させる。浜田は、手を引きはしなかった。手にある感覚に、すべてを委ねていた。

「これでよしと。しばらくすると、ベトつかなくなるわ。実験済みだから」

手に、微妙な快感が残っていた。

夏子が、こんなことをしたのは、はじめてのことだった。新しいクリームを、ただ試しただけなのだ、と浜田は思った。夏子は、さらにクリームを足し、両手を擦り合わせている。

「どこで、買ったんだ？」

「ドラッグストアよ、決まってるじゃない」

「マニキュアなんかも、そうか？」

「まあね」

「このクリームの具合がよけりゃ、うちで使うものにしよう」

「具合がいいから、パパの手に塗ったのよ。指さきに関しては、とっても神経質だから。化粧品を買った時、これがいいって教えて貰ったわ」

「化粧品なんかを、君は使うのか？」

「当たり前でしょう。顔を洗ったら、化粧水と乳液を使うわ。パパのアフターシェイビングローションも、乳液も、ママが買っていたものと変ってないけど、もっといいものも出ているのよ」

化粧品と聞いて、ファンデーションなどの化粧の道具だ、と浜田は一瞬思ったのだった。自分が使うものが切れたら、浜田は適当に買ってくる。夏子もそうしている。日常に必要なものは、金を入れた缶とノートがあって、お互いに勝手にそこから出し入れしていた。ただ、出したものは、ノートに書いておく。そのノートを、浜田は細かく見たことはなかった。

「ファンデーションとか、そんなものは買わないのか？」

「友だちのを、使ったことはあるけど、自分のを持とうと思ったことはないわ。まだ、遊びの段階ね」

「遊びか」

「そうやって、女の子は化粧がうまくなったりするのよ、多分」

浜田は、ちょっと頷き、その首をぐるりと一度回した。

2

貨物船の白い船橋《ブリッジ》が、かすんで見えた。

雨は、きのうよりひどくなっている。コンテナ埠頭に、人影はほとんどなかった。海は静からしく、沖泊りの貨物船はまるで建物のように感じられた。

ワイパーを止め、浜田は煙草をくわえた。フロントスクリーンのむこう側の風景が、すぐに流れる水で歪んだ。ジャズをかける。古い、スタンダード・ナンバーだ。鈴川も立野も、こういう曲がなぜか好きだった。

関根の交差点。浮かんでくる。消そうとしても、押し返してくる。光景だけではない。仕事《ヤマ》を踏みきれるかどうか。肌を刺すような、緊迫した気持。恐怖にも、快感にも近かったが、そのどちらでもなかった。わけのわからない充実。そう言えばいいだろうか。浜田は、仕事《ヤマ》に、その充実を求めた。金は、結果としてついてくる、と思っていた部分もある。

あの仕事《ヤマ》は、それほど大きなものではなかった。物《ブツ》は、コイル状に精錬された、プラチナの五百キロ。ただ、危険な相手だった。どこかひとつが狂うと、強烈な反撃を覚悟しなければならなかった。生きて戻れるかどうか。それを擦り抜けようと、最初に肚を決めたのは、立野だった。鈴川も浜田も、頷いた。

情報は、教授からだった。教授というだけで、名前も知らない。風貌から、なんとなく三人でそう呼びはじめた。月に一度の、携帯電話での連絡。実際に会ったのは五度だけで、ほぼ一年に一度の割りだっただろうか。

五度とも、教授の情報は驚くほど正確だった。

あの仕事《ヤマ》は、教授が流してきた三度目の情報だった。五度とも密輸品の情報で、六度目はなかった。六度目の情報は、教授自身のことだったのだ。新聞の記事によって、それは伝えられた。教授は、島根県警本部の警部補で、行方不明になり、四日後に浜に打ちあげられた屍体として発見されたのだった。自殺、他殺の両面で捜査されたが、結局、なにひとつとして判明しなかった。

その情報に、三人とも驚かされはしなかった。税関か警察関係と当たりはつけていて、島根というのがちょっと意外だっただけだ。

教授の取り分は、物《ブツ》を捌いた金の二割で、合計では結構な額になっていたはずだが、それがどうなっているかもわからなかった。

なにひとつとしてわからない。それが、こういう仕事《ヤマ》での最上の人間関係だった。最初のきっかけは、鈴川が耳もとで囁かれたもので、ある程度こちらがやっていたことを摑んでいた気配はあった。二千万円相当の医薬品の密輸の情報は、ほぼ正確だった。二度目は、象牙などの動物の角で、漢方薬に使われる貴重品の情報だった。すでに、密猟したものを密輸するという方法でしか、入らなくなっていたのだ。

医学関係という、漠然とした推測はしていたが、三番目がプラチナだった。あの仕事《ヤマ》は、教授の情報によるものでは、最も荒っぽいものになった。多分、ひとりか二人、死んだはずだ。

そういう情報の提供は、教授から受けていただけではない。中古車の密輸の時からの人脈があり、ほかにも独自に当たりをつけた情報源もあった。いずれも、情報以外の接点は、極力持たないようにしていた。

赤いアルファロメオが、そばに停った。

浜田は雨の中に出て、アルファロメオの助手席に滑りこんだ。

「雨の本牧も、悪いものじゃないわね」

可那子は、グレーのスーツ姿だった。地味な色あいなのに、派手な印象があるのはデザインのせいなのか。

「港を見物しようなんていう人は、少ないのね。雨の日の港もまたいいと思うけど」

「なんとか言ったな。考えたが、そういう人間は、どうしても思い出せない。昔の知り合いに関根という老人がいたし、いまの会社にも事務の方にひとりいるが、君に関係あるとはどうしても思えないしな」

「いいのよ。関根というのが、人の名前だというのは、あたしが勝手に考えたことだし」

「もともとは、どこから出てきたんだ」

浜田は煙草をくわえて火をつけ、雨が降りこまない程度にサイドウインドーを降ろした。

「兄の手帳よ。六年前の五月十八日に、関根とだけ書いてあったわ」

「手帳ね。立野に、関根という知り合いでもいたんだろう」

「あれは、特別よ」

「ほう、赤字ででも書いてあったか」

「ごく普通の字で。でも、時間も場所もなかった。そんなふうな書き方をされているものが、年に三つぐらいあるわ」

「女、だな」

「違うわ」

「自信があるな」

「兄に女がいるのはわかったけど、もっと違う書き方がしてあった」

つまり、時間とか場所も書かれていたということなのか。

あの仕事《ヤマ》は、シミュレーションをくり返した時から、関根と呼んでいた。関根の交差点以外に、想定できる場所がなかったからだ。浜田は、そういうものを一切書きとめたりはしなかった。鈴川がどうかはわからないが、立野にはなんでもメモをする癖はあった。チェックリストを作る、整備工の習慣がそうさせたのかもしれない。

「村上麻衣子という人には会ったわ。代々木で小さなバーをやってる。マンションもバーも、兄にお金を出して貰って買った、と言ってたわ。そのお金、兄はクラッシックカーの売買で儲けたと言ってたって」

「あり得るな。あいつ、よくクラッシックカーをいじってた」

「いじるだけよ。クラッシックカーが投資の対象にされることを、兄は嘆いていたわ。それで儲けるなんて、信じられない」

立野がいた修理工場は、メカニックが数人いて、それぞれ客を持っている、というシステムをとっていた。社長は、リフトなどが完備した工場を、独立した整備工数人に貸すという商売のやり方をしていたのだ。

「女のために、ちょっと儲けた。そんなところだろう。俺は、村上麻衣子という女性は知らないがね」

「マンションが、八千万。バーの権利金が二千万。合わせて一億。こんなお金、クラッシックカーの売買だけで作れるの？」

「作れたんだろう。君が言ったことが、間違いないんならな」

浜田は、ダッシュボードの下の灰皿で、喫っていた煙草を消した。

「あたしにも、大金を残したわ。あたしは、村上麻衣子さんみたいに、クラッシックカーの売買益だとは信じられない。当たり前でしょう」

「その村上という女性は？」

「信じてるわ。兄に感謝もしてる。ほかの男を、まだ近づけていないと言ってた。ほんとだと思う。兄は、あの人を愛してたし、愛されてもいた」

「ふうん、立野に愛していた女か」

「浜田さん、あんまり白を切らないで。あたしは、浜田さんを好きだった。彩子さんと結婚する前からよ。そういう人に、白を切って欲しくはないわ」

「立野の女のことを、俺はなにも知らん。いままで、知ろうともしてこなかった」

「お金のことは？」

「それは、もっと知らんよ」

「浜田さん、お金は持ってるの？」

「貧乏というほどではないが、俺は夏子と二人で慎しやかな生活をしている」

可那子が、煙草に火をつける。まったく化粧をしていないのか、フィルターは白いままだった。浜田は、しばらく可那子の指さきに眼をやった。手のきれいな女だ。きれいなだけでなく、表情のようなものも持っている。

「関根ということについて、実は徹底的に調べてみたの。六年前の五月十八日。その前後を中心にしてね。交通事故が一件あったわ。S市の関根交差点で。乗用車と大型トラックの衝突。大型トラックは逃げ、乗用車は大破したまま放置されていた。怪我人は不明。現場の状況では、怪我人が出たことは間違いないので、乗用車の運転手がなぜ消えたか捜査中。トラックに連れ去られた可能性もある。新聞記事では、それだけだった」

「六月十八日の、浜田ってことについて調べてみろよ。日本のどこかに浜田街道というのがあって、ダンプの横転事故が起きてるかもしれん。あるいは浜田町という街があって、そこで殺人事件が起きてる」

「あり得ないことじゃない、と思う」

「無駄なことに、時間を使うな」

「いまのあたしには、無駄じゃないの。自分がなにか知るためにね」

「可那ちゃん」

昔そう呼んでいたように、浜田は呼んだ。

「誰だって、自分がなんだか知りはしない。すべてを知ってることなんて、あり得ないと思う。俺も、そうさ。親父は知らない。四歳の時にいなくなった母親については、おぼろな記憶しかない。それでも俺は、自分がなにか考えようとしたことはない」

「必要ないからよ。父親を知らない。わずかな母親の記憶しかない。それでいいと思っているからよ。あたしは、立野良一の妹だった。それで納得をしていたと思うの。兄を、あたしなりに理解していたから。でも、ある日、突然死んで、自殺したと言われた。そして、信じられないぐらいのお金が、入ってきた。あたしの理解していた兄は、ほんとうの兄じゃないかもしれない。そんな思い、浜田さんは抱いたことないでしょう？」

「ないな」

「あれば、自分がなんなのか、と思うわ」

「俺は多分、自分は自分だとしか考えないと思う」

「夏子？」

「夏子ちゃんは？」

「父親が、自分が考えているような父親じゃないと思ったら？」

「そんなことは、ないな」

「どうして、そう言えるの？」

「夏子のことは、俺が一番よくわかってる」

「そう思いこみたいだけよ」

「話をすり替えるなよ、可那ちゃん」

浜田は、新しい煙草に火をつけた。雨は相変らず降り続いていて、フロントスクリーンのむこうの景色は、やはり歪んで見える。

可那子が、ヘッドレストから頭を起こした。長い髪が肩からこぼれ、かすかに音をたてたような気がした。雨の音かもしれない。こぼれた髪をかきあげた手を、可那子はステアリングに置いた。

「夏子ちゃんにとって、あなたは異性よ、浜田さん」

「父親が異性であることは、当たり前だろう」

「そういうふうに考えるから、夏子ちゃんのことをよくわかってやれないのよ。だから、十五歳にしては、大人びた女の子になったんだと思うわ。彼女の心の底には、あなたと血が繋がっていないという意識が、たえずあるはずよ」

「十年も、父と娘として暮してきた」

「あなたの心の底にも、同じ思いはあると思う。父と娘だと、たえずどこかで確認しているはずよ。ほんとうの父娘なら、そんなことはしないわ」

「よしてくれないか、そんな話題は。俺と夏子は、それなりに折り合いをつけて生きているんだ。あと何年か、いや十何年か、そうやって折り合いをつけていく」

「いずれ、夏子ちゃんは苦しむことになると思う」

「なぜ？」

「よしましょう。あたし、余計なことを言ったわ」

浜田は、煙草を消した。可那子が、またヘッドレストに頭を凭れさせた。端整な顎の線が浮き出し、そのむこうに雨で歪んだ景色が見えた。

コンテナを積みこんだ大型トラックが、埠頭に入っていく。特別な荷なのか、乗用車が一台、そのトラックについて走っていた。

関根の交差点の仕事《ヤマ》。

浜田は夏子のことを頭から追い払い、それを思い出した。あの時は、乗用車が二台、トラックを挟むようにして走っていた。

二カ月かけて、連中の道筋は探った。ナホトカからの船が入った時、連中は動いていた。運んでくるのは鉱石の類いで、川崎の埠頭で税関検査を受けていた。鉱石の中に、巧妙に隠されていたものがあるのだ。運び出されるのは工場からで、その工場と連中の関係はわからなかった。情報がなければ、密輸品が運び出されているとも思えなかっただろう。トラックは、時によって大型であったり、中型であったりした。乗用車が一台ついていて、物《ブツ》は甲府の近くの倉庫に一度運びこまれるようだった。金の場合もあり、銃器の類いの場合もあるようだった。ほかにも、想像がつかないものが多くあったはずだ。ロシアは政治も経済も乱れていて、核兵器さえ散逸しかねない状況にあったという。

関根の交差点という場所は、三人の意見が一致した。連中が動くのは夜だったが、ほとんど車がいなくなるような場所だった。それでも、まったくいなくなるとは言いきれない。目撃される危険は、覚悟した。

六年前の五月十八日。憶えている。秒刻みで動いた細かいところまで、ひとつひとつ憶えている。あの時は、いつもと違って連中は乗用車を二台トラックにつけていた。トラックは、幌の付いたごく普通の中型だった。車が二台ついていることで、物《ブツ》が特別なものだと知れた。車が二台の場合、三台の場合も、想定してシミュレーションはくり返していたから、慌てることはなかった。

「浜田さん」

可那子の声。呟くようで、自分が呼ばれたという気が、浜田はしなかった。

「あたしを、抱いてみてくれない？」

「なぜ？」

「なにかに、つかまっていたい。そんな気分が、どこかにあるの。川の中の、杭みたいなものかな。つかまれば、流されていかないで済むような気もする」

「流れの中の、杭か」

「浜田さんは、動かないよね。いままでも、じっとしていたわよね」

「俺も、流れてると思う。多分、流れてるよ」

「いまは、どこかにちょっとひっかかっているだけ？」

「そういう人間に、生まれついていると思う。俺は、多分そうだよ」

いまは、夏子という杭に、自分がつかまっているのかもしれない、と浜田は思った。いや、夏子でさえも、流れているのか。

「気にしないで。言ってみただけだから」

浜田は、貨物船の方へ眼をやった。

「どうってことなかったな、言ってみるだけなら。自分じゃそのつもりはなかったけど、知らない間に汚れちまったのかな」

「生きてるってのは、汚れることだろう。気障なことを言う気はないんだが」

「そうね、浜田さんには似合わないわ」

低い声で、可那子が笑った。

浜田はまた、あの仕事《ヤマ》のことを考えはじめていた。

関根の交差点まで、浜田はタクシーのメーターを倒したり立てたりしながら走った。メーターを動かすたびに、乗務記録も書いた。メーターに出た分の金を、袋に放りこんでおけば、会社はなにも疑わない。

交差点の近くで、タクシーを空地に駐め、大型トラックに乗り換えると、服を着替えた。トランシーバーで、立野に到着を知らせる。工場からトラックを尾行《つけ》てきているのは鈴川で、中型に乗用車が二台ついていると連絡が入った。

シミュレーション通りに、事は運んだ。

乗用車、中型トラックと、交差点を通過していく。後ろからついてきていた乗用車に、浜田が大型トラックをぶっつける。ほとんど同時に、対向車線を来ていた立野のダンプが、前方の乗用車とトラックの間に入って、道を塞ぐ。跳び降りた浜田と、車で来た鈴川が、両側から中型トラックにとりつき、乗っていた二人を引き摺り降ろす。場合によっては、撃つことも想定して拳銃を持っていたが、その必要はなかった。鈴川が、中型トラックをバックさせ、交差点を曲がって走り去る。浜田の方は、二人を鉄パイプで殴りつけて昏倒させる。

その間、およそ十秒で、銃声が聞えたのはそれからさらに五秒が経っていた。浜田は大型トラックに戻り、発進させていた。立野のダンプも後退してくる。

鈴川が走り去った道を、ダンプと大型トラックが塞いで、十分ほど走った。連中には、前方の車と鈴川が乗り捨てた車の二台があったが、追ってはこなかった。

浜田はタクシーに戻り、決めてあった通りの道を走って、立野、鈴川という順で拾った。大型トラック、ダンプ、鈴川が乗ってきた車。すべて、前夜、盗んで用意していたものだった。現場に残っていたのは、大破した乗用車が一台だけだ。

物《ブツ》を載せたトラックは、月極めで借りた倉庫に入れ、施錠した。動かしたのは、一週間経ってからだ。教授の情報通り、五百キロのプラチナだった。

ああいう荒っぽい仕事《ヤマ》は、そう多くは踏まなかった。ただ、専門は密輸品で、それからはずれたものではなかったのだ。密輸品は、当事者と激しい争いになることはあるが、警察には発覚しにくい。

音楽が流れてきた。

可那子が、ミュージックテープをかけたのだ。ビートルズだった。なぜか、立野はビートルズを好んで聴いた。修理工場でも、ビートルズをかけながら仕事をしていたものだ。

「懐しいね」

「曲が、それとも兄が？」

「両方だ」

「あたしは、あまり好きじゃない。兄に、無理矢理聴かされたからかしら」

「立野が、そんな無理押しをしたのかね？」

「違うわね。好きじゃなくなったの、兄が死んでからね」

浜田に顔をむけ、可那子が口もとだけで笑った。

「やめないか、可那ちゃん」

「つまらないことだって言うの？」

「どういう意味がある？」

「鈴川さんも、同じようなことを言ってた」

「もし、君の知らない立野がいたとして、それを知ることにどれだけの意味があるんだ？」

「意味を考えて、やってるんじゃないの。自分がなんなのか知ることに、意味なんて必要なの？」

仕事《ヤマ》を踏むことに、意味などなかった。立野も鈴川も、多分同じだっただろう。

「あたしはただ、そうしたいのよ。関根だけじゃなく、ほかにも兄の手帳からはいろいろわからないものが出てきた。およそ二十ぐらいね。それを調べていけば、なにかがわかるような気がするわ」

「二十もか」

三人で踏んだ仕事《ヤマ》。二十二、三あるはずだ。可那子は、そのほとんどの糸口を摑んでいるということになる。

「立野は、腕のいい整備工だった」

「それは、兄の一部ね」

「そして、俺にはそれで充分だ」

「あたしにも、充分だった。兄が死ぬまではね。死んだ時から、充分じゃなくなった、とあたしは思ってる」

「好きにするさ」

「鈴川さんも、同じことを言うと思う？」

「それは、鈴川さんに訊け」

可那子が、また口もとだけで笑った。

「ろくでもない男ね、兄も、鈴川さんも、そしてあなたも」

「立野だけは、そこから除けよ」

「そういうところが、ろくでなしなの」

言った可那子の唇に、浜田は自分の唇を押しつけていた。じっと動かなかった。頰に、濡れた感触があった。眼を閉じたまま、可那子は涙を流していた。浜田は、指さきで可那子の頰を拭った。

「ひどい男ね」

「君に、ろくでなしと言われたばかりだ」

「ろくでなしを、愛してる女はどうなるの？」

「やはり、ろくでなしだろう」

「そうか、ろくでなしか」

可那子が笑い、唇を押しつけてきた。口の中に、可那子の舌の感触があった。それは浜田の舌にからみつくようで、いつまでも引かなかった。浜田の方から、顔を横にむけた。

「ろくでなしが、ろくでなしであることを証明される。それはちょっと悲しいな」

「人生が悲しいのは当たり前だって、あたしのろくでなしなら言うわ」

「だから、せめて」

「やめて」

「なぜ？」

「あなたの言葉は、胸に響きすぎる」

「そうなのか？」

「今日、会うんじゃなかったわ」

「それでも、会ってしまった。やっぱり、人生だな」

「ほら、そんなふうに」

可那子が、また笑った。もう、キスをしてこようとはしない。

「夏子ちゃん、気がつくわよ、あたしとキスをしたってことを」

「まさか」

金で買える女を抱くのが、いまの習慣になっていた。そんな時でさえ、夏子に気づかれたはずはなかった。

可那子を、好きだったのだろうか。ふと、浜田はそれを考えた。好きだという感情が、無意識に抑えられてしまうことがあるのか。まだ少女のころから知っていた。なにより、立野の妹だった。

鈴川は、可那子に魅かれている。しかし、やはり自分を抑えている。浜田と同じ理由なのか。別の、鈴川だけの理由があるのか。

自分が可那子を好きだったとしても、その感情は鈴川ほどに表面に出てはいない、と浜田は思った。それは、可那子の方が好きだと言い続けてきたせいではないのか。

「俺は、行くよ、可那ちゃん」

「そう」

「君がいま抱えている問題について、俺にできることはなにもない」

しかし、会いたければいつでも会う。その言葉は呑みこんだ。

「夏子ちゃん、もっとデリケートに扱ってあげた方がいいと思う」

頷いたが、これ以上どうしろと言うのだ、という気持の方が強かった。

ドアを開け、雨の中に立った。可那子は、すぐには車を出さなかった。浜田は自分の車に戻り、濡れた髪を一度手で拭うと、煙草に火をつけた。

ようやく、赤いアルファロメオが走り去っていく。

3

夕食の仕度は、しなかった。

浜田は、部屋の窓から雨を見ていた。激しい雨ではないが、きのうの午後から降り続けている。どこか、気を滅入《ヤマ》らせるところのある雨だ。

関根の交差点の仕事。九千万になった。五百キロのプラチナが、相場でいくらなのかは知らない。ただ、品薄になっていたのだという。車の排気ガス規制で、触媒の需要があるのだと説明してくれたのは、立野だった。プラチナを触媒として燃焼させると、排気ガスの有害成分が化学変化を起こし、無害なものになるらしい。ひとつの触媒で、二グラム近いプラチナが使われるという。

国内販売の車だけでなく、輸出車の規制も厳しいのだ。触媒のメーカーは、プラチナならどういうルートでも買う、という状態だったようだ。

物《ブツ》は、ミスター・Kのもとに運んだ。

お互いに、なんの干渉もしない。物《ブツ》を介在させただけの関係。ミスター・Kは、医薬品から宝石、車から銃器、つまりどんなものでも扱う業者だった。ミスター・Kはただの呼称で、ひとりではないと浜田たちは思っていた。あれほどさまざまなものを、ひとりで扱えるわけはないのだ。しかしミスター・Kはいつも初老のひとりの男で、浜田たちの物《ブツ》の安全なルートになっていた。ミスター・Kは、浜田たちとしか取引せず、ミスター・Kがいるから、物《ブツ》の捌き方も考えずに仕事《ヤマ》を踏むことができたのだ。

何人ものミスター・Kが、いくつものグループのルートになっているとも思えたが、深く考えはしなかった。なにも知らない方がいい。お互いに、そうなのだ。

最初は、ミスター・Kの方から接近してきた。笹井が死んだばかりのころだ。中古車をまとめて買う、という申し出だった。六台のベンツを、まとめて売った。その時、ほかのどんなものでも買う、とミスター・Kは言ったのだ。

三人だけの仕事《ヤマ》を踏むきっかけは、ミスター・Kのその言葉だったと言っていい。

両者の関係は、良好でも険悪でもなかった。持ちこんだものに、ミスター・Kが値をつける。安いと思うこともあれば、意外なほど高いこともあった。少なくとも、自分たちで苦労して捌くより、ずっと危険は少なかったし、効率もよかった。

強奪した密輸品だけを扱っていたら、ミスター・Kというルートが、ほかのグループに知られることはなかっただろう。自分たちで、医薬品の密輸をはじめた。鈴川が貿易会社をやっていたのが、大きな理由だった。密輸から、ミスター・Kに流すところまで、自分たちだけでやる。それで、物《ブツ》の流れを手繰られたのだ。ルートを、つまりミスター・Kを、横奪《よこど》りしようとしてきた。しかしそれでも一年は、その連中を弾き返していた。

そして、あの事件だった。

陽が落ち、外は暗くなりはじめていた。それでも、浜田は夕食の仕度をしなかった。この季節、暗くなるのは早かった。雨が降っていれば、なおさらだ。

玄関が開く気配があった。

「お腹減ったのに、今日はパパはさぼりか」

夏子の声。浜田は苦笑して、居間へ行った。夏子は制服を着たままで、濡れたスポーツバッグをタオルで拭いていた。

「外に出ないか、夏子?」

「外食ってこと?」

「たまにはいいかもしれないと思って、仕度をしなかった。駅前のホテルに、フランス料理のレストランがある」

「ハンバーガーとか、そんなのではなく、フランス料理を食べさせてくれるってわけ?」

「いやなら、いまからなにか作る」

「御冗談でしょう。何時に出かける?」

「七時だな」

「よし、あと二時間はあるな」

伝法な口調で言い、夏子が部屋に飛びこんでいった。シャワーを使うと、また部屋に籠りっきりになる。

レストランに予約を入れただけで、あとはなにもすることがなく、浜田はぼんやりとテレビを見ていた。食事を作らないだけで、これほどの時間ができる。

夏子が部屋から出てきたのは、七時二十分前だった。

鈴川のところへ行って買って貰ったという、膝の下まで丈のある黒っぽいワンピースを着て、枯葉色のカーディガンを羽織っている。胸には、やはり鈴川からプレゼントされたペンダントだ。それに、ストッキングも穿いていた。

「驚いたな、こいつは」

「せっかく買って貰ったのに、着ていくところがない、と思ってたの。フランス料理のレストランで、デビューだね、パパ」

「似合ってる。さすがに、鈴川さんところのおばさんの見立てだけのことはある」

「大人っぽい恰好も、してみたかったの。つまんない男子校の生徒かなにかとデートする時、着ることになるかもしれない、と思ってたわ。パパとのデートで着られたなんて、すぐにおばさんに電話するわ」

「パパも、ジャンパーってわけにはいかないな」

奇妙な気分に捉われながら、浜田は自分の部屋に入った。なぜ奇妙な気分になるのか、シルクのシャツを着ている時に思いついた。あんな恰好をすると、夏子はますます彩子に似てくる。

シャツも上着も、黒にした。昔から気に入っている色で、黒い服だけで数着持っている。彩子と最初に会った時も、黒い服を着ていたことを、浜田は思い出した。

髪にブラシを入れ、傘を持って浜田は先に出た。車を、マンションの玄関まで回してくる。雨を避けてエントランスの階段のところに立った夏子は、やはりその姿も彩子にそっくりだった。いや、そういう眼で見ているだけなのかもしれない。夏子は、なにを着ようとまだ少女の体型だった。

「いいな、やっぱりパパは黒が似合う」

助手席に乗りこんできて、夏子が言った。

「薬も呑んだことだし、なんでもこいよ、パパ。いや、もうちょっと上品にしなくちゃならないわ。恋人同士に見られるぐらいに」

「おい、薬ってなんなんだ？」

「決まってるじゃない、ピルよ」

「なんだって」

「なに驚いてるの。デートの前の常識でしょう」

「はしゃいでるのか、君は。つまらない冗談を言うなよ」

「あら、薬を呑んだのは、ほんとよ」

「どこか、悪いのか？」

「鈍いな、パパは。そんなんじゃ、女の子は扱えませんよ。呑んだのは、鎮痛剤」

「なぜ？」

「これだからな。生理だって言ったでしょう、きのう」

「そうか」

浜田は、ヘッドライトの光に浮かぶ、雨の粒に眼をやった。

「つらい時に、誘っちまったな」

「気にしないで。あたしは正確で、毎月一回きちんとあるし、生理痛も特にひどいってわけじゃないんだから」

「そういうもんか」

浜田は車を出した。

「でも、パパ、どういう風の吹き回しなの。あたしをデートに誘うなんて」

「たまには、ちゃんとした料理も食べさせてやりたかった。いつも、パパの料理じゃ、君がかわいそうだ」

「でも、パパの料理、ちゃんとしてるよ」

「かもしれん。しかし世の中には、別の料理もある。女の子は、いろんなものを食べておいた方がいいと思う。特に君は、自分で弁当を作ることがよくあるわけだし、パパの朝食だって、月に何度かは作ってくれる」

「レパートリーに、フランス料理ってわけにはいかなくってよ、パパ」

「いろいろと、経験して貰いたい。それだけさ」

「ふうん」

「それに、パパだって時にはフランス料理を食べたい。ところが、相手はいない。君以外にはね」

「それは、パパにとってはつまんないことでも、あたしにとっては大歓迎だな」

「時々、食いに行こう。イタリア料理もあるし、寿司なんかもある」

雨のせいか、駅に近づくと道は渋滞していた。浜田は本道をそれ、平行に走っている脇道に入った。このあたりの渋滞の抜け方は、お手のものだ。

「ひとつ、頼んでいい、パパ？」

「なんだ？」

「やっぱり、やめておく。パパ、今日、誰かとデートしたでしょう」

「用事で、可那子さんと会ったよ」

戸惑いながら、浜田は言った。嘘をつく理由はないが、ほんとうのことを言ってしまった自分に、舌打ちしたいような気分に襲われていた。

「立野のお姉さまか」

「つまらない用事だったが」

「きれいだよね。ほんとに、そう思う。ちょっときれいすぎるぐらいだわ」

「パパには、普通の人に見えるが」

ホテルの建物が近づいてきた。

駐車場に入れる前に、玄関につけて夏子を降ろすことにした。そこにも車が並んでいて、しばらく待たなければならなかった。ドアボーイが雨の中に出て誘導しているが、四、五分はかかりそうだ。地域の会合やパーティの多いホテルだった。

浜田は、煙草に火をつけた。七時には、四、五分遅れそうだ。ホテルに到着するまでは、計算通りだった。

「ライオンズクラブの会合か。どうりで、いい車が多いはずだ」

並んでいるのは、ベンツやBMWで、浜田の古い国産車はいかにも見すぼらしかった。いくらか気おくれに似たものを感じるのは、お洒落をした夏子を乗せているからなのか。

「ママがいたころ、よく三人で食事に行ったよね、パパ。ママは、いつも愉しそうで、お洒落もしてた」

「そうだな」

彩子が死んでから、外食ははじめてであることに、浜田は気づいた。生活を整え、そのリズムを崩さないようにするだけで、精一杯だったということなのか。

「さっきの頼み、言っちゃおうかな」

「君らしくないな、勿体ぶって」

「ホテルへ入ったら、ロビーからレストランまで、あたしと腕を組んで歩いて」

「いいな、そいつは」

言ってから、浜田は複雑な気分に包まれた。

屈託なく、夏子ははしゃいだ声を出している。

第六章　夜の叫び

1

近づいている。思った以上の速さで、確実に、可那子はあそこに近づいている。

携帯を切ると、鈴川はソファに腰を降ろし、煙草に火をつけた。ロックグラスに手をのばす。氷がグラスに触れる、軽い音がした。

美々は、キッチンに立っている。食事ではなく、酒の肴を作っているのだ。そういうものでも、美々は手際よく作った。

「近づきすぎだ」

鈴川は、低く呟いた。

関根の交差点あたりをうろついている間は、まだよかった。しかし、三つ四つと、仕事《ヤマ》を踏んだ場所を、可那子は当たりはじめた。警察にすらわからなかったものが、可那子にわかるはずがない。しかし可那子はいま、横浜にいた。

「なんてこった」

また、呟いていた。独り言には馴れているので、キッチンの美々は、ふり返りもしない。

立野が、手がかりになるものを、なにか残していた。そうとしか、考えられない。関根の交差点をうろついてから、一週間で、別の四カ所を見つけた。

立野が残していたとしたら、それはなんなのか。多分、手帳のようなものだろう。立野には、マメにメモを取る癖があった。しかし現場の見取図とか、タイムテーブルを書きこんだメモなど、仕事《ヤマ》の前にすっかり頭に入れ、燃やしてしまったはずだ。思わぬところに、なにかが残っていたということだろう。

スケジュール帳のようなものかもしれない。可那子の動きは、仕事《ヤマ》の順を追っていた。どう順を追おうと、なにか出てくるとは考えられない。問題は、横浜に辿り着いているということだ。ミスター・Kについての情報が、立野が残したものの中にあった、と考えられはしないか。もしそうなら、ミスター・Kに行き着く可能性がある。それは、まだいい。連中に行き着いたら。

武藤は、よく可那子に張りついていた。報告は細かく、自分の主観などはなにも入れていない。だから可那子の動きが、手に取るように鈴川にはわかり、いやな気分をふつふつと泡のように沸きあがらせるのだった。

美々が、何種類か肴を作ってきた。五、六人で食っても、多すぎるほどだ。美々の料理は、まるでレストランのもののように整っているが、いつも量が多すぎるし、そしてなにかひとつ足りない。

グラスのウイスキーを空け、注ぎ足した。美々が、氷をひとつ入れる。

「俺はよ、そろそろ肚を決めなきゃなんねえな」

そばに座った美々は、鈴川の膝に手を置いていた。義足は、はずしてある。切断した膝のところを、なぜか美々は触りたがった。

「どうにもならねえクソ野郎でも、肚を決める時は決める」

「うわっ、お父さん、とうとう決心したんだ。可那子さんに愛してるって告白するって」

「そんなんじゃねえ」

「じゃ、なに？」

「俺みてえなクソ野郎が、愛だの恋だの言えるかよ。せいぜい、おまえみてえな女を、飼ってるだけだ」

「泣くぐらいなら、言った方がいいとあたしは思う」

「余計なことを言うやつだな、おまえ」

「あたし、お父さんのこと、好きになってきたから」

「なんだって？」

「好きになった。お父さんを、好きになった。この間、はじめてそう思った」

「俺みたいな、年寄りをか？」

「年寄りじゃないよ、お父さん。いっぱい悩んでて、苦しいことがあって、かわいそうなだけだよ。あたしは、そう思う」

鈴川は、笑いはじめていた。美々の手は、まだ膝の切断面に触れている。

「ねえ、決心した方がいいよ」

「好きだってやつが、そんなこと言うか？」

「前も言ってた。だけど、好きだって思ったから、もっと言う」

「若いくせに、おかしな女だな、おまえ」

「そうかな？」

「俺みてえな、クソ野郎にゃお似合いってやつかもしれねえが」

「お父さん、決心するよね。決心したと言ったよね」

肚ぐらいは、決められる。自分のような臆病者にも、それができる時はある。仕事《ヤマ》を踏む時も、立野と浜田に引き摺られるようにしてだが、いつも肚は決めた。決められた。

「簡単だよ、決心しちゃえば。愛してるって、ひと言で済むんだから」

可那子について、決めることはなにもない。昔から、決めることは決めている。

鈴川は、フォークをとり、タコをオリーブオイルで炒めたものを口に入れた。ニンニクとチリが効いている。

「どうした？」

「なにが？」

「いつもと、味が違うぜ」

「そうなのかな。気持が違ってたからかな」

「どう違ってた？」

うまい、と鈴川は感じていた。なにかひとつ足りないと思っていたものが、きれいに消えている。それが、なぜか鈴川を鼻白ろませた。

「いつも、きちんと作んなきゃなんない、と思ってた。テレビで、料理の先生が作るみたいにね。レシピを間違えないで、盛りつけもきれいにして」

「それで」

「それぱっかり気にしてたのに、なんとなくお父さんに、おいしいものを食べて貰おうって気になってた。それぱっかり考えて、作ってたみたい」

「ふうん」

ほかのものも、うまいと鈴川は感じた。ウイスキーを飲み干した。煙草に火をつけ、天井にむかって煙を吹きあげた。おかしな酔い方をしそうだ。

「裸になれ、美々」

美々は立ちあがり、バスローブふうのガウンを脱いだ。下にはなにも着ていなかった。白い肌で、豊かな胸をしているが、腰の張りはあまりなかった。可那子は、この腰の張りがすごい。服の上から見ても、そうだ。そんなことを鈴川は一瞬考え、すぐに頭から追い払った。

「こっちへ来い」

美々は、鈴川の手が届くところまで近づいてきた。薄い恥毛を、鈴川は毟りはじめた。鈴川がよくやることだが、少ないと思える恥毛が、いつまでもなくならなかった。

「おい、勘違いするんじゃねえぞ、おまえ。おまえはな、金で買ったおもちゃなんだよ。好きも嫌いもねえんだ。愉しむだけ愉しんだら、ぶっ毀して捨てるのよ。わかってんのか、てめえがなんだかよ」

「あたしは、それでもいいの。あたしがそういう気持だってことだから」

「変な女だな、おまえ。そんなんで俺の気持が動くと思ったら、大間違いだぜ。ぶっ毀してやるよ、ほら」

鈴川は、美々の性器に指を二本、強引に突き入れた。美々が、かすかに呻《うめ》きをあげる。

「いいよ、お父さん。痛くても平気だから。痛くても、好きだと思ったら我慢していられるから」

どいつもこいつも。鈴川は声に出しそうになった。

「なにされても、平気だよ。好きだと思ってるから、毀されたって気持がいい」

「なら、勝手に毀れろ。人形が毀れるみてえに、毀れちまえ」

指さきに、さらに力を入れた。美々の呻きが大きくなる。性器が濡れはじめるまでに、しばらく時間がかかった。指を抜くと、粘液に赤いものが混じっていた。

美々が、涙を流している。悲しいのか痛いのか、鈴川にはわからなかった。

「しゃぶれ。口に出すぞ」

鈴川が言うと、涙を流したまま美々が頷いた。下腹に、美々の顔が近づいてくる。濡れた感触があった。鈴川は眼を閉じた。

このクソ野郎が。女しか苛《いじ》められねえ、腰抜けが。泥の中でくたばった方がいい、最低の下種《げす》が。頭の中で言葉が行き交うだけで、口からは出てこなかった。

いつまで経っても、鈴川は果てなかった。

美々の頭を押しのける。

「入れるの？」

「いや、いい。酒をくれ」

美々が、グラスを鈴川の口に持ってくる。氷が溶けて少し薄くなったウイスキーを、鈴川は飲み干した。頷くと、美々がまた新しい氷を足して、ウイスキーを注いだ。

「急いで飲んじゃ駄目よ、お父さん」

「おまえ、血を出してたろう」

「どうってことないわよ、血なんて。あそこからは、血が出てくるものなんだから」

「そうか」

鈴川は、自分でグラスを口に運んだ。午後九時三十分過ぎだ。

「俺は、三時間ばかり眠るぞ、美々」

「ベッド？」

「ここでいい。おまえ、そばにいろ。俺の躰に触っていてくれ」

「頼むなんて、お父さんらしくない」

「命令してるんだ」

「それならいい」

美々が、ちょっと笑った。裸のまま立ちあがり、薄い毛布を持ってきて、鈴川の躰にかけた。鈴川はウイスキーを飲み干し、美々に支えられるようにして、ソファに横たわった。

2

横浜の酒場を、二軒回ったようだ。

鈴川が到着した時は、三軒目の『サイクロン』に入った時だった。車を後ろに停めると、武藤が飛び出して助手席に乗りこんできた。

「なんか、迷走してるって気がします。この酒場だって、なんとなく入ったような感じなんですよ」

迷走ではなかった。『サイクロン』は、浜田がよく行っていた店で、鈴川も何度かそこで仕事《ヤマ》の話をしたことがあった。経営者は木暮とかいう中年の男で、浜田とは気が合っているように思えた。

「なにか、捜してるような気がするんですが、それが人とは思えねえんです。行く先々で、何年も前のことを訊いてみたり、なんか新聞の切り抜きのコピーみたいなのを持ってて、見せてみたりで。なにやってんだか、さっぱりわからねえんです」

可那子は、まだ連中に行き着いていない。武藤は、いずれ可那子が連中に行き着くことなど、想像もしていない。結びつけるだけの動きを、武藤が感じていないということだった。

しかし、横浜だった。

ミスター・Kに行き着くことは、あるかもしれない。その時、間違いなく、可那子は連中のことも知るだろう。

いまはまだ、かもしれない、という状態だった。それが、どこまで近づいていくのか。どこで、どういう手を打てばいいのか。鈴川には、それが見えていなかった。

「立野可那子が会ったのは、浜田というタクシードライバーだけなんだな」

「待ち合わせて、会ったのはです。ちょっといい仲みたいですね。車の中で、抱き合ったりしてましたから」

「浜田って男のことは、もういい。こっちで調べがついてる。俺が知りたいのは、男と女がどうしたってことじゃなく、もう少し裏の線だ。わざわざおまえにガードを頼んでるのも、裏の線があるからさ」

「動きそのものは、どう見てもおかしいです。迷走はしていても、なにかを、あるいは誰かを、捜してるって感じはあるんです」

「人を使ってる気配は？」

「いまのところ、ないです」

二度ばかり、痛い目に遭わせている。その報告は、当然可那子も受けているだろう。もしかすると、抗議されたかもしれない。可那子も、気軽に人を使えない状況になっているはずだ。

「夜中の動きで、きついか、武藤？」

「それほどでも、ありません。立野可那子が動きはじめるの、大抵は午後からですから。午前中は、マンションに人を張りつけるだけで済んでます」

「そうか」

「俺は、あの女が回ったところを、地図に印をつけて、関連性を考えてみたんですがね。いまのところ、共通するものはなにも出てませんや。そいつが見えりゃ、ちょっと先回りするなんてこともできるんですが」

「武藤」

鈴川は煙草をくわえ、火をつけた。人通りは少ないが、完全に途絶えてしまう時間でもなかった。

「余計なことは、考えるな。先回りする必要もない。見張ること、危険があったらガードすること。おまえの仕事は、それだけだ」

「わかってます。つい考えちまいましたが、気をつけます」

それ以上、鈴川はなにも言わなかった。武藤から見れば、可那子は糸の切れた凧のようなものだろう。それをガードしろと言われれば、不安になっていろいろなことを考えても仕方がなかった。

「金は、足りてるか？」

「そりゃもう、充分です。午前中、マンションを張ってるやつらも、二万貰えるなら、瞬《まばた》きもしねえって言ってます」

「おまえ、匕首《ドス》呑んでんのか？」

「いえ」

武藤が、腰にちょっと手をやった。

「びっくりしました。さすが、鈴川さんですね。だけど、こいつは匕首《ドス》じゃありません。握りの柄をつけたチェーンで、よっぽどのことがねえかぎり、出しはしません」

言ってみただけだった。ガードを頼めば、武藤はなにか道具ぐらいは持つ男だろう、と思ったのだ。

「なにかあったら、躰を張ってあの女をガードします。ただ、相手がひとりじゃねえってことも、考えなくちゃならないんで」

「いいさ。武器ぐらい持ってろ。そういうガードが、あの女についてるとは、相手も思わねえだろうからな」

二十分ほど、待った。

可那子が出てきて、赤いアルファロメオに乗りこむのが見えた。

「尾行《つけ》てくれ。俺は、このあたりにいる。そのままマンションに帰るようだったら、見届けて、電話をくれ」

「わかりました」

武藤が、飛び出していった。

鈴川は、しばらく車の中でじっとしていた。

迷いはない。肚は決めた。しかし、なにをどうすればいいか、どうしても見えてこない。可那子を助ければいい。暴走する時に止めて、可那子の視界にあるものを、全部消してしまえばいい。わかっているのは、それだけだ。

煙草を一本喫い、鈴川は車を降りた。

アルファロメオに乗りこむ、可那子の後ろ姿が思い浮かんでくる。車の中で、浜田と抱き合っていた。武藤が言った言葉が、不意に胸を衝いた。

浜田なら、いい。可那子は、昔から浜田を好きだった。だから、浜田ならいい。鈴川自身も、浜田になんとかしろと言い続けてきた。立野も、いまの浜田なら許すだろう。

殺してやる。隙を見せたら、切り刻んで殺してやる。次に襲ってきた感情は、それだった。

浜田を殺してやると思ったことが、鈴川を狼狽させた。どうなってやがる。呟いた。それでも、殺してやるという声は聞えてくる。耳を塞ぎたくなった。代りに、鈴川は眼の前にあるドアを押した。

「看板ですよ」

男が、カウンターの中から顔をあげた。女の子は、とうに帰っているようだ。

「ま、一杯ぐらいいいじゃないか」

「お客さんね」

木暮は、老けていた。前よりも瘦せ、白髪が増え、顔色がひどく悪かった。

「通りがかったんだ。せっかくだと思って、顔を出した」

「鈴川さん、か？」

「そうだよ」

五年ぶりぐらいになるのだろうか。鈴川は、カウンターの方へ歩いていった。昔と同じように、カーペットのない木の床だ。

「老けたね、鈴川さん」

「お互いさまだ。通りがかって、この店がまだ潰れずにあることを見つけた」

木暮が、なにか言いそうになった。その言葉を呑みこむように、カウンターにグラスをひとつ置き、背後の棚からボトルを取ると、鮮やかな手つきで注いだ。ボトルのラベルには、スポーツカーのような絵が描かれ、その下に小さく浜田とあった。ワイルド・ターキーだ。

一杯目を、鈴川は口に放りこむようにして飲んだ。すぐに、木暮がもう一杯注ぐ。

「あんたの脚」

「わかるかね？」

「うちは、こんな床で靴音が響くから」

「膝から下がないんだよ。ま、義足を着けてりゃ、あんまり不自由はしないが」

「いろいろあったってわけだ」

「あんたもな」

「俺は、病気をした。完全に治っちゃいないだろうけどね。もう、こうやって働けるようにはなってる」

木暮が、浜田のボトルで手早くバーボン・ソーダを作った。グラスをちょっと翳《かざ》した。触れ合わせはしない。

「浜田、まだ来るのか？」

「時々だね。やつはいま、釣りに夢中だからな」

「昔、三人でよく飲んだ」

「三人ね」

木暮は、ちょっと考える顔をしたが、なにも言わなかった。

「あんた、この店は何年だ？」

「二十年。その前も横浜で働いてた」

「横浜の生まれかい？」

「いや」

どこの生まれだとは、木暮は言わなかった。

二杯目を、鈴川はちびちびと舐めた。浜田を殺してやる。その感情は、いまは嘘のように消えていた。煙草をくわえると、木暮は灰皿を押して寄越したが、火までは出さなかった。

鈴川は、自分のライターで火をつけた。

「三人ね」

「ああ。ここは浜田の店と考えちゃいたが、よく誘われたもんだ」

「立野だったよな、もうひとりは？」

「死んだよ」

「妹が、ひとりいたか？」

「ああ。可那子って名だ。東京で水商売をやってるって話だ」

「来たんだ。あんたと入れ違いみたいにして、帰った」

「ふうん」

「殺されたんだそうだね、立野」

「自殺だ」

「妹は、殺されたと言ったよ。それから、横浜になにかあるってな」

「なにがあるんだね、こんな街に」

「さあ。ただ、真剣な眼をしてたよ。つまらんことを考えずに帰った方がいい、とは言えなかった」

鈴川は、煙草を消した。灰皿の吸殻をしばらく木暮は見つめていた。

「鈴川さん、偶然通りがかったわけじゃないんだろう？」

鈴川は、答えなかった。可那子が出ていって、せいぜい五分。偶然だと思う人間はいないだろう。氷の入っていないバーボン・ソーダのグラスに、木暮が手をのばした。

「浜田は、関係あるのかい？」

「どうだろうな」

「俺は、浜田とも夏子ちゃんとも親しい。彩子とだって、親しかった。いや、最初は彩子からはじまった付き合いだった」

彩子は、関内のクラブに勤めていて、浜田と出会った。同じ街で酒場をやっている木暮とも、面識はあったのだろう。

「もういいよ。あんなことは、もういい」

彩子が死んだ。そんなことはもうたくさんだと思っているのは、木暮だけではない。あの時、夏子がいなかったら、浜田は突っ走っていたはずだ。立野が死に、彩子も死んだ。浜田の激情を抑えたのは、夏子の存在だった。十一歳になったばかりの夏子を守れるのは、浜田ひとりだけだったのだ。夏子を守るために、浜田は仲間の死も、女房の死も黙って受け入れた。

鈴川には、守るべき存在などいなかった。それでも浜田が報復を諦めたことで、鈴川はほっとしていた。土壇場に立つと、生来持っている臆病さが、やはり顔を出した。

「浜田は、ああやって生きていけばいいんだ。浜田夏子の父親としてな。それが、あいつの人生ってやつだろう」

「俺も、そう思うよ」

「そうはいかねえのも、人生か」

木暮には、人の心に立ち入らないというところがあった。長い水商売で身につけた、智恵のようなものなのかもしれない。

「夏子をちゃんとした女に育てあげるのが、浜田の人生だって俺も思うよ、木暮さん。だけど、なにが起きるかわからねえ。そりゃ、俺にもどうしようもねえんだ。浜田が、自分で決めることだね」

喋りすぎていた。いや『サイクロン』に入って木暮に会うことが、必要のないことだった。

「俺は病気をしてね、鈴川さん。生きるか死ぬかっていうようなもんじゃなかったが、少しずつ死んでいくというのが、よくわかった。生きてるってのは、少しずつ死んでいくことなんだろうが、病気ってのは、それをいくらか速くするんだな。歩いてるやつが、走り出すみたいなところがある」

「浜田も俺も、大人しく歩いていたいさ。別に病気ってわけじゃないからな」

「そう願いたいね」

口もとだけで、木暮はかすかに笑った。

3

海は、静かだった。

それでも、時々鈴川は頭から飛沫《しぶき》を浴びた。ボートのちょっと大きなものに、船外機を付けただけの船なのだ。ほかの船と擦れ違うと、引き波を受けて大きく揺れる。

「あと十分ぐらいだ、鈴川さん」

浜田が、怒鳴るように言った。走っている間は、エンジン音に消されて、声はよく届かない。鈴川は、ほとんど喋らなかった。

陸岸から、それほど離れてはいない。決して立ちあがるなと、鈴川は浜田から言われていた。義足のことも、心配しているのだろう。防寒はしっかりしていたが、風は防ぎようがなかった。

エンジン音が小さくなり、船がスピードを落とした。浜田は、陸地の物標をいくつか見て、ポイントの位置を測定しているようだ。

「ここでいい。鈴川さん、そこにある錨を放りこんでくれないか」

言われた通り、鈴川は座ったまま錨を持ちあげ、放りこんだ。大して重いものではなかった。水深に合わせてロープを固定してあったのか、船はあるところで停ったようだった。

エンジンが切られると、不意に静かになった。

鈴川は、煙草に火をつけた。灰皿代りに、浜田が空缶をひとつ渡して寄越した。船酔いは、なんとなく大丈夫のようだ。

釣りについては、ほとんどなにも知らなかった。浜田が用意した竿を黙って受け取り、糸を垂らした。

「底に、錘が着く。そこから、ふた巻きぐらいする。その状態で、底からあまり離さないようにして、あたりを待つ」

浜田は、自分の竿を出しながら言った。

走っている時よりいくらかましだが、やはり風はある。

「よくやるな、浜田。いつもは、もっと小さな手漕ぎのボートなんだろう？」

「手漕ぎで、ここまで来るのは骨だよ。とてもじゃないね。手漕ぎじゃ、せいぜい三十分のところまでさ」

「こいつは？」

「漁師が持ってる船でね。一時間千円で借りてる。燃料代は別だ」

「なるほど。俺は、自分の船を漁師に預けてるのかと思ったよ」

クーラーボックスのビールを、浜田が抛《ほう》ってきた。ちょっと考えてから、鈴川は口をつけた。アルコールを少し入れても、船酔いには関係ないようだ。

釣りに連れていけと言ったのは、鈴川だった。浜田は苦笑していたが、いやな顔はしなかった。

「別に、魚を釣りたいわけじゃなかったんだろう、鈴川さん」

「まあな」

「俺を宥《なだ》めようって気かい?」

「宥める?」

「あの時に、やつらをみんなぶち殺しておくべきだった。いま、俺はそれを後悔しているよ」

「しかしな」

「夏子がいた。ルートを手放せば、やつらとの闘争は終る。そんなことを考えちまったんだな。どこかで、自分じゃなくなっていた。そんな気がするよ」

「夏子がどうなっても、いいってか?」

「それとこれは、別のことだったって気がする。別のことだと考えず、だからやっておかなきゃならねえことを、やらなかったってな」

「つまらんな」

「なにが?」

「いまさら言うことがさ」

「あんた、可那ちゃんがどうにかなっても、平気か?」

「そんなわけはねえだろう。ただ、四年前といまじゃ違う。それは当たり前だろう」

「四年前、俺たちはなにも終らせなかった。ただ、逃げた。違うか、鈴川さん？」

「まったく、そうだよ」

海面を見つめて、鈴川は言った。

竿には、なんの反応も伝わってこない。餌は、小海老が二匹で、なぜか尻尾だけ取った。水深は二、三十メートルというところか。鈴川の感覚では、かなり大きな錘をつけている。それでも潮に流されるのか、海底に届いている感触はわかりにくかった。

「四年経ったいま、終らせようってのか、浜田？」

「そうするしかない、と思う」

「夏子は、どうする？」

「四年前は、それを一緒にした。違うことだと考えるしかないだろう」

「もう少し、待ってくれ、浜田」

「あんたは、ひと月待てと言った。もう、それほど日数はない」

「決めているのか。昔と変らねえな。しかし、待てよ。待ってくれ。ここだけは、俺の顔を立ててくれねえか」

「俺が待てば、どうして鈴川さんの顔が立つんだ？」

「可那子に惚れている男として、俺にはやってやりたいことがある」

「あんたって人は」

「嗤《わら》ってんのかい？」

「まさか。心を揺さぶられてるね。そんな惚れ方ができる男が、ここにいる。信じられないが、間違いなくいる。惚れた女を、男が自分のものにしたがるのは、当たり前だと俺なんかは思ってしまう」

「嗤ってくれた方が、気が楽だ」

「そうだとしても、嗤えんよ、鈴川さん」

「男でいたいんだよ、俺は。それだけだ」

「立野が死んだことは」

「関係ねえ。自分でもよくわからんが、そうした方がいいと思うことがある。そうするのが男ってもんだとな。それだけのことだ」

「切なすぎるね」

浜田は、遠くの海に眼をやっているようだった。

そばを漁船が通り、引き波で大きな揺れが来た。錘が底に着いているのかどうか、鈴川はわからなくなった。ちょっと巻きあげ、それから糸がたるむまで錘を降ろした。海底の感覚が、はっきりと伝わってきた。

「時々巻きあげて、餌を調べてくれ。特に、あたりがあった後はな。餌は、簡単に取られちまうんだよ」

「魚が餌を食えば、それで釣れるってわけでもないんだな」

鈴川は、一度巻きあげた。餌は付いていたが、新しいものにした方がいい、と浜田が言った。

小一時間の間に、四度餌を替えた。喋ることはもうない、と鈴川は思っていた。最初から、喋る必要などなかったのかもしれない。

「礼を言うのを、忘れてた、鈴川さん」

「なんの？」

「夏子の服」

「あれか。まあ、勘弁してやってくれ。芳子が、無理に買ってやったようなもんだ。そして、芳子はそうできることを、ひどく喜んでた」

「似合ってたよ」

「もう、着たのか？」

「二人で、フランス料理を食いに行った。どんどん、彩子に似てくる」

「おまえはそれで、ときめくような気分になってるんだろう、浜田」

「かもしれん」

「同情するよ。いくら彩子さんに似ていたって、夏子はおまえの娘なんだから」

「そうだ、娘だ」

「血が繋がっていない。そんなことは、関係ねえんだな。俺は、そう思った。おまえらは、立派に父親と娘をやっているよ」

竿に、なにかおかしな感じがあった。鈴川は、最初に言われていたように、竿をあおった。不意に、生きているものの命の動きが、鈴川の全身に伝わってきた。糸を巻く。ゆっくり、と浜田が叫ぶように言った。

かなりの力だった。竿は丸く弧を描き、別のもののようにふるえ、時々左右に大きく振れた。じわじわと、鈴川は糸を巻き取っていった。

「これが、ドラッグだ、鈴川さん。力がかかりすぎてると思ったら、ちょっとだけ緩める。そうすると、ラインが出ていく。巻く時は、少し締める。そうやって、竿とラインに無理な力がかからないように、魚とやり取りをするんだ」

浜田が手をのばし、ドラッグの扱い方を教えた。しっかりした手だ、と鈴川はなんとなく考えた。魚が釣れている、という現実感はあまりない。ただ、力だけは容赦なく加わってくる。得体の知れないものと闘っている、という気分に鈴川は包まれはじめた。

「外道だぞ、鈴川さん」

「俺が、外道だってのか、浜田？」

「余裕があるね。こりゃ、とんでもない外道かもしれない。ショックコードを付けてないから、慎重にやるんだ。時間はかかってもいい。とにかく、ドラッグを締めすぎるな」

力は、強い時と弱い時があった。弱い時に巻き取った分を、強い時に引き出される、という感じだった。いつまで経っても終らないのではないかと思いはじめたころに、強い力の時間が短くなった。竿を抱えた腕が、痺れたようになっている。しかし、かなり巻き取った。

「真鯛だ。こりゃすごい」

たも網を持って構えている浜田が、声をあげた。海水の中を突っ走っていく姿が、鈴川にも見えた。慎重に、引き寄せた。たも網が海中に突っこまれ、次の瞬間には、魚体は船の中に取りこまれていた。浜田が小さなナイフを出し、鰓《えら》の横のところを素速く刺した。血が出てきた。粘るような、濃い血だった。魚はしばらく暴れていたが、すぐに動かなくなった。

浜田が、血を洗い流している。

「これは、狙っていたやつじゃないのか、浜田？」

「違う。狙っていたのはアマダイってやつでね。これは、真鯛だよ、鈴川さん。外道の方に、上等が来たってわけだ」

狙ったものではない時、外道と呼ぶらしい、と鈴川は思った。

「五キロってとこかな。よくあがったもんだよ。ちょっとでも無理をすれば、ラインがぶち切れていた」

「ビギナーズ・ラックってやつか」

「その言葉、俺は信じる気になったね。今日は、これを料理しよう。頭を煮て、半身を刺身と皮をつけた湯引きにする。まあ、夏子は馴れているんで、あまり感激はしないだろうが、あんたがめしを食っていってくれると、喜ぶよ」

鈴川は、浜田から渡されたビールを飲んだ。全身が汗ばんでいたことに、はじめて気づいた。煙草に火をつける。

それから二時間ほど釣りを続けたが、鈴川は竿を出さず、浜田が釣るのをただ見つめていた。アマダイは、確かに鯛のような色をしていたが、額が出ていて、抹香鯨《まっこうくじら》の姿を鈴川は連想した。

「四年前か」

竿を収った浜田が、船べりに凭れるようにして呟いた。鈴川も、浜田を真似て船べりに背を凭れさせた。そうすると、躰が揺れているのが、よくわかった。見えているのは、空だけである。

4

窓からは、東京タワーのイルミネーションが見える。それが気に入って借りたわけではないが、ここで暮しはじめて、もう六年だった。ひとりでは、広すぎる。心が索漠とする感じが消えない。鈴川には、それがよかった。満足できる人生など、あるはずがない。

家具調度は芳子が選んだもので、すべてイタリア製だった。二日に一度掃除を頼んであって、シーツまで取り替えてくれる。ほとんどホテルと同じで、生活感が稀薄なのも、鈴川は気に入っていた。

生活感があるとすれば、居間の棚に並べてある、五百枚ほどのレコードだけだろうか。親父が集めていたもので、ほとんどがジャズだった。プレイヤーはまだしっかりしていて、針は三十本以上のストックがあり、生きている間は聴き続けることができる、と鈴川は思っていた。どうせ、それほど長く生きるはずはないのだ。

曲が流れている。何度も聴いた曲で、CDにはないノイズがどこで入るかも、ちゃんとわかっていた。

煙草を喫い、コニャックを舐めた。

浜田は、あとどれぐらい待てるだろうか。決心すれば、その瞬間に動く。少なくとも四年前までは、そういう男だった。一度動きはじめると、甘いところは微塵もなくなる。

鈴川に与えられた時間は、もうそれほど多くはない。しかし、その時間の中で、自分は何をしようとしているのか。

浜田がやろうと考えていることは、はっきりわかった。連中を叩き潰す。この世から、消してしまう。それが、可那子にとって最も安全なことだ。そこで自分が死ぬことなど、考えもしない男だった。

東京タワーのイルミネーションが、いつの間にか消えていた。

鈴川は、コニャックを舐め続けた。時々立ちあがっては、レコードを替える。ほとんど聴いていなかったが、音楽が流れているだけで、ささくれた気分がいくらかましになる。

方法は、ほんとうはひとつしかないのかもしれない。そして、自分は例によって、ただ迷っているのではないのか。臆病さが、自分を押しとどめているのではないのか。

仕事《ヤマ》から遠ざかって、四年だった。それからは、小悪党の真似事しかしていない。白けきった気分で、仕事《ヤマ》とも言えないことを続けてきただけだ。

待っていた、携帯が鳴った。

「いま、立野可那子はマンションに戻りました。今日は、午後から横浜の小林交易という、小さな貿易会社を訪ねました。小林と、一時間ほど話をして、それから本牧の方へ回り、倉庫会社の事務所へ行き、次が元町の洋品店で、横羽線に乗って東京に戻りました」

必要なことだけを、武藤は端的に報告してきた。

「わかった」

「東京に戻ると、客と食事をして、そのまま店です。店を出たのが二十分ほど前で」

「もういい」

「倉庫会社で会った人間、洋品店で会った人間は、一応メモしてあります。それぞれ五分ぐらいのものです。調べますか？」

「いや。明日、また頼む」

武藤が、はい、と返事をして電話を切った。

近づいていた。小林交易は、ミスター・Kの関係している会社だ。ミスター・Kについてわかっている、ほんのわずかな事柄のひとつが、小林交易だった。ただ、小林という男は、ミスター・Kではない。

可那子は、どうやって小林交易まで辿り着いたのか。立野が、よほど手がかりになるものを残していたのか。それにしても、可那子の動きは意外に速かった。すでに、危険な場所に可那子は踏みこんでいる。

「ぐうたらしていたのは、俺だけか」

鈴川は、声に出して呟いた。

腰をあげた。クローゼットから、上着とコートを出した。

地下の駐車場に降りる間に、コートを着てボタンをかけた。

車で、十分ぐらいのものだった。青山の通りに車を駐め、鈴川は三十メートルほど歩いて、マンションの玄関に立った。合鍵は持っていて、オートロックのドアも抜けることができる。

エレベーターで四階にあがり、チャイムを一度押してから、やはり合鍵でドアを開けた。

まだ、明りはついていた。男物の靴が、揃えて置いてある。鈴川は、ちょっと考え、それから、自分が脱いだ靴も揃えて置いた。

「ちょっと、どうしたのよ、あんた?」

寝室のドアが開き、芳子が出てきた。ガウンを羽織っている。その下に、なにか着ているのかどうか、わからなかった。

「要るものがあって、取りに来た。男は帰しちまいな」

「待ってよ。男だなんて」

「急いでる。俺が追い返してもいいんだぜ」

芳子の頬が、ひきつったように動いた。鈴川は、煙草に火をつけた。芳子が、寝室に戻っていく。しばらくして、ワイシャツ姿の男が出てきた。まだ若く、三十ぐらいに見えた。怯えたような表情をしていたが、小柄な鈴川とむき合って、少しは自信を取り戻したようだ。おまけに、鈴川の脚は義足ときている。

「結婚しているわけじゃないだろう。俺は、芳子さんに結婚を申しこんでる」

「消えろ、小僧」

「いずれ、はっきりさせるよ。今夜は帰ることにするが、結着はつける」

鈴川は黙って男に近づき、煙草を頬に押し当てた。男が、声をあげて跳び退《すさ》り、片手で頬を押さえた。

「間男ってのは、黙って引き退がるもんだぜ、小僧」

「俺は」

「なにも言うな。出ていけ」

もう一歩近づくと、男は背を見せて玄関の方へ行った。ドアが開き、閉る音がする。

「なによ。放っておいて、こんな時だけ亭主面しようっての、あんた」

芳子が、眼を吊りあげて言った。

「あたしだって、男が欲しいわよ。まだ三十九なんだから。その気になれば、子供だって産めるんだから」

鈴川は、灰皿で煙草を消した。

寝室へ入っていく。ダブルベッドは、寝乱れていた。男と女の、生々しい臭気も鼻についた。キャビネットの下の戸を開き、金庫に鍵を差しこんだ。番号を合わせ、金庫を開ける。税務署の調査が入った時のことなどを考え、金庫を方々に置いてある。芳子の部屋の金庫には、貴金属を入れてあった。番号は、鈴川しか知らない。

箱を、ひとつ出した。

「言いたいことがあったら、言えばいいじゃない。黙って金庫を開けることないじゃないの。それとも、あたしを馬鹿にしてるの」

鈴川は、金庫を閉めた。

「立ちもしないくせに、亭主面なんかおよしなさいよ。あんた、男でもないのよ」

「もう寝ろよ。俺は帰る」

「待ちなさいよ。男だってんなら、あたしを抱いてから帰りなさいよ。さっきの男なんか、どうでもいいのよ。あんたがちゃんと抱いてくれたら、浮気なんかしないわよ」

「どけ、もう帰るからよ」

「腑抜け。最低の男よ、あんた」

鈴川は、抱えていた箱をキャビネットの上に置いた。芳子のガウンを剝ぎ取る。下には、なにも着ていなかった。カーペットの上に押し倒し、脚を開いた。燃え盛るような恥毛の下に、赤い口が開いた。白濁した液が、流れ落ちている。

「気の小さな男だな。チャイムを聞いて、びっくりしていっちまったか。垂れてきてるぞ」

「ゲス、最低」

上体を起こそうとした芳子を、張り倒した。

馬乗りになり、顔を摑んだ。芳子が、憎々しげな眼で見あげている。もう何年抱いていないのか、と鈴川はふと思った。決して、魅力のない躰ではなかった。

「抱いてよ。あたし、あんたを好きなんだから」

黙って、鈴川は芳子の両眼に親指の腹を当てた。押していく。力をこめた。芳子が、手足をばたつかせた。口を大きく開ける。銀を被せた歯が、照明を照り返した。さらに力をこめた。嘔吐する時のように、芳子は口を開いたまま声を出した。力をこめ続けた。芳子の手足の動きが止まり、声も消えた。口をこれ以上はないほど、大きく開いているだけだ。呼吸も、していないような感じだった。

力を抜き、鈴川は立ちあがった。芳子の胸が、大きく上下しはじめた。口は閉じていない。

キャビネットの上の箱を取り、鈴川は寝室を出た。しばらく居間にいて、煙草を一本喫ったが、芳子は出てこなかった。

玄関で、靴を履いた。左足は、靴ベラを使わなければ入らない。靴に遊びが出ないように、義足を右足よりいくらか大きく作ってあるのだ。それで、義足との一体感は失われない。どれほどきつくても、痛みを感じるような足ではないのだ。

自分のマンションに戻った。

レコードを替える。古いジャズが流れはじめる。この部屋を出てから戻るまで、ほんの束の間という感じしかなかった。実際は、一時間以上経過していた。

新しくコニャックを注ぎ、曲に耳を傾けながら飲んだ。デューク・エリントンと、ジョン・コルトレーンのセッションだった。ピアノの方が押している。サックスは、ともすれば塞ぎこんだ感じになる。

「年季が違うからな」

鈴川は声に出して言った。この二人のミュージッシャンは、年季ではなく、生まれた年が違う。コルトレーンは、まだ若いのだ。

不意に、ワイシャツ姿で出ていった男の姿を思い浮かべ、鈴川は軽く頭を振った。

グラスに残ったコニャックを飲み干し、鈴川は芳子の部屋から持ってきた箱を膝に置いた。

蓋を開ける。

黒い艶を放つ鉄。いつでも、自分の手そのものになってしまう、鉄の塊だった。

ベレッタM9。薬室《チェンバー》をも含めると十六発の装弾で、六条右回りのライフリングは、命中精度も悪くない。

この拳銃で、少なくとも三人の男が、確実に死んでいた。

第七章　銃身

1

眼醒めた時、居間の気配が違う気がした。違うが、しかしどこかに懐しさも感じる気配である。明けの日で、いつものように午前十一時に眼が醒めた。

浜田は、起きあがってガウンを着こんだ。日曜日だから、夏子がいる。しかし気配は、夏夏子のものだけではない。ドアを開けた。居間と一体になったキッチンに、二人の女の背中があった。可那子が来ている。彩子と夏子が、母娘でキッチンに立っている姿を見たことがあっただろうか、と浜田は一瞬考えた。彩子が夏子に料理を教えていたことがあったような気がするが、いつのことか思い出せなかった。

浜田は居間のソファに腰を降ろした。気配で、二人が同時にふり返った。おはようと夏子がいつものように言い、浜田は同じ言葉を返した。可那子がなぜいるのか、訊こうとは思わなかった。

夏子が、愉しそうにしている。それをしばらく眺め、浜田は新聞に手をのばした。大した事件は起きていない。それでも浜田は、隅々まで眼を通した。時々、二人の言葉や笑い声が聞えてくるが、浜田はキッチンに眼をむけなかった。

呼ばれた時は、キッチンのテーブルに、湯気のあがる皿が三つ置かれていた。セーターの腕をまくった夏子が、サラダを盛った大皿を真中に置く。

「ごめんなさいね。来てみたら夏子ちゃんがいて、浜田さんはまだお休み中だって言うから。ちょっと料理の話をしていて、リゾットを作ろうということになったの。夏子ちゃん、スパゲティは簡単にできるみたいね」

「カルボナーラが、うまくできないんです。それ、今度教えてくださいね」

浜田は、黙ってテーブルに着いた。

キッチンの椅子は、四つある。三人家族だったが、四つの椅子とひとつのテーブルがセットになっていた。

夏子と可那子が、並んで腰を降ろした。

そんな光景は見たくなかったが、浜田はなにも言わなかった。フォークをとり、リゾットをひと掬《すく》い口に入れた。スパゲティを食べる時も、スプーンは使わずフォークだけだ。それがイタリア流だと、夏子がどこかで聞いてきた。

「わかる、パパ？」

「ゴルゴンゾーラだな」

「当たり。ちょっとめずらしいという気がしたんだけど、イタリア料理の店にはよくあるんですって」

可那子が腰をあげ、サラダを取り分けた。カシミアらしい水色のセーターで、見事な胸の隆起から浜田は眼をそらした。

「勝手に来て、勝手に作って、ごめんなさいね、浜田さん」

苦笑するしかなかった。

「夏子ちゃん、立派なものね。手際がとてもいい。全部パパに習ったって、言ってるわ。浜田さんが、料理が上手というのも意外」

夏子は、リゾットの出来を確かめるように、フォークで掬って眼を近づけている。

「料理ってのは、多分馴れだろう」

「違うわね。センスよ。夏子ちゃんには、センスがある。ということは、それを開花させた浜田さんにもある」

「あたしも、そう思うわ」

夏子が言う。

「それと、パパには愛情がある。あたしに、おいしいものを食べさせてやろうっていう愛情が。お弁当なんか、ほんとにそう思うもの」

「幸福よね、夏子ちゃん」

「それが、毎日だと実感がなくなっちゃうの。当たり前って気になっちゃって。自分じゃ、わからないうちにね」

「それが、いいパパを持ったってことよ」

自分がほめられていると、浜田はまったく思わなかった。二人の女が交わす言葉の中に、微妙な棘《とげ》が含まれている。思い過ごしかもしれないが、そんな感じを持っただけだった。

リゾットはそれほどの量がなく、サラダはいくらか多すぎた。浜田は黙って、二つの皿に均等にフォークをつけていった。

「コーヒーでも飲みに行く？」

テーブルの皿からリゾットもサラダも消えた時、可那子が言った。

浜田は、煙草に火をつけただけで、黙っていた。夏子が立って、皿を重ねはじめる。

「行こうか」

夏子が言った。自分に言われたのだということが浜田にははっきりわかったが、やはり黙っていた。

「ちょっと、海辺のドライブもいいな」

可那子が言い、行こうよと夏子が応えている。

食後に、コーヒーを飲むことはあった。ほとんど気紛れのようなもので、ひとりで食事をしたあとが多かった。コーヒーメーカーや粉などは揃っている。

「パパは放っておいて、二人で行こう、夏子ちゃん。あたしたち二人のエスコートなんて、パパに似合わないと思う」

「そうかな」

「皿は洗っておくぞ、夏子」

浜田が言うと、夏子はちょっと不満そうな表情をした。それは一瞬で、すぐに肩を竦め、テーブルを見渡した。

「女二人が、食い散らかして外出ね。それもいいかな。あたし、ちょっと着替えてくる」

夏子が、自分の部屋に入っていった。

「寝てる時間だとは思わなかったの、浜田さんが。横浜で人に会って、なんとなく浜田さんと喋りたくなった。夏子ちゃんとは、マンションの玄関のところで会ったのよ」

「別にいいさ」

「いいって顔してないわ、浜田さん」

「どういう顔をしたらいいか、わからなかった」

「それより、もっと不機嫌な顔ね。なんだ、この女はって顔で、あたしを見たわ」

「起きてきたら、彩子がいる場所に君がいたんだ。なんの予告もなくな。俺がなにも言えなくなるのは、当たり前だろう」

「そうか。あたしは、いやでも彩子さんを思い出させたってわけね。料理を教えてくれって、無邪気に頼まれた。中学生だと思ったあたしが、甘かったのかな」

夏子が意図してやったことだ、と言っているように浜田には聞えた。実際そうかもしれない、という気分がどこかにある。

浜田は煙草をくわえたまま、皿を流し台に運んだ。夏子が出てきたが、浜田はふりむかず、そのまま洗剤をしみこませたスポンジを使いはじめた。

「行ってくるね、パパ」

「ああ」

落ちそうになった灰を掌で受けるようにして、浜田は灰皿で煙草を消した。夏子は、赤いセーターにジーンズという恰好だった。

皿を洗うと、ついでに流し台を磨き、冷蔵庫の中を整理した。掃除はこまめにやっているので、どこも大して汚れてはいない。洗濯機に汚れものを放りこんだ。それから手を洗い、ハンドクリームを塗りつける。

今日が乗務明けで、明日と明後日が連休だった。感覚としては三連休だ。やることが、それほどあるわけではなかった。明日は釣りにしよう、となんとなく考えた。

ベランダで、ダンベルをちょっと使った。鉢植がいくつか並んでいるが、浜田はそういうものに興味はない。みんな、夏子がどこからか買ってきたものだ。花の名さえ、よくわからず、夏子に笑われる。

携帯が鳴りはじめた。

「『雨ガ崎テラス』って知ってるか？」

鈴川だった。ここからだと、車で十五分といったところにある、海に面した洒落たカフェテラスだった。

「夏子、可那ちゃんと一緒だな？」

「ああ」

「すぐ行ってくれ。事情は、あとで説明するから」

躰が、反応していた。駐車場まで走ると、車を出した。日曜日で、海沿いの道は結構車が多い。寒い季節でもそうで、夏には渋滞が続くところだ。住宅街を縫って走った。一方通行を二つ使い、十分弱で『雨ガ崎テラス』の裏手に出た。

駐車場。赤いアルファロメオ。なにかが起きたというわけではないらしい。道路のむこう側が、『雨ガ崎テラス』の駐車場だ。信号を待った。夏子と可那子。二人が出てくるのが見えた。

駐車場の車が、一台動き出す。不意に、全身に緊張が走った。二人の前で、車が停った。助手席のドアが開きかけた時、もう一台が突っこんできた。ぶつかる。浜田はギアをローに入れ、左右に眼をやると、赤信号を突っ切った。

男が三人、入り乱れていた。ひとりが、チェーンのようなものを、振り回している。鉄と鉄が、ぶつかる音がした。車から飛び出した浜田を、二人が見た。ひとりが頭にチェーンを食らい、倒れた。もうひとりが、チェーンを振り降ろした男の顔に、なにか叩きつけた。血が飛ぶ。二人が車に飛び乗り、走り去った。浜田は駐車場の中を走り、夏子と可那子を背にするようにして立った。チェーンを握ったまま膝をついていた男が、顔の血を上着の袖で拭って立ちあがると、自分の車に転げこみ、発進させた。

騒ぎを聞きつけた客が、店から出てきはじめた。車が動きはじめ、夏子と可那子のそばに停ってから、三十秒ほどしか経っていない、と浜田は感じた。

「パパ」

「心配するな。もう行ってしまった」

なんなんだよ、と誰かが言っている。交通事故だろう、という声も聞える。

「喧嘩なんだろうが、巻きこまれなくてよかった」

浜田が言うと、可那子が覗きこむような視線をむけてきた。浜田は、夏子の肩に手を回した。かすかにふるえている。眼の前での暴力は、やはりショックだったのだろう。

「事故がもとで、喧嘩になったんですか？」

店のボーイが、浜田に訊いてきた。

「よくわからなかった。知らない同士じゃなかったような気もする。とにかく、あっという間のことだった」

「怪我してたみたいですよね。警察に届けた方がいいのかな」

「それはおたくの判断だが、当事者はいなくなっちまってる。車のナンバーも、よくわからない。そんなのを見る余裕もなかったからね」

「届けることはないですね。逆恨みでもされちゃ、とんでもない」

呟くように言って、ボーイは店の中に消えた。見物人も、もういなくなっている。

「浜田さん、どうしてここへ？」

可那子の口調は、どこかに咎めるような響きがあった。

「俺も、コーヒーが飲みたくなった。ここじゃないかと見当はつけて来たんだが、アルファがあったんでやっぱりと思った。次の瞬間には、あれさ」

浜田は夏子の肩を抱いたまま歩き、自分の車の助手席に乗せた。夏子は、まだぼんやりしているようだ。

「俺は、これで」

可那子のところに戻って、浜田は言った。

「襲われたの、あたしよ。喧嘩じゃないわ」

「なにを言ってる」

「わかったの、あたしを襲ってきてるって。夏子ちゃんが一緒だからどうしようとは思ったけど、襲われてることを不思議だとは思わなかった」

「ただの、喧嘩さ」

「あたしは、襲われたのよ。襲ってきた男たちが、兄も殺したのかもしれない」

鈴川が愚図ついた。それで、可那子が連中を引っ張り出すところまで行ってしまった。いまさら言っても、仕方がなかった。連中は出てきた。そして、浜田の顔もはっきり見た。ひとりが車でぶつかってきたから引きあげたのではなく、浜田の顔を見て警戒したのだ。浜田が武器ひとつ身に帯びていないことを、連中は知らない。

「襲われて言うのも変だけど、なんだかほっとした。自分がやってきたことが、やっぱり見当違いじゃなかったんだって思った」

「わけのわからんことを言うなよ、可那ちゃん。とにかく、巻きこまれて怪我なんかせずに済んでよかった」

「どこまでも、そんなふうに言う気なのね、浜田さん。兄は自殺で、ほかのことはなにも起きてないって。それって、兄がいなかったって言ってることと同じじゃない」

「立野はいたよ。いまも、俺の心の中にはいる」

「あたしの心の中にも、いるわ」

「そうだな」

「どうすればいいのよ、あたし。兄が生きてれば、兄に訊いてることよ。浜田さん、あなた答えてよ」

「つまらないことを考えずに、銀座の店をうまくやっていけよ」

「つまらないことなのね、浜田さんにとっちゃ」

身を翻すようにして、可那子はアルファロメオの方へ走った。エンジンがかかり、ホイルスピンの音を残して、アルファロメオは荒っぽく駐車場から飛び出した。

「どうしたの、可那子さん。怒ってたみたいだったけど?」

車に戻ると、夏子が言った。浜田がエンジンをかけると、夏子はシートベルトを締めた。

「ショックだったんだろう。あんな暴力沙汰だったんだから」

「それだけかな」

夏子は、もう落ち着いているようだった。

「あの人、あたしから大事なものを奪《と》りに来た」

「なんだって？」

「パパを」

「君も、ショックを受けたんだな。まあ、無理もないが」

「もっと前から、玄関のところであの人の車を見た時から、あたしはそう思ってた」

「それにしちゃ、仲よく料理を作ってた」

「女同士だから。あの人は料理をしながら、あたしとパパは父娘なんだって、しつこいぐらいにわからせようとしたわ。あたしは、自分に言い聞かせ続けたの。パパとは血が繋がってないって。恋もできれば、結婚もできるんだって」

「おいおい」

冗談にしてしまうしかなかった。しかし、言葉は見つからなかった。

「ねえ、その気になれば、あたしとパパは恋もできるわよね？」

「父娘だぜ。血が繋がっているという以上に、君と俺は父娘だ」

まともな受け答えしかできない。

浜田は車を出し、煙草をくわえた。

「あたしは、ママがパパを愛したみたいに、パパを愛せるわ」

「言っておくぞ。誰も、ママみたいにパパを愛せない。たとえ君でもだ。思い違いをするんじゃない。娘である君には、君の愛し方があるはずだ。パパも、ママに対する時とは違う愛し方で、君を愛してる」

「可那子さんは？」

「死んでしまった、友だちの妹だ。それ以上のなんでもない」

「ならいい。あたしは、これからもずっとパパと一緒にいられるんだから」

「嫁に行くまではな」

外の風は冷たかったが、煙草の煙を抜くために、浜田は窓ガラスを少しだけ降ろした。

2

マンションから二キロほどのところで、路上駐車の車の数も少なくなかった。次の交差点で、商店街とぶつかる。

「人通りが多いな、ここは」

浜田が助手席に乗りこむと、鈴川は煙草をくわえ、そのままパッケージを差し出してきた。浜田は一本抜き、鈴川のデュポンに顔を近づけた。

「連中だった」

「だから、おまえに急いで貰ったんだよ、浜田」

「連中も、俺に気づいた」

「らしいな。車で突っかけて、チェーンで暴れたのは、俺がつけといた男だ」

「間に合った。やつひとりじゃ、やられてたな」

メルセデスの革のシートは、いくらか硬めで、しかし座り心地は悪くなかった。

「どうして、こうなったんだい、鈴川さん？」

「可那子が、小林交易に行き着いた。そこからミスター・Kには、手が届かないだろうと思っていた」

「届いたのか？」

「いや。だが小林交易から、連中に話が行ったようだ」

「なぜ？」

「貸金庫にあった宝石類。それを可那子は小林交易に持ちこんだ。立野が使っていたルートに乗せてくれと言ってな」

「ルート、と言ったのか？」

「それは、わからん。それらしい言い方はしたんだろう」

　ならば、連中に話は行く。立野がなぜ死んだか確かめようとしたのなら、小林交易ですべてが止まったはずだ。宝石類を動かそうとした。つまり、ルートに食いこもうとした。それなら、連中に話は行く。まして、立野の妹なのだ。

　ミスター・Kには、いずれにしても届かない。小林交易から、ミスター・Kに報告は入っているだろう。それだけのことだ。ミスター・Kは、いわば別の世界との窓口にすぎず、厄介事の匂いがすれば、その窓は閉じる。ミスター・Kのむこう側にある深い闇については、浜田も知らなかったし、知ろうとしたこともなかった。

「小林交易か」

　鈴川は、可那子の動きをずっと追っていたのだろう。護衛までつけていた。

「可那子を甘く見たね、鈴川さん。もっとも、物《ブツ》を持ちこむような真似をするとは、俺も想像しなかったと思う」

　小林交易の小林が、自分で物《ブツ》を扱っているのかどうかは知らない。ただ、ルートに対して眼配りをしていたことは、間違いなかった。ルートに横から手を出そうとしているやつがいる、ということを知ったのは、小林が匂わせたからだ。それで、連中の存在を知った。

ミスター・Kにとっては、誰が物《ブツ》を持ちこもうと、それはどうでもいいことで、トラブルが大きくなれば、窓口を閉めてしまうということだったのだろう。浜田たちが連中と争っている間も、物《ブツ》の引き受けを拒絶するということはなかった。浜田たちが退《ひ》いたら、連中の物《ブツ》を同じように受け入れているだろう。つまり連中との争いは、物《ブツ》を持ちこもうとしている者同士の争いで、ミスター・Kとは関係のないところで結着がついたのだ。

小林は、浜田たちがまたルートを取り返そうとしている、と考えたのかもしれない。それで、連中には知らせた。連中が現われた時に、浜田たちに知らせたようにだ。

「やつら、俺やあんたも狙ってくるな。ルートを脅かされたと思っているだろうから」

「こうなんだと説明したところで、信用するわけはないしな」

「しかし、連中は四年もルートを守り通してきたのか。あのルートが、潰れるということはなかったのか」

「なかったんだな。慎重に仕事《ヤマ》を踏んできたということだろう」

「あんた、連中のことも調べたんだろう、鈴川さん？」

「訊かれると思ったよ。四年前と同じメンバーで、連中は三人のままだ。羽振りはいいが、それほど目立ってはいない。俺たちのようなやつらだね」

「調べたことを、俺にも教えておいてくれ」

「動く時は二人で。それは約束してくれるな。当たり前の話だが、俺たちは仲間だ」

「わかってる。仲間だから、教えておけと言ってるんだよ」

鈴川が、メモ用紙を一枚、ジャケットの胸ポケットから出し、差し出した。浜田は、それを見ることもせず、掌の中に握りこんだ。

「これから、どうする気だ、鈴川さん？」

「可那ちゃんに、話すしかない。立野がなぜ死んだかということもな。立野がなにをやっていたか知ることが、自分を知ることだと思いこんでいるからな」

「そうか」

「納得しないまでも、知ったということで動きを止めてくれれば、打つ手はあると俺は思ってる。荒っぽいことは、極力避けたい。俺たちは、もう現役じゃねえんだ」

打つ手があるはずはない、と浜田は思ったが、黙っていた。

すべてに徹底しているのが、プロというものだ。連中は、ルートを奪い、それをそのまま守り抜いている。プロの中のプロ、というやつだ。

鈴川は、どこかで気弱になっているのかもしれない。それは、自分にも言えることだ、と浜田は思った。

日曜日の、午後三時。もう喋ることはなかったが、浜田は新しい煙草に火をつけた。

四年前、鈴川が乗るはずだった車に、彩子が乗った。浜田もいたし、鈴川もいた。鈴川が前に住んでいた、目黒のマンションの、屋外駐車場だ。鈴川が小さな車を必要としていて、彩子の軽自動車とメルセデスを、一日だけ交換してくれと言ったのだ。車幅の感覚が違うと彩子ははじめいやがったが、古い車でどこを擦《こす》ってもいいという鈴川の言葉で、なんとなく頷いた。鈴川が乗っていたのは、七〇年代はじめのメルセデスで、立野がレストアを引き受けたものだった。

あの時鈴川は、渋谷に新しい酒場を出そうとしていて、従業員の面接などを彩子に依頼したのだ。彩子と夏子の部屋をホテルに取り、半分は休養でいいと言った。そういう生活が、彩子には面白かったのかもしれない。あまりいやがらずに、彩子はその仕事を引き受けた。

ほんとうは、彩子と夏子を住居から離しておこうと、浜田と鈴川で話し合ったことだった。家族や友人で、仕事《ヤマ》に関係ない人間は巻きこまない。なんとなく、そういう暗黙のルールで連中とやり合っていた。殺すとしても、当事者同士だった。立野が死んだのは、こちらが一点取られたという状況だったのだ。

だから、危惧し過ぎたのかもしれない。いまさら考えても、はじまらなかった。

彩子は、夏子を学校に迎えに行くところだった。思い出した。土曜日だったのだ。浜田と鈴川は、それを見送ってから出かけることにしていた。彩子が車に乗りこんだ時、いきなり鈴川が走りはじめた。そして、爆発だった。彩子は吹っ飛び、鈴川は爆発の中に飛びこむような恰好になって、左脚の膝から下を粉々にしたのだ。

当然、警察の検証があったが、爆発の原因はわからなかった。燃料への引火爆発というだけのことで、事故ではあったが事件にはならなかった。

ルートを手放そう。病院で左脚切断の手術を受け、リハビリをしていた鈴川を見舞うと、遠いところを見るような眼で、そう言った。負けた、と言っているようなものだった。

夏子になにか起きたら、俺はやりきれねえよ。そう言った鈴川の言葉で、浜田も仕事《ヤマ》から手を引こうという気持になった。

鈴川には、自分が彩子を死なせてしまった、という負い目があるようだ。なにを言ってもはじまらないが、浜田は自分のせいだと思っていた。浜田に出会わなければ、彩子があんな死に方をするということもなかった。

あそこで手を引いたのは、やはり間違いだったのだ、と煙を吐きながら浜田は思った。手を引くにしろ、痕跡はきれいに消すべきだった。つまり、連中を三人とも殺すか、再起不能にしておくべきだった。それをやっておけば、可那子がなにか探ったとしても、どこにも行き着くことはなかったのだ。

「動く時は」

鈴川が、低い声で言った。

「二人で一緒だぞ。いいな、浜田」

「ああ」

浜田は煙草を消し、車を降りて路上に立った。

買物に行くのか、小さな犬を連れた家族連れが、商店街の方へむかって歩いていく。犬が、一番はしゃいでいるようだった。

自分の車に乗り、家へ戻った。

夏子は、部屋にいるようだ。浜田はキッチンに立ち、夕食の仕込みをした。オックステイルを煮こんで脂だけ除去したフォンドボーを冷凍してある。かなり濃厚なものなので、鍋の中で解凍する時、ワインを加える。フォンドボーは、一度分厚い大鍋で作ると、ほぼ五、六回分のシチューやカレーのもとになる。野菜なども時間を決めて煮こんであるので、完璧なコンソメスープというわけではない。色も、野菜の濁りは入っている。

刻んだ玉ネギを、フライパンで炒める。その間、浜田は別のことを考えていた。考えることなどなにもないとわかっているが、いわば四年という時を断ち切るための儀式のようなものだった。

フライパンを返す。中身がこぼれ落ちることは、まずない。夏子も練習したらしく、玉ネギの炒め方も、オムレツの作り方もうまくなった。

夏子のためだと思って、この四年生きてきた。ほんとうに、そうだったのか。彩子を失った自分を、どこかでそうやって支えていたのではないのか。家庭。それが、彩子が浜田にくれたものだった。立野も鈴川も、家庭は持たなかった。

玉ネギが、飴色になってきた。浜田はそれを、鍋のフォンドボーの中に入れた。

あとは、サラダと飯の用意をすればいい。牛肉は、フィレの部分をわずかな食塩だけで軽く焼き、細く切ったものをライスにのせる。浜田流と夏子と二人で呼んでいるカレーだった。カレー粉は、フォンドボーが煮たち、玉ネギが溶けてしまってから入れる。

トロ火にして、浜田は自分の部屋に入った。一時間は、煮こんだ方がいいのだ。

押入れの奥。釣道具に紛れるようにして、バッグがひとつ置いてある。それを引き出し、ファスナーを開けた。

布に包んだものが、いくつか出てくる。銃だった。かつて愛用したものを、捨てず、分解しただけでこうやって収っておいた。布を開いてみたが、錆《さび》などまったく出ていなかった。四年の間、ただ眠っていただけのようだ。

各部に油をくれながら、浜田は手早く組立てた。組立て方も、まったく忘れていなくて、気味が悪いほど自然に指さきが動いた。ほんの十分で、三インチの銃身《バレル》の付いた、コルト・

パイソンが現われた。

黒い光を放つそれは、見知らぬ生きもののように、美しく精悍だった。一度だけ、浜田は引金《トリガー》を絞り、空撃ちをした。それで、コルト・パイソンのすべてが眼醒めた。

キッチンに戻り、椅子に腰を降ろした。夕刊はない。外は、すでに暗くなりはじめている。陽が落ちるのがずいぶん早くなった、と浜田はなんとなく考えた。

「カレーね、パパ。肉を焼くところ、あたしにやらせて」

「いいとも」

「カレー粉を入れるのは？」

「それは、駄目だ。絶妙の呼吸がある。君は、見ているだけだな」

「自分でやらなきゃ、いつまでも覚えないよ、パパ」

「いいんだ。浜田流は、パパがやるから浜田流なのさ。いつまでも、浜田流のカレーを君に作ってやる」

「それって、お嫁に行くなって言ってるように聞える」

「嫁に行くまでさ。これから君は、ちゃんとした男を見分ける眼を養わなくちゃならない。パパしか見てないようじゃ、男を見誤まってしまうかもしれん」

「ひとつ、訊いていい？」

「ああ」

夏子が、浜田のそばに立った。

「ママは、パパと会って幸せだったかな？」

「もうママはいないんだ。それは訊くことはできないな」

浜田は、椅子を動かして、夏子の方に躰をむけた。彩子が、幸せだったはずはない。自分に会わなければ、あんなふうに死ぬことはなかった。しかし、自分はどうなのか。彩子と会って、よかったのか。

「パパが君に言えることがあるとしたら、ママに会えてよかった、ということだ。そして、パパは幸せだった」

「そう。いなくなって四年も経つのに、パパにそう思われてるなんて、あたし妬けるな」

「ママに会ったから、君にも会えた」

「もしママに会っていなくて、どこかであたしとだけ会ったとしたら、どうだったかな。ただの中学生？」

「わからんよ。人の縁に、もしなんてことはない。いろんなことが重なり合って、こうなってるんだからな」

「どこかで、大人のあたしがパパと会っていたら、好きになってたかもしれない」

「君は、これから大人になっていくところじゃないか」

「大人って、なによ、パパ？」

「なくすことの哀しみを知ってる。そういうものじゃないかと思う」

「それなら、あたしも知ってる」

「ママをなくした。そんな大きなことを、パパは言ってるんじゃないよ。小さなことさ。そんな哀しみまで知っているのが、大人だとパパは思う」

「たとえば、鉢植の花が一輪散ってしまうとか？」

「うまく言えないな。哀しむことと、哀しみを知っていることは、別だって気もする」

「なんだか、誤魔化されてるって感じ。わけのわからないことを言って逃げるのは、間違いなく大人よね。大人の全部じゃないけど」

「つまらん暴力沙汰なんかを見たんで、気持が揺れ動いているんだろう。早く忘れてしまうことだ」

「炊飯器のスイッチ、入れておくね」

「ああ」

「肉も、冷蔵庫から出した方がいいかな。肉は室温にしてから焼く、というのが浜田流でしょう」

「そうしておいてくれ」

「ママを思い出して、あたしを抱きしめたくなることない、パパ？」

狙いすましたように、不意に言う。夏子がこのところよく浜田にやることだ。

「あったかな、そんなことが一度か二度。しかし、近づくと君のあどけない顔がある。笑ってしまうな、まったく」

「ママは、パパよりひとつ歳上だった」

「だから？」

「パパの前に、愛した男の人もいるわ。それが、あたしの実の父だけど」

「それも含めて、パパはママが好きだった」

「わけのわからないことを言っても、平気で返事をするのも大人ってものか」

言って、夏子が笑った。

「パパ、ワインを一本抜こうか？」

「飲みたいのか？」

「ちょっとだけ」

「好きにするさ。白と赤が一本ずつある。両方とも、料理用にはちょっと高い。好きな方を抜けばいい」

「赤いワイン。グラス、よく磨いておくわ」

　彩子も、赤ワインが好きだった。それを憶えていて、夏子が言っているのかどうか、浜田には、よくわからなかった。

「栓抜きは、食器棚の抽出しにある。女の子の力じゃ抜けないかもしれないな」

「時々、ママと二人でワイン飲んでいたよね、パパ」

「その時のことを思い出して、買ってしまったりするんだ」

　浜田は、煙草に火をつけた。

　夏子は、しばらく調理台にむかって立っていた。フィレ肉の塊を出し、適当な大きさに切り分けたようだ。それから、ワインの栓抜きを浜田のところに持ってきた。

「食事の少し前に、栓を抜いておいた方がいいのよね。ママの時は、いつもそうしていたわ」

　そんなことまで憶えているのか、という言葉を呑みこみ、浜田はただ頷いた。

　夏子が部屋に戻ったので、浜田は時々鍋の具合を見に立った。炒めた玉ネギは、ほとんど溶けかけているようだ。あまり掻き回すことはしない。たとえトロ火でも、鍋の底に焦げのようなものがかたまって付着する。それも、カレーの味になるのだ。

　浜田がカレー粉を鍋に入れはじめた時、夏子はまた部屋から出てきた。カレー粉を入れると、数分間掻き回し、底にかたまったものも、木のヘラで剝ぎ落とす。

ワインの栓を抜いた。それから手早くサラダを作った。海草の入ったサラダで、タコのブツ切りも入れてある。

「パパ、オリーブオイルで、タコとニンニクを炒めるのって、あたしにもできるよね？」

「やってみるか？」

「この間、ひとりで作った時、ニンニクを縦にスライスしてしまったの」

「横にスライスしないと、こんがりと揚がらない。唐辛子も忘れずにな。パセリは、はじめに刻んでおいて、火を止めてからふりかける」

「わかってる。今度、パパはテーブルで大人しくしててくれないかな。あたしひとりで作って、はいどうぞって出したい」

「愉しみだな、そいつは」

「ねえ、可那子さんのリゾット、どうだったの？」

「なかなかのものだった」

「だよね。あたしも、そう思った」

頃合いを見て、夏子が肉を焼きはじめた。飯はもう炊けている。浜田は、サラダにドレッシングをふりかけた。

いつもの夕食だった。

終ると夏子が皿を洗い、浜田は冷蔵庫の中を整理しようとした。きれいになっている。夏子が可那子と出ていってから、整理したのだ。

「どうしたの？」

「いや、ちょっと中身が気になって、覗いてみただけだ」

「びっくりしたみたいに見えたわ」

「冷たい空気が、顔に当たった。それだけだよ」

夏子は皿を洗い終えると、ハンドクリームを手に擦りつけ、部屋に入っていった。浜田も、ハンドクリームを塗った。夏子が手に塗ってくれた時の感触が、不意に蘇えり、浜田は戸惑って部屋に入った。

釣道具をしばらくいじり、それから浜田は布に包んだものを開いた。コルト・パイソンは、やはりそこにあった。組立てられ、眼を醒し、弾を発射する時を待っているように見えた。

「もうしばらく、空っぽでいろよ」

浜田は呟き、布で包み直すと、バッグに入れて押入れに収った。

それから革ジャンパーをひっかけ、出かけてくる、とドア越しに夏子に声をかけた。明け番や休日の夜に、浜田が外出するのはめずらしくない。

風が冷たかった。駐車場に着くまで、誰にも会わなかった。

すっかり冬になっている、と浜田は車に乗ってから呟いた。

3

道は、よくわかっていた。

最近ちょっと話題になっているレストランらしく、そこへ行くという客を浜田は何度か乗せていた。

九時を回ったところだが、レストランにはまだ客がいるようだった。

目立たないところに車を駐め、浜田はレストランの方へ歩いていった。横浜の高台にあって、昼間はそこの公園に人の姿が多い。地元の人間だけでなく、遠くから遊びに来ることもあるらしい。観光地と言うほどではないが、街の公園ともまた違う。

一度レストランの前を通ると、浜田はその公園に入り、ベンチで煙草を一本喫った。それから、レストランの周辺の路地をひとつひとつ思い浮かべた。

蘇えっている。仕事《ヤマ》の感覚。躰が、ぞくりとした。続けざまに、それが襲ってくる。鎮めるために、もう一本煙草を喫った。

金が欲しくて、踏んでいた仕事《ヤマ》ではない。仕事《ヤマ》を踏むことが、生きることだった。だから、彩子と結婚してもやめられなかった。やめようとも思わなかった。

それが、この四年はやめていた。やはり、どこかが間違っていたのだ。やめるのは、死ぬことと同じではないのか。立野が死んだ。夏子がいた。理屈はいくらでもつけられる。だが、生きながら死んだことに変りはない。

ほとんど抱き合ったような恰好で、男女が通った。

浜田は腰をあげてベンチを空け、公園の出口にむかって歩いた。木立のかげから、黒ずくめの男が出てきて、浜田と擦れ違う時ににやりと笑い、ベンチに近づいていった。

浜田も、黒ずくめの身なりだった。覗きの同類と間違えられたのかもしれない、としばらくして気づいた。煙草に火をつける。ポケットには携帯用の灰皿があるが、灰は道に落とす。灰皿に入れるのは、揉み消した吸殻だけだった。

レストランを迂回するようにして、眼をつけた路地に入った。

見馴れたメルセデスが、うずくまっている。

浜田は、助手席の窓ガラスをノックした。三、一、二。これが、合図だった。闇の中で合図を送らなければならないことも、よくあったのだ。

「なんのつもりだよ」

浜田が助手席に乗りこむと、鈴川が言った。眼は、フロントスクリーンのむこうに注いだままだ。エンジンは切ってあり、車内も冷え冷えとしていた。音を聞き逃さないために、運転席側の窓ガラスは降ろしてある。

「この前の道は、一方通行だ」

「だから？」

「あのレストランから出た車は、必ずこの前の道を通る」

「だから、なんのつもりだよ、浜田？」

「こっちの科白《せりふ》だろう、鈴川さん。動く時は一緒だと、念を押したのは、あんたじゃないか。それも、今日の夕方前だ」

「俺はな、浜田」

「よせよ。あんた、こんな場所で、考えごとをしていたなんて言い出すんじゃあるまいな。俺は、ここを嗅ぎつけたんだ」

「そうか」

鈴川が、煙草に火をつけた。

「まず、狙うとすると、ここだよな。おまえ、嗅ぎつけたと言ったが、昔と変ってねえな。最後の最後にゃ、おまえは鼻で勝負してた。まったく、変ってねえよ」

「最後の最後は、まださ。そう思ってるのは、あんただろう。鈴川さん」

「夏子がいるんだぜ」

「もっと危《やば》い仕事《ヤマ》を踏んでいた時、彩子と夏子がいた。いまは、夏子だけだ」

「だからさ」

「夏子は、夏子の人生を生きていく。俺がいようといまいとね」

「四年、こらえたんじゃねえか、浜田」

「長すぎたね」

それ以上、鈴川はなにも言おうとしなかった。

連中のひとり。レストランの経営者だった。つまり、正業というやつを持っている。あとの二人は、時計屋と工務店の社長だ。

四年前の自分たちと同じだ、と浜田は思った。あのルートを潰さず、連中三人が四年前の自分たちと同じことをやっている。レストランの経営者は、結婚していて、子供が二人いる。時計屋は、女っ気はなさそうだ。工務店の社長は、独身だが女を二人囲っている。昼間、夏子と可那子を襲おうとしたのは、レストランの経営者と時計屋だった。工務店の社長は、肝臓を悪くして、あまり荒事には手を出していないようだ。

すべて、鈴川から渡されたメモにあったことだった。

三人とも、顔はよく知っている。命ぎりぎりのところで、何カ月かやり合ったのだ。

「今夜は、やめておけよ、鈴川さん」

「どうして？」

「測るものは測る。調べられることは、調べる。それから動くのが、俺たちのやり方だったはずだ」

「三人の時はな」

「二人の時でもだよ、鈴川さん」

「俺は確かに、ひとりで動くな、とおまえに言ったよ。それは、つまり俺が片付けりゃいいことだと思ったからだ」

「勝手だね。あんたに死なれた俺は、ひとりぼっちかい」

「心中することもねえだろう、男同士」

「死ぬとは思ってないんだな、鈴川さん。だけど、連中は現役だぜ。俺たちは、危《やば》いことからは四年も遠ざかってるし、それに」

「俺の脚は義足さ。弾を食らったって、どうってことはねえ」

「左脚ならね。そして、左脚を撃たないのがプロってやつだ」

「俺の腕が、落ちてるってか」

「腕はわからん。急ぎすぎてはいるがね。最後の最後に、そんなものは出すんだよ」

浜田は、鈴川の腰のあたりに手をやった。硬い感触があった。鈴川が使っていたのは、十六発も撃てるベレッタM9だった。昔から、鈴川は銃の腕がよくなかった。浜田は、装弾六発のコルト・パイソンで、使う場合でも大抵二、三発だった。

「今夜は、連中は集まるはずだ。そこで、作戦を立てさせるさ。明日、やろう。最初の標的は、レストランの親父でいい」

吉永という名前だった。二人の子供が、父親を失うことになる。

「なぜ、明日なんだ？」

「俺は、明日、明後日と連休だ。連中は、もう間違いなくそのことを調べてるね」

「だから、二日間は、夏子を襲ったりはしねえはずだ」

「はじめから、夏子を襲おうなんてしない。俺とあんたを消す。場合によっては、可那子も。それだけだ」

「じゃ、なぜ明日なんだ？」

「同僚に電話を入れて、明日俺は乗務を交替することにした。つまり、タクシーを使える」

「なるほど」

タクシーは、ある意味では盲点だった。仕事《ヤマ》を踏む時、その盲点はしばしば利用した。警察の眼を誤魔化したことも、三度か四度はある。タクシーには、車内からは見えない緊急用のランプがルーフにあって、運転手が脅されながら走り回っていることは、まず考えられないからだ。脅されていれば、必ずそのランプが点滅し、警察車だけでなく、タクシーもそれを見たら追跡を許されているのだ。


「多分、Sホテルだろう」

「決めてかかるなよ、浜田」

「高田は、もう入ってるぜ」

「調べはついてるのか。早いな。じゃ、村岡も入ってるな」

高田というのが工務店の社長で、村岡はホモの時計屋だった。

「村岡はわからんが、高田はホテルに入ってるよ」

「じゃ、Sホテルだな」

また、鈴川が黙った。

いま、ひとり消すと、残りの二人が厄介になる。連中の動きに沿いながら、ひとりを押さえる。ひとりが欠け、思い描いた通りに事が運ばなくなった時、残りの二人には隙が出る。

それぐらい、鈴川もすぐに考えただろう。

ただ、プロは裏の裏を読む。だから、さらにその裏を読まなければならない事態が、起きるかもしれない。

鈴川が、車のエンジンをかけたのは、十時半を過ぎたころだった。

「先回りだ、鈴川さん。高田の車はやっぱりメルセデスで、村岡はフェラーリ、吉永はボルボなんだろう」

「わかってるが、道がな」

「左だ。俺の言う通りに走ってくれ」

「タクシードライバーの、裏道があるか」

鈴川は、ちょっと笑ったようだった。それから、住宅街の中を抜ける道に車を入れた。

十五分ほどで、Sホテルに着いた。当然、吉永のボルボの姿は駐車場になかった。メルセデスとフェラーリは、並んで駐めてある。

十分ほど待って、ようやくボルボが到着した。それを、駐車場の隅で確かめた。

「まず、あんたを襲う計画を立てると思うな、鈴川さん。事務所には、出ることになってんだろう？」

「そういうことだ」

「何時に？」

「十時。来客が、三人だ。それで十二時」

「そこまで、すぐに調べちゃいないだろう」

「マンションが、見張られるか」

「多分。あんたは、今夜は帰ってもすぐ出てくれ。明日の朝、俺のタクシーでもう一度動こう」

「わかった」

「二人でやろうって気に、なってくれたね」

「まあ、ひとりというのは、淋しくもあった」

「あんたが連中なら、どこを狙う？」

「マンションの、駐車場を出たところだ」

「俺もだ」

「トラック。ダンプかな。そんなので、ぶっつけてくると思う。止《とど》めに、一発食らわせるだろうがね。いや、屍体が出ないようにするかな」

「今夜のうちに、どういうやり方で来るか、見当がつけられる」

「わかった。いいやり方だ」

浜田は、ちょっと肩を竦めた。

吉永と村岡が降りてきて、それぞれの車に乗りこんだのは、十二時を回ったころだ。

「俺も、そう思う」

ボルボを尾行《つけ》た。まだ車は少なくないので、間に三台入れて走った。吉永は、横浜郊外の自宅にはむかわず、そのまま第三京浜に乗った。残りの二人の動きは、とりあえずどうでもいい。

玉川の料金所を抜け、環状八号線から世田谷通りに入った。鈴川は、ボルボとの距離をとった。もう、行先は明らかだった。高田の工務店の資材置場。トラックぐらいはあるはずだ。百メートルほど距離を取り、ライトを消して待った。吉永は、目黒までトラックを移動させ、ビル工事の現場の前に駐めた。タクシーで引き返していく。

「やつ、自宅へ帰るな。朝になって、出勤するんだろう。あんたがマンションを出る時間は、調べがついているのかもしれん」

「そうだな。俺は一度帰って、車を駐車場に置いてくる」

その車が、餌になる。うまくひっかかれば、鉤を呑みこんだということだ。

「俺も、帰るよ。乗務は六時からで、あんたをすぐに拾おう」

会う場所を決めた。

冷静だったが、肌がいつまでもヒリついているのを、浜田は感じていた。

4

地下駐車場に車を入れると、一階からエレベーターで部屋にあがった。

義足をつけたままシャワーを使い、鈴川は音楽をかけた。濡れた躰を拭く時に、義足をはずして水気をきれいに取る。

アンダーシャツを着こんだ。年齢と飽食の割りには、肥らないタイプだった。ジーンズを引き出して穿き、セーターを着て革ジャンパーを持った。靴は、一足だけあるスニーカーである。

窓のカーテンをちょっと開け、外に光が洩れるようにした。ジャンパーの内ポケットに、ベレッタM9を落としこむ。

エレベーターで三階まで降り、外部非常階段の踊り場に出て、道路の異状を確かめた。見張られている可能性は、たえず考えておくべきだ。相手は、プロだった。

神経に触れてくるような、車も人もいない。

地下駐車場に降りた。直接降りることはできず、管理人室の前を通って、地下への階段を降りる。管理人は、口が堅い。芸能人も何人か住んでいるマンションだからだ。

管理人に挨拶して、地下へ降りた。

二十二台の車。おかしいと思う車は一台もいない。いつもの駐車場だった。自分のメルセデスには乗らず、歩いて外に出た。すぐに大きな通りに出る。それから細い住宅街の道に出て、もう一度大通りに出た。十五分というところだ。

タクシーを停め、一度品川方面にむかい、それから反対方向に走った。

目黒。山手線沿いの細い通り。そこで、ものかげにしゃがみこんだ。午前三時四十分。煙草に火をつけた。仕事《ヤマ》。襲って物《ブツ》を奪うわけではないが、これも仕事のうちだ。しかも手強《てごわ》い。どれほど手強いかは、四年前に骨身にしみた。

恐怖が、躰の底で見知らぬ動物のように駈け回っている。いや、馴れ親しんだ動物だ。仕事の前は、いつもそうだった。不思議なことに、最後にはそいつが背中を押す。もう充分遊んだ。そう言われているような気分になったものだ。

携帯用の灰皿で、煙草を消した。こんなのを使うのは、久しぶりだと鈴川は思った。仕事《ヤマ》を踏む時は、どこであろうとなにも残さない。躰の底で駈け回っていた動物が、さらに動き、ほとんど暴れるような感じになった。そうやって暴れさせておくと、そいつは疲れる。飽きる。付き合い方は、よく知っていた。

腰抜けの、クソ野郎。鈴川は呟いた。甘い相手じゃねえんだぞ。

相手は三人で、こちらは浜田と二人。しかも、現役と引退選手が闘うようなものだ。考えるな。細かいことまで、考えるな。跳べばいい。しかし、片脚で跳べるのか。

可那子を、好きだった。好きだと思った。昔のことだ。気持だけを、大事にしようとしてきた。だから、ほんとうにいまも可那子を好きなのかどうか、よくわからない。可那子を好きだと思った自分が、昔いた。ほんとうに好きなのは、昔の自分なのだという気もする。

女など、金でどうにでもなる。友達《ダチ》。仲間。そして心がヒリつくような仕事《ヤマ》。金で買えないものを、求め続けてきた。それが、人生のある時期、手に入ったのだ。信じられないような気分だが、確かにこの手の中にあった。

四本目の煙草に火をつけた。じっとしていても、寒くはない。むしろ、躰のどこか一カ所が熱い。その熱さが、方々に移動する。

始発電車が通った。

くだらねえ。呟いた。生きていることは、ただくだらない。よくそう思う。生まれてしまったから、生きる。死ぬのがこわくて、ただ生きる。

仕事《ヤマ》のことは、やはり考えなかった。頭には、しっかり入っている。頭に入っていることが、そのまま進むことは、まずない。下手をすれば、はじめから違う展開になる。だから、面白い。しびれる。そして、こわい。

六本目の煙草。周囲が、少しずつ明るくなりはじめている。月曜日。なんとなく、鈴川はそう思った。時計を見た。午前七時。立ちあがった。七本目の煙草を、火をつけずくわえたまま歩いた。

浜田のタクシー。すでに待っていた。ドアが開く。鈴川は後部座席に乗りこんだ。

「工事がはじまるのは、九時だそうだ」

メーターを倒しながら、浜田が言う。その前に、あのトラックは動く。そういうことだ。工事をはじめる時間を調べただけでなく、浜田はなにかやっているはずだった。

十分ほど、走り回った。ビル工事の現場の前に、トラックがいることは一度確かめた。

「持ってるのか、鈴川さん？」

「ああ」

拳銃。それ以外に、武器はなにもない。浜田も、持っているはずだ。ショルダーホルスターから吊す。ポケットに無造作に落としこむ鈴川とは、だいぶやり方が違う。

「決めてしまおう」

ここで決めなければ、長引く。お互いに、複雑な駆け引きをやりはじめる。そして、現役の勝負強さに、徐々に圧倒されることになる。

「なにか、やったか、浜田？」

「トラックにね。それほど難しいことじゃないんで、トラックに一度潜りこんだ。連絡は、無線でやりそうな気がする。周波数を調べた。それに、この車の無線の周波数も合わせてある」

「ほかには?」

「なにも」

「眠ったのか?」

「あんたも、眠っちゃいないだろう?」

「仕事《ヤマ》の前に眠れるのは、胆《きも》が太いんじゃなく鈍いんだ。立野が、よく言ってた」

「やつらも、多分そうだろう」

浜田が、煙草に火をつけた。鈴川は、ポケットから黒い革手袋を出して、つけた。キッドの、ぴったりと手に吸いつくやつだ。

「一号車、移動開始」

「了解」

やり取りが、やはり無線に入った。浜田が車を出す。走りはじめたトラックの、後ろ姿が見えた。すでに、車が多い時間帯に入っている。さすがに、浜田の追尾は見事なものだった。間に五台。五台後方の車は、ミラーで見えていてもあまり気にしない。鈴川自身の経験でもあった。浜田の運転は、五台が六台になることも四台になることも、ほんの短い時間しかない。

「確認。気づかれたら、外に出す。駐車場には戻さない」

「了解」

無線のやり取りがはじまった。

「合図は、ゴーヘー。網から洩れたら、スターボード」

「了解」

「確認、終り」

ゴーヘー。ゴー・アヘッドのことだ。スターボードは右。船員言葉だった。

鈴川は、自分のマンションの周囲の地理を思い浮かべた。鈴川の車が、マンションの駐車場から出てくる。それにむかって、アクセルを踏みこむ。ぶっつけることができたら、それでいい。擦り抜けられたら、スターボード。ぶっつけたら、多分、ポートだろう。左。これも船員言葉だ。

「なぜ、無線を使うと思った、浜田？」

携帯電話でもいい。しかし、電波が途切れることがある。電話だと、呼び出す。出るまでのタイムラグ。プロは、それを嫌う。無線なら、スイッチさえ入れておけば、喋るのと同時に、相手に届く。

「まあ、無線の方が緻密かな」

「あんたでも、無線がいいと思うはずだ、鈴川さん」

「盗聴されるがね、こんなふうに」

「だから、船員言葉なんかを使ってる」

「そこまでやって、こっちをひっかけるってことも、考えるかもしれん」

「無線がこちらにあって、周波数も知ってると仮定すれば」

「疑えば、きりがないか」

トラックは、鈴川のマンションがある通りに入った。広い道ではない。トラックを停めておけるのは、二カ所ぐらいのものだ。

ここだろう、と鈴川が考えていた場所に、トラックは停った。

午前八時四十二分。周辺を三十分ほど流し、袋小路に車を入れた。その間、無線の交信はなかった。二十分、そこにじっとしていた。

「行こう」

浜田が言った。

二度曲がり、マンションの通りに出た。トラックは前方三十メートル。すぐ後ろまで走り、ミラーの死角になる位置に停った。タクシーである。ミラーに入っている時から、ハザードを点滅させていた。タクシーのハザードは、ルーフの両脇にもある。ミラーでもよく見えたはずだ。

浜田が、後部のドアを開けた。同時に、運転席のドアも開ける。

飛び出した。トラックの両脇。鈴川は、ドアのそばに立つと、声を出した。手をのばし、サイドウインドーのガラスを拳で叩く。

気配。鈴川は、ドアを開けた。運転席側のドアも開いていて、浜田が吉永の頭の後ろに拳銃を突きつけていた。吉永は眼を見開き、鈴川の方を見ていた。

腿に一発ぶちこんだ。革ジャンパーの袖の中にベレッタを引きこんでいたので、それほどの音はしなかった。薬莢《やっきょう》が袖の中を転げ回っている。ちょっと熱かった。浜田が、吉永の後頭部に銃を叩きこむ。

吉永の躰を助手席の方へ引っ張り、鈴川は運転席の方へ回った。吉永のコートがバックレストの後ろに置いてある。それを拳銃に巻きつけ、胸にむかって二発撃ちこんだ。音は、一発目よりずっと小さい。

浜田のタクシーが、駐車場に滑りこんでいった。しばらくして、鈴川のメルセデスが飛び出してくる。鈴川はもう、トラックのエンジンをかけ、ハンドルを握っていた。

「ゴーへー」

無線を摑み、叫んだ。了解と返ってきた。

もう一度叫ぶ。了解。冷静な声だ。トラックを発進させていた。前方のメルセデス。その

「スタードボード」

ままだ、と鈴川は呟いた。そのまま行けば、車が出てくる。

緩い右のカーブ。対向車が一台。鈴川は、浜田の背後に迫った。これで前方を塞げば、鈴川のトラックは浜田のメルセデスに激突する。ブレーキランプ。鈴川も、ほとんど同時にブレーキを踏んだ。急ブレーキではない。メルセデスは、六十キロほどで走り続けている。それが、わずか左に寄った。右。通り抜けられる。前方の十字路。フェラーリの鼻先が見えた瞬間、鈴川はアクセルを蹴飛ばした。交差点の中央で一旦速度を緩めたフェラーリが、爆音を残して消えた。よく見ている。トラックを運転しているのが鈴川だと認識した瞬間、アクセルを踏んで交差点を通り抜けた。

鈴川も、フェラーリと交差するように、十字路を走り過ぎていた。浜田が、フェラーリを追って右に曲がるのが、ミラーの中に見えた。

鈴川は、そのまま突っ走った。

「吉永が潰されてる」

無線が叫んだ。前方にいた白いメルセデスが、急発進した。浜田がフェラーリを、鈴川がメルセデスを追う恰好になった。

奥歯を嚙みしめていることに、鈴川は気づいた。ここぞという時の、鈴川の昔からの癖だった。白いメルセデスが、前を行く車に遮られている。踏みこんだ。メルセデスは右に行こうとし、鈴川はわずかに左にハンドルを切った。メルセデスを弾き飛ばしていた。テイルを弾かれたメルセデスが、きれいに一回スピンし、同じ方向にむいてまた走りはじめた。右のテイルランプからリアタイヤハウスのあたりまで潰れ、マフラーがぶらさがって落ちかかっていた。それでも、メルセデスは走り続けた。脇道に入り、何度も曲がる。トラックでは、やはり引き離された。しかし、メルセデスは、完全に振り切ろうという走りはしていない。右のリアタイヤが、潰れたボディにひっかかっているのか。

それだけではない。明らかに、メルセデスは鈴川を誘っていた。誘われてやる。鈴川はそう思った。こっちも、年季を入れてはいるのだ。四年のブランクも、吉永を潰すことで撥ね返した。

村岡のフェラーリは、浜田が追っている。だから、高田と差しということだ。高田という男。しっかりと、記憶にある。銃はうまい。ここという時の、度胸もある。しかし、どこか人を甘く見る。頭に血を昇らせやすい。

高田は、怒っているはずだ。いまだけではない。引退した浜田と鈴川が、また出てきた。それを知った時から、怒り続けているはずだ。そして、吉永が潰された。これ以上ないほど、怒っている。

怒るのは、隙を作ることと同じだった。高田の、唯一の弱点と言っていい。つけこむなら、そこだろう。しかし、銃がうまい。撃ち合いになれば、負ける可能性が高い。鈴川は、銃が得意ではなかった。

できるかぎり、距離を詰めろ。五メートル、三メートル。それなら、誰でも当たる。言ったのは、立野だった。

間合いを詰めりゃいいだけのことだ、と鈴川は呟いた。車の間合いではない。拳銃を持ってむき合った時の間合い。

リアが半分潰れ、マフラーが落ちかかったメルセデスが、鈴川のトラックを誘導していく。海の方か、と鈴川は思った。大井の埠頭の方へ、メルセデスはむかっている。

5

フェラーリと較べても、メルセデスの性能に遜色はなかった。というより、前を行く車が多すぎて、お互いにフルパワーでは走れない、という状態が続いている。

環七を突き抜け、環八が目前に迫っている。明らかに、誘っている。逃げて、振り切ろうという走り方ではなかった。環八を右に曲がれば、すぐに第三京浜の入口だった。

横浜へ行く気か、と浜田は思った。

車で勝負をつけるべきかどうか、浜田は迷っていた。ぶっつければ、多分メルセデスの方が勝つだろう。ボディの剛性では、フェラーリの比ではない。しかし、動力性能では優れたフェラーリが、振り切ろうともしてこないのだ。

やはり、誘っている。どこかで、差しの勝負をしよう、とフェラーリは言っていた。

環八から、第三京浜に乗った。

勝負の場所は、横浜か、さらにその先か。フェラーリが、スピードをあげる。浜田も踏みこんだ。百八十を超え、二百に達した。それでも、フェラーリはさらにスピードをあげた。二百二十。メルセデスのスピードメーターは、そう指している。さすがに、車に不安はなかった。覆面パトの多い道だ。カメラもある。しかし、覆面では追いきれはしないだろう。カメラも、このスピードだと反応はしない。

保土ヶ谷の料金所。フェラーリは、停止せずに、あいているところを突っ切った。浜田も、それに続いた。直進する。フェラーリが、クラクションを鳴らしっ放しにしている。前を走る車が、蹴散らされるように左に寄った。首都高の料金所も、同じように突っ切った。トンネルの中。ライトを点けず、浜田はフェラーリのすぐ後ろまで迫った。トンネルの出口の登り坂。すぐに左へのカーブになる。そこで後ろからプッシュすれば、フェラーリは簡単にスピンするはずだ。ここで、かたをつけられる。

しかし、フェラーリはカーブの手前で、減速せず、さらに加速した。テイルが右に流れている。それをカウンターで押さえこんでいた。鮮やかなコーナリングだった。四、五十メートル、浜田はフェラーリに引き離された。踏みこんだが、すぐには追いつかなかった。ようやく追いついた時、フェラーリはブレーキングし、新山下の出口の車線に入った。浜田も、それに続いた。

ここで高速道路を降りるということは、村岡も肚を決めているということだろう。逃げるだけでなく、結着をつけようとしている。

フェラーリは、信号を無視して、産業道路の車線に突っこんだ。三車線が続く。右へ左へと前を走る車をかわし、フェラーリが突っ走る。車を傷つけることを、村岡はいやがっているようだ。

フェラーリのテイル。迫ってきた。前方を、トレーラートラックと車が塞いでいる。フェラーリが、パッシングとクラクションを続けていた。浜田は、さらにアクセルを踏みこんだ。

軽い衝撃があった。それでも、フェラーリの右のテイルランプが割れ、赤いボディが少しへこんだ。

ぶっつけてから、村岡の運転は明らかに変った。車とトレーラートラックの間に、強引に突っこんでいく。車が右へ寄る。さらに右の車線の車が、右ぎりぎりまで寄った。フェラーリが走り抜ける。空隙を衝いて、浜田もフェラーリに続いた。トレーラートラックの、派手なクラクションが背中にぶつかってきた。

スラローム走行という恰好で、フェラーリが突っ走っていく。二十メートル。それぐらい離された。すでに、本牧に達している。

倉庫街だ。車が少なくなった。歩いている人間は、まったく見かけない。フェラーリがさらに加速したが、すぐに右へ曲がった。

コンテナ置場。人の姿はない。埠頭に、船もいないようだ。フェラーリが、コンテナとコンテナの間に入った。浜田もそこに乗り入れたが、まるで迷路だった。

しかし、フェラーリのテイルが視界をかすめ、それから急ブレーキの音がした。浜田もブレーキを踏みつけ、とっさに車から飛び出した。

村岡が立っていた。浜田もむき合って立った。拳銃に手をかけようとしたが、その前に村岡が声をあげた。

「抜くな、浜田」

相撃ちになる。浜田には、はっきりそうわかった。倒せても、倒される。

「ねえ、抜かないでよ、浜田」

どうすべきなのか。倒されても、倒すべきか。村岡も、微動だにしない。

「相撃ちになる。わかるわね」

「なんとなくな。やってみなけりゃわからんが」

「二人一緒に死ぬことはないでしょ。心中するなら、あたしもっと別の男の方がいいし」

「死ぬのは、おまえだけかもしれん」

「あんただけってこともある。ねえ、撃ち合いは、やめにしない？」

村岡の声は低い。女言葉が、浜田の神経を逆撫でにした。それでも、抜けなかった。どう考えても、相撃ちで、この距離なら多分お互いに急所をはずさない。

「あたしの提案を聞きなさいよ。借りがあるはずよ、あんた」

「そんなもの、あったかな」

「あたしの大事な車に、オカマを掘ったわ。あたしが掘られたんなら、喜んであげてもいいけど、車じゃ許せないわ」

「じゃ、抜けよ。村岡」

「それじゃ、相撃ちだと言ってるでしょ。あんた、ショルダーホルスターよね」

村岡も、そうだ。

「知らない仲じゃないんだし、お互いにホルスターごと、拳銃を捨てない？」

「どういうことだ？」

「だからさ、あたしはあんたを許せないのよ。ぶちのめしてから、時間をかけて殺してやりたいの。あんたも、同じでしょ。その気はなかったけど、奥さんを殺したしね」

「つまり、殴り合おうってことか？」

「殴る、蹴る、突く。なんでもありよ、素手なら。勝った方が、相手を殺すことになるわね。それなら、二人並んで死ぬこともないじゃない」

「いい考えだ。そんな気がしてきた」

「だから、お互いにホルスターごと、拳銃を捨てようよ。ただ、言っとくけど、あたしはやわじゃないわよ。特にね、男を殺すのは好きなの」

選ぶ。どちらかを選ぶしか、もう道はない。殴り合って、勝てばいいのだ。

「ホルスターを、捨てようか」

「拳銃も一緒によ」

「当たり前だ」

上着を、脱いだ。タクシー乗務だから、それらしい恰好をしている。手袋は、白いやつだ。ないよりも、ましだろう。

村岡も、上着を脱いだ。お互いに、左肩にホルスターを吊っている。右脇に回したベルトをはずせば、ホルスターに触れることなく、肩から落とせる。

「同時よ」

頷き、浜田は右脇に手をやった。留金をはずす。村岡も、同じようにしている。

「触らないでね。肩から落とすの。その時、手にひっかけようなんて考えないこと」

「決めたことは、守る」

「そうよね。それが、浜田英二よね」

ゆっくりと、ホルスターのベルトを肩からずらした。

「落ちるぜ、もう」

「じゃ、一緒に」

落とした。革のホルスターは、コンクリートの上でも、がさついた音をたてた。音はほとんどひとつで、村岡のホルスターも足もとに落ちていた。

「離れるの。お互いにコンテナに背をつけて、奥の広いところへ行くのよ。そこまでいけば、苦しまぎれに拳銃に飛びつくなんてこともできないわ」

「いいとも。まず、コンテナに背中をつけようじゃないか。一歩ずつだ」

一歩ずつ、動いた。コンテナとコンテナの間はおよそ十歩で、その幅で数十メートル並べられている。背中をコンテナにつけ、お互いを見つめたまま、一歩ずつ横に移動した。

「あんたと、こんなふうに殺し合うとはね。また会うことがある、とも思ってなかったわ。終ったはずのことをむし返した。それも、許せないわね」

「何年経とうが、終ってないものは、終ってないんだ」

「そうね。まったくそうよ」

女言葉とは裏腹に、いまいましくなるほどがっしりした躰だった。殴り合いに、自信は持っているのだろう。

すでに、二十メートル近く移動していた。浜田がいる方が、コンテナの影になっている。村岡は、陽の光を受けて眩《まぶ》しそうだった。

「ここはね、使われてないの。ただ、コンテナを並べて置いてあるだけ。滅多に人も来ない。死んだあとは、静かにしてられるわよ。静かに、腐っていける」

浜田は、もう無駄口をきこうとは思わなかった。村岡の躰に、ただ隙を捜した。弱いところは、どこなのか。足首か。首筋か。眼の急所は、当然庇《かば》ってくるだろう。パンチでくるのか蹴りなのかも、見当がつかない。

三十代の半ばで、多分、浜田とそれほど変りはしないだろう。絹のようなシャツに包まれた躰に、贅肉はなさそうだった。

「もう少しよ。もう少しで、リングだからね、浜田」

村岡は、銃の腕はそこそこだという。四年前の話だ。腕力については、まったくわからない。

広いところに出た。

確かに、コンテナに囲まれたリングだった。フォークリフトなどの、方向転換のために設けられた場所だと思えた。

「ルールなし。死ぬまでよ」

浜田は、答えなかった。じっと村岡の眼を見つめ、わずかな変化さえ見逃すまいとした。

三歩、村岡が間合いをつめてくる。浜田は動かなかった。

躰の中心が、熱くなっている。これは殺し合いだ。そう思うと、痺れるような感じが襲ってくる。快感なのだろうか。それとも、いくらか違うような気がする。死が、歩み寄ってきて、その分だけ生きているという思いが強くなっているのか。

素手で、殺してやる。浜田はそう思った。素手で、人を殺したことはない。

村岡が、さらに数歩近づいてきた。拳が届くまで、あと二歩。お互いに踏み出せば、拳は届く。

眼。村岡は、そこに表情を出さない。浜田もそうだ。眼を細めて、睨み合っている恰好だった。どちらが出るのか。空気が、不意に張りつめた。拳。どちらも踏み出した。衝撃が、顔や腹でなく、脚にきた。瞬間、膝が折れそうになり、蹴られたのだということを、浜田は理解した。跳び退ろうとしたが、その時は腹を蹴られ、後頭部に拳を叩きつけられていた。這いつくばっていた。また、腹を蹴りあげられた。全身が、宙に浮いた感じだった。ダメージはない。自分に言い聞かせた。また、足が飛んできた。浜田は、両腕でそれに抱きついた。抱きついたまま、立ちあがる。軸足を蹴りつけると、村岡は仰むけに倒れた。叫ぶ。続けざまに、村岡の腹を蹴りあげた。村岡の躰が転がる。追おうとして、浜田は足をもつれさせた。

むかい合った。浜田も村岡も、まだ鼻で呼吸していた。

睨み合う。どこから来るのか。やはり、蹴りか。見定める前に、躰が動いた。パンチを出しながら一歩踏みこみ、そのまま姿勢を低くしてもう一歩踏みこんだ。村岡の胴に両手を回していた。蹴りは来たが、距離が近すぎて、大して効きはしなかった。

押した。走るように、押した。躰が抱えあげられ、もつれたまま倒れた。馬乗り。村岡が上だった。打ち降ろされてくる拳を、浜田は首を曲げてかろうじてかわした。耳が擦れ、拳がコンクリートを打つ音が聞えた。腕を取り、体勢を入れ替えた。下から来たパンチを、浜田はもろに顎の先に受けた。仰むけに倒れ、跳ね起きた。

村岡も立っている。荒い息で、肩が上下していた。浜田も、口を開けて息を吐き、吸った。とにかく、力が強い。組み合っていると、こちらが先に消耗しそうだ。浜田は、ジャブのように左を出した。届かない。足が飛んでくるのがわかり、踏みこめないのだ。

村岡の拳。よけた。もう一方の手が、襲いかかってくる。眼。二本の指が突き出されていたが、とっさに頭を下げたので、当たったのは額だった。浜田は、肘で村岡の首筋あたりを弾いた。尻を落としかけた村岡が、両手をついたまま、足だけ突き出してきた。腹の真中を蹴られる恰好になった。

村岡が立つ。低く構えている。もう、眼は無表情ではなかった。殺気を、剝き出しにしている。

村岡の拳。肩をかすめた。そう思った時、すさまじい衝撃を顎に受けて、浜田は吹っ飛んだ。ふっと、意識が消えた。ずしりとした衝撃で、それが戻った。蹴られていた。頭突きを食らって、倒れたらしい。執拗に、何度も蹴りつけてくる。浜田は、転がろうとした。そのたびに足が食いこんでくるので、全身の筋肉に力を入れる。動けなかった。脇腹に食いこんできた足が、浜田の呼吸を止めた。転がった。躰の中で、なにかが爆発しそうだった。肺に、空気がとびこんでくる。呼吸が戻った。全身をふるわせながら、浜田は息をした。横から、村岡の足が飛んできた。腕。受けたが、躰は吹っ飛んでいた。

全身が、痺れたようになった。また、足が飛んできた。かわす余裕がなかった。脇腹だった。浜田は、転げ回り、渾身の力でなんとか立った。

立っただけだ。揺れるボートの上に立っているようだった。

低い姿勢で、村岡が突っこんでくるのが見えた。かわそうとしたが、躰が動かなかった。

衝撃のあと、宙に浮いた。長い時間だったような気がした。落ちたのはわかったが、衝撃もほとんど感じない。

ここはどこなのだ。ふと思った。ダンベルで、トレーニングをやっていたのではなかったのか。いや、違う。誰かと、電話で喋っていた。誰なのか。相手は出ているのに、男の声なのか女の声なのかも、わからない。行先は。言っていた。タクシーの運転席。そうだ、間違いなく運転席だ。

不意に、意識が戻ってきた。いま、殺されようとしている。ここで立たなければ、確実に殺される。相手は、そうだ、村岡だった。見えているのは、空か。なんだって、俺は素手で結着《ケリ》をつけようなどとしたのか。まるでレスラーとやり合っているようなものじゃないか。

腹のあたりに、衝撃がきた。口から、なにかが噴き出していった。酸っぱい。そう思った。

しかし、なんとなく腹のあたりが楽になった。

そろそろ、殺されるのか。負けたのなら、そういうことだ。空が見える。手。それが視界を遮った。首にまわってくる。

浜田は、叫び声をあげていた。まだ死んでいない。躰が、そう言っている。暴れていた。気づくと、なにか摑んでいた。指。村岡の指だ。全身の力をふり絞って、摑んだ指を反らした。掌の中に、折れる感触がはっきりとあった。息が苦しい。村岡が、膝で首を押さえていた。浜田は、もう一本指を摑んだ。それが折れる感触が伝わってきた時、村岡の叫び声が聞えた。その声が、浜田のすべてを眼醒めさせた。立ちあがる。村岡は、両膝をつき、片手を腹のところで抱えるようにして、呻いていた。

近づいた。一歩。歩ける。しかし、ひどく揺れている。二歩。やっぱり、揺れている。三歩、四歩。倒れそうな気がしてくる。村岡が顔をあげ、近づいてくる浜田を見た。村岡が二人に見え、それが重なってひとりになった。蹴りあげようと思った。しかし、いくらその気になっても、足はあがらなかった。村岡が、拳を突き出してくる。浜田は前のめりに倒れるようにして、その腕に抱きついた。そのまま、村岡の腕を抱えて倒れた。村岡の叫び。浜田は、立った。腕を折ったようだ、と浜田は思った。村岡は、うずくまっている。足。動くかどうか、一度確かめた。あがらない。いや、路から足を離すと、いくらか自由になる。村岡のそばに立ち、渾身の力で蹴りあげた。そのまま、浜田は後ろに倒れていた。蹴った感覚は、足さきに確かにあった。

村岡が、横たわっている。浜田は身を起こし、一歩一歩村岡に近づき、こめかみのあたりを蹴りつけた。当たった。二度、三度と蹴った。息があがった。それでも、浜田は蹴り続けた。立っていられなくなった。尻を落とした。そこらじゅうの空気をよせ集めて、肺に送りこみたいと思った。

大きく吸って吐くことを、二十度くり返した。数えていた。いくらか、呼吸が楽になってきた。村岡の足が、ちょっと動いた。

浜田はのろのろと身を起こし、村岡のこめかみを蹴った。十度ほど蹴ったのか。村岡が動かなくなる。胸板は、激しく上下していた。どうすればいいか、ちょっと考えた。村岡の絹らしいシャツの袖が、抜けかかっている。摑み、引き千切った。それを村岡の首に巻きつけ、体重をかけて引き絞る。村岡が白眼を剝き出し、舌を出した。ひとしきり、浜田はそれを引き続けた。

村岡の、胸板の動きが止まっていた。息をしていないのだ。浜田は、尻を落として座りこんだ。しばらく、手もあげられなかった。俺は生き、村岡は死んでいる。そう思った。横になってしまうのだけを、なんとかこらえていた。一度横になると、二度と立ちあがれないという気がした。

いきなり、村岡の口から赤い霧のようなものが噴きあがった。血。村岡の胸板が、激しく上下している。村岡の首に巻きついた袖を、浜田はまた摑んだ。体重をかけた。ずっと、そうしていた。

いつの間にか、倒れていた。

気を失っていたのかもしれない。手には、まだ袖の端を握っていた。起きあがった。村岡は倒れたままで、おかしな角度で捩《ね》じ曲がった首は、ずいぶんと長くのびているように見えた。

浜田は、立ちあがった。全身に痛みが走った。右の脇腹と、左の肩が特に痛い。肋骨には、ひびでも入っているのかもしれなかった。つまり、その程度で結着《ケリ》がついたということだ。タクシー乗務中にトラックにでも追突された方が、もっとひどい怪我をしそうだ。

浜田は、ホルスターごと拳銃を捨てたところに戻り、二挺の拳銃を拾いあげた。上着を着て、村岡の上着を持った。

フェラーリには、キーが差されたままだった。エンジンをかける。ギアを確かめ、クラッチを切った。左脚に力を入れると、膝のあたりに痛みが走った。ギアは、かちっと入る。ローで発進し、セカンドで村岡の屍体のそばまで行った。

散々苦労して、村岡の屍体をフェラーリの運転席に押しこんだ。上着も拳銃も放りこんだ。

それだけで、ひどく息が切れた。

なにか落としていないか周囲を調べたが、なにもなかった。ところどころに、血のしみがあるだけだ。

リアからエンジンルームを開け、燃料系の一カ所を破り、灰皿にガソリンを受けた。灰皿をもとの位置に戻し、火をつけた煙草をフィルターを下にして挟んだ。

気化が早ければ、すぐにでも引火する。それがなくても、ある程度煙草が燃えれば、灰皿の中に落ちる。火がついたままだ。

浜田は、メルセデスの方へ歩き、乗りこんでエンジンをかけた。コンテナの間を縫い、道路に出る。やはり車は少なく、人の姿は見えなかった。

道路を走りはじめてしばらくして、爆発音が追ってきた。ミラーの中に、黒煙が一瞬だけよぎって見えた。

6

水門がある場所だった。

多摩川の河口である。ここへ来るまでに、高田は一時間ほどマフラーをぶらさげたまま、都内を走り回った。土手沿いの道を走り、メルセデスは不意に加速すると、建築資材が置かれた場所に入った。

奥に、廃工場らしい、屋根の高い建物がある。ここが、マンションになるらしい。施工は、高田工務店となっていた。

「引っ張りこまれてやるか」

入口に出された看板を見ながら、鈴川は呟いた。乗っているトラックは高田工務店のもので、入っていったのは社長なのだ。

頭を低くして銃撃を警戒しながら、鈴川はトラックを廃工場の近くまで進めた。

白いメルセデスの姿が、廃工場の奥に見える。奥の隅には、二メートルほどの高さの木箱が、十個ほど並べられていた。ところどころにコンクリートの台などがあるが、機械類はすべて撤去され、なんの工場だったのか判然としない。明りは、高いところにある窓から射しこんでくる、陽の光だけだった。

高田が、どこにいるのか、まったく見当はつかなかった。隠れる場所が、それほどあるようには見えない。

鈴川は、思い切ってトラックを工場の中に突っこんだ。メルセデスの、五メートルほど後方まで進む。そこで、じっと待った。

もの音は、まったくしなかった。なにか気配が近づいてくる、という感じもない。

頭を低くしたまま、十分ほど鈴川はじっと待った。助手席には、吉永の屍体がコートをかけられた状態で腰を降ろしている。眼は開いているが、鈴川の方にはむいていなかった。

「ふるえるんじゃねえぞ、腰抜け」

呟いた。恐怖は、まったくなかった。ただ、いつこわさが襲ってくるのか、という思いまでは拭いきれない。

「結着《ケリ》をつける、と決めたんじゃねえか」

不利だった。相手のフィールドに引きこまれている。それは、覚悟して入ってきた。だから、ほんとうに不利とは言えない。左脚が義足であること。それも、四年前からそうなのだ。差しで、五分五分の勝負。そう思うべきなのだ。

高田という男は、小悪党のころから知っていた。盗んだ車を、よく鈴川のところへ売りこみに来た。小さな工務店もやっていて、それがいまのように大きくなった。

その高田が、自分たちのルートを脅かす、と鈴川は考えたことがなかった。しかし、四年前に、ルートに手を出してきて、数カ月の暗闘ののち、奪った。思った以上に、胆が太かったのかもしれない。大酒を飲み、よく他人に喧嘩を売っていた。二度か三度、鈴川はそれを見たことがある。

肝臓を悪くしても、仕事《ヤマ》から身を退くことは考えていないのか。三人の中では、高田が親分格だった。それは、いまも変ってはいないのか。吉永は殺したし、村岡は浜田が片付けたはずだ。

四年も待った、結末なのだ。

浜田が言ったように、四年前はなにも終ってはいなかった。

ドアを開けた。

鈴川は、ゆっくりとトラックを降りた。

自分の足音だけが聞える。見回した。隠れる場所は、やはりあまりない。数歩進んでは、立ち止まって周囲を確かめた。白いメルセデスのそばまで来た。中には、誰もいない。

不意に、気配を感じた。すぐそばだ。メルセデスのトランク。とっさに、そう思った。開けようとしたが、開かなかった。

また、気配を感じた。後ろ。銃口をむける前に、鈴川は吹っ飛んでいた。床から、高田の顔だけが突き出している。床の穴か。もともとあった、大きな溝のようなもので、鉄板で塞がれているところが、すべてそうなのだろう。幅は一メートル、長さは十メートルというところか。

鈴川は、立ちあがろうとした。やはり、高田は自分のフィールドであるという利を生かした。膝を立てかかった時、鉄板がまた持ちあがった。高田が、飛び出してくる。鈴川は、八発続けざまに撃った。弾幕でも張るようなつもりだった。高田の四発目。腿を、熱いものが貫いた。右の腿。義足は撃たないのがプロ。浜田は、そう言っていた。

鈴川は、立とうとせず、ただ躰を転がし、それからまた拳銃を構えた。三発。高田は、五発目を撃った直後に、倒れた。上体だけ起こし、メルセデスの方にむかって這おうとする。鈴川は、上体を起こした。高田が、六発目を撃った。鈴川は三発撃ち、そのうちの一発が、高田の躰を仰むけに倒した。跳ね起きた高田が、鈴川の方へ銃口をむける。鈴川も、ベレッタM9をむけていた。高田の拳銃は、リボルバーだ。距離は、およそ七メートル。鈴川は、片手で銃を構えたまま、二メートルほど這い進んだ。これで、約五メートル。はずさない、と言える距離だった。

高田が、むけていた銃を放り出した。

「弾が切れてるのが、わかったのか？」

高田は両手を使ってちょっと這い、メルセデスのボディに背中を凭せて、こちらをむいた。

鈴川は、さらに二メートルほど近づいた。

「リボルバーだもんな。六発以上は入らねえよ」

「そうだな。新しい弾がポケットにあるんだが、それを詰め替える暇を、おまえはくれねえだろうな」

「やれるもんと、やれねえもんがあるさ」

「まったくだ。だけど、おまえの銃は、何発入るんだ。十発以上撃ってるぜ、鈴川」

鈴川は上体を完全に起こし、胡座《あぐら》をかくような恰好で、高田とむき合った。

「俺は、銃はうまくねえんだ。だから昔から、装弾数の多いものを使ってる」

「プロってのは、リボルバーを使うもんだぜ。作動不良《ジャム》を起こしても、すぐに次の弾を撃てる。オートマチックじゃ、そんなわけにゃいかねえ」

「古いね。昔のプロは、そうだったろうさ。いまは、不発なんてほとんどねえし、十発以上装弾できるものもある。そういう時代なんだよ、高田」

「けっ、一度は引退しやがったくせに」

ベレッタM9。十四発は使った。あと二発だけ、残っているはずだ。鈴川は、右腿と左脇と左肩を撃たれていた。半数は、とにかく当たっている。それに較べて、高田に当たったのは、下腹の一発だけのようだ。

「おまえの方が、銃はずっとうまいぜ、高田。二発はかすってるが、もう一発は腿を貫通してる。撃った半分は、当たったってことだ」

「おまえのは、一発だけさ」

下腹に掌を当て、高田はちょっと笑ったように見えた。

「運の差が、大きく出たな、鈴川」

「四年前に、使わずに残しておいたもんさ」

「だけど、そいつにゃまだ入ってるのか。もしかすると、はったりじゃねえのか？」

「いずれ、わかる」

「撃つなら、さっさとやれよ」

「慌てることたあねえさ」

吉永の躰に、三発撃ちこんだ。そのままにしていたら、すでに弾は尽きている。トラックで走りながら、弾倉に三発足した。銃は下手だという思いがあるから、弾倉はいつも一杯にしておくのが癖のようになっていた。そんな癖は、四年経っても生きている。

「なぜなんだ、鈴川？」

「なにが？」

「引退したおまえらが、なんでまた出てきたんだ。おまえらが引退したと思ったから、俺たちも手を出さなかった。おまえらはもういない、と思うことができた。そして事実、四年間、おまえらはいなかった」

「こっちにも、事情ってやつはある」

「俺たちの中に、割りこんでくる事情がか。どんな事情だってんだ」

「四年前に終ったわけじゃない。そんな気がしたのさ」

「嘘だな。待てねえよ、そんなにゃ」

「だから、最近そんな気がしてきたんだ。四年も、待ってたわけじゃねえ」

「引退したら、それなりの生き方をするのが、俺たちの稼業の約束事だろう」

「おまえら、ミスター・Kのルートを、俺たちから力ずくで奪った。おまけに、浜田の女房まで死なせた」

「浜田の女房は、事故みてえなもんさ」

「とにかく、終ってねえって気がした」

鈴川も、片手で腿に触れた。出血はしているが、それほど多くはなさそうだ。下腹を押さえた高田の手の、指の間からも血は溢れ出している。

「あと三年。それぐらいで、俺たちも引退するつもりだった。俺は、建設会社一本さ。なにしろ、あと三年で五十だからな。吉永にゃ、ガキが二人いる。レストランの親父で、ずっとやっていけた。村岡は、ホモが集まれる店を作ると言ってたな」

「悪かったな、高田。俺たちゃ、プロだったってプライドを、どうしても捨てきれなかった」

「まったくだ。プライドを持ってるのはいいさ。だけど、またこっちに足を突っこんでくることはねえだろう」

「足を洗うってことじゃ、おまえらの方がきれいに洗えたろうな。俺たちゃ、どこか中途半端だった。いや、俺はだな」

「おまえら、こっちに足を突っこんできても、二人だけじゃねえか。立野がいねえんだからな」

「俺たちゃ、これできれいに足を洗えるのさ。多分な。四年前の結着《ケリ》をつけりゃ、足が洗えると思うんだよ」

「そりゃねえぜ、鈴川。俺たちゃ、おまえと浜田みてえに、きれいに足を洗いたいと思ってたのによ」

「ほんとに、悪かったな。おまえら、災難みてえなもんなんだ」

「女がひとり、俺たちの方へ足を踏みこんできた。どんな女かと調べたら、立野の妹という話じゃねえか。なんだと思ったね、俺は。おまえと浜田にゃ関係ねえことだ、と俺ははじめ判断したよ。おまえらが、女に惑わされるとも俺にゃ思えなかったしな」

「四年前のことが、終ってなかった。それだけなんだよ」

高田が、ちょっと顔を歪め、それから口もとだけで笑った。

「苦しいのか、高田？」

「ちょっとな。なにしろ、腹だ」

「楽になりたいか？」

「癪なことを、言いやがる。俺は、こんなふうにして自分がくたばるだろう、とよく夢に見たよ。ただ、相手はおまえらじゃなかった。おまえらであっちゃならなかった。生き延びて足を洗う。その姿を、おまえと浜田に見ていたんだからな。だから、相手がおまえらじゃあり得なかったんだ」

「悪かったと言ってるだろう。何度も謝らせるなよ」

「浜田のガキは？」

「立派な男になったさ、女房に死なれてからな」

「そうか。あいつは、いつも男って感じだったよ。それを押さえてるおまえは、男の中の男だったね」

浜田を、押さえてはいなかった。浜田と立野と自分。いつも、対等だった。ただ、年齢で、はたからはそうは見えなかったということか。

「水、あるか、鈴川？」

「ねえよ。よっぽど、苦しいらしいな。そろそろ、楽にしてやろうか」

「頼む。銃にまだ弾があるというのが、おまえのはったりだったら、俺は怒るぜ。化けて出てやる。いいぜ、やれよ」

「トラックに、吉永がいる。一緒だ」

「笑わせるな。死ぬ時は、みんなひとりだ」

「わかった」

鈴川は、構えもせずに引金《トリガー》を引いた。高田の胸に、赤い小さなしみができた。高田は、かすかに笑ったようだった。必要ないと思ったが、鈴川は高田に這い寄り、眉間にもう一発撃ちこんだ。三発目は、出なかった。

しばらく、高田の屍体のそばでじっとしていた。出血はひどくないといっても、三カ所からだった。血が、かなり失われているのを鈴川は感じた。

「俺は、もうちょっと生き延びそうだよ、高田」

呟き、鈴川はポケットを探って煙草を出した。火をつける。煙を思いきり吸いこむと、めまいが襲ってきた。煙は苦く、ただまずいだけだ。三度煙を吐いたところで、鈴川は携帯用の灰皿で煙草を消した。

高田は、眼こそ開いていたが、穏やかな表情で死んでいた。

鈴川は、ポケットを探り、携帯電話を出した。

「よう、浜田」

「生きてるのか、鈴川さん？」

「あの世からの電話かもしれねえ」

「それで？」

「終った」

「俺もだ」

「やっぱり、義足は撃たれなかった。右腿で、どうにも動けねえ」

「場所は？」

わかりにくいところではなかった。鈴川は水門と土手沿いの道だけ説明した。

「待っててくれ。二十分、いや、十五分でそこに到着する」

頷き、鈴川は電話を切った。手もとの銃にちょっと眼をやり、それから静かに横たわった。

第八章　夜へ

1

五日で、ほぼすべての結着《カタ》はついた。

あの日、浜田は乗務ということにしていたので、一日の貸切扱いにし、十二万円の売上げを会社に入れた。怪我は顔だけというふりをして、それも客の代りに殴られたという話を作った。補償などもすべて客がやってくれることになっている、と言うと会社はなにも言わなかった。傷がついたのは浜田の顔で、車というわけではなかったのだ。

ほんとうは、躰の傷の方がひどかった。肋骨が二本折れているようだったし、内臓にもダメージがあったようで、血の小便が一度出た。

鈴川をピックアップするのは、難しいことではなかった。しかし、二つの屍体の始末まではできなかった。二人とも、鈴川のベレッタの銃弾を受けている。ベレッタは分解し、浜田が釣りに出た時、沖に捨てることにした。これまで、拳銃を使うと、そのたびに立野がライフリングを少しいじった。それによって、弾丸の条痕は違ってきて、同じ拳銃から発射されたものとはならないのだ。その技術も、機械もないので、使ったものは捨てるしかなかった。

鈴川は、右腿に貫通銃創を受けていた。かなり大きな射出口だったが、大動脈を傷つけた出血ではなかった。普通の縫い針で、浜田が傷口を縫った。ほかの二つの銃創は、掠《かす》って皮膚と肉が抉《えぐ》れているだけだったので、消毒してガーゼを当てた。

鈴川に言われ、物置になっている部屋から、車椅子を引っ張り出した。左脚を吹っ飛ばされた時に使った車椅子を、鈴川はなぜか保管していたのだ。

自分の治療も、浜田は鈴川の部屋でやった。とにかく冷やし続けたので、腫れはそれほどひどくはならなかった。顔の痣はどうしようもなく、ただ消えるのを待つしかなかった。

肋骨には、入念にテーピングをした。血の小便は様子を見ようと思った。二度目からは消え、内臓が特におかしくなるという気配もなかった。

夏子への言い訳には、一応気を遣った。

いつもの乗務のように火曜日の早朝に帰り、すぐに部屋へ入ったので、夏子と顔を合わせたのは、部活が終って下校してくる六時過ぎだった。その間、ずっと顔は冷やし続けた。

昼食は、パンに焼いた卵とベーコンと玉ネギを挟んだもので済ませ、夕食は冷凍したフォンドボーをひとつ解凍し、浜田流のビーフシチューを作った。

帰宅した夏子は、浜田の顔を見て立ち竦み、それから泣きはじめた。

貸切の客のトラブルだった、と浜田は会社でついた嘘と同じことを言った。老人だったので浜田が庇い、二人に殴られた。顔ばかりを殴られ、蹴られたが、充分な補償はして貰った。浜田が言うことを、夏子は泣き続けながら聞いていた。浜田は同じことを二度言い、それから笑った。こんなのは、事故と較べると大したことはない。ちょっと腹癒《はらい》せに殴られただけなのだから。

夏子は、一時間ほど泣き続けていた。その間、シチューはトロ火で煮こみ続けた。納得したかどうかは別として、夏子は風呂に入り、九時には夕食を済ませていた。

それからは、いつもの日常だった。

多摩川沿いの廃工場の二つの屍体と、横浜のコンテナ置場の黒焦げの屍体が、結びつけられて捜査されている気配はなかった。あの三人も、それぞれに用心していて、なにがあっても関係を警察には摑まれないようにしていたようだ。

六日目、仕事の途中で鈴川のマンションへ立ち寄った。東京への客をつかまえたことにして、メーターを倒して走ったのだ。その分は、財布から補塡しておけばいい。

知らない女がいた。まだ二十歳そこそこに見えたが、身なりは地味だった。

「夕食の買物に行ってこい、美々。ワインもきちんと捜してこいよ」

「ボルドーの、九〇年か、なかったら八八か八九年だったよね、お父さん？」

「それも、一万五千円以内だ」

「お客さまの分の食事は？」

「必要ない。こいつは、俺に借金を頼みに来ただけだ。おまえがいると、言い出しにくいだろうが」

「わかった。行ってきます」

浜田は、深々と頭を下げた。

美々と呼ばれた女は、ダウンジャケットを着て出ていった。

「おい、まさか昔作った娘と暮しはじめた、なんて言うんじゃあるまいな、鈴川さん。お父さんと呼んでたじゃないか」

「俺の女だ。精神的になにかあるらしくて、あんなふうに呼びたがる。お父さんと呼ばれながら、若い躰を愉しむのも悪かないぜ」

「芳子さんは？」

「少しずつ、共同経営者という立場にしていく。芳子は、芳子の人生を生きればいい。俺は飽きたが、まだ魅力的な躰をしている」

浜田は、ちょっと肩を竦めた。鈴川は、車椅子から離れ、松葉杖で歩いていた。軸脚になるのは義足の方だが、それでも器用に歩いている。

「夏子が服を欲しがった時は、いつでも芳子のところへ行くといい。あいつも、愉しみにしているはずだ」

「わかった。あんたが買ってやったということにしても、あとで俺に代金は請求してくれ。そのうち、ブランド物を欲しがるようになるかもしれないしな」

「いいじゃねえか。高《たか》が服なんだから」

浜田は、出がけに美々という女が淹れていった茶に手をのばした。

「あの三人の関係を、警察は洗い出せずにいるらしい。用心深い連中だったんだな」

「そうだろうさ、それはな」

「明日、俺は釣りに出る。あんたのベレッタ、その時に廃棄《レッコ》するよ」

「なあ、浜田。俺はなんとなく不安なんだよ、拳銃がなくなっちまうってことにな」

「仕方ないだろう、鈴川さん。立野が、ライフリングをいじってくれるわけじゃない。いろいろと現場に物証は残してきたが、決定的なのは、ベレッタの弾丸と薬莢なんだから」

「手に入れたいんだ、同じ型のを」

「なぜ必要なんだ、仕事《ヤマ》を踏むこともないのに」

「なあ、浜田。おまえはなんでパイソンを残しておいた？」

「さあな」

「週に何度も釣りに行くようなやつだ。廃棄《レッコ》の機会なんか、いくらでもあったはずだ。それをおまえは、実にいい状態で保管していた。俺も、そうさ」

「捨てきれなかったんだろうな、多分」

「つまり、仕事《ヤマ》を踏むことを、どこかで捨てきれずにいた。今度のことは、仕事《ヤマ》ってわけじゃなかったが、それでも痺れた。この四年なかったほど、痺れたね」

「だからってな、鈴川さん」

「わかってる。踏む仕事《ヤマ》なんて見つからねえし、立野はいねえ。俺が言ってるのは、夢みてえなもんさ」

浜田にも、その痺れはあった。仕事《ヤマ》というより、生命ぎりぎりの線上を、生と死のどちらに落ちるかも考えず、ただ走る。間違いなく、その瞬間に浜田は最も生きていた。

「警察の眼は、くらませたと思う。これから、それぞれの生活にまた戻るということだな。鈴川さん、それしか俺たちにゃない。四年前の結着《ケリ》はきれいにつけた。これで、可那ちゃんがなにを調べようと、行き止まりだ」

「そうだな。俺の脚、こんな具合だしな」

「お父さんと呼んでくれる、娘もいる」

「あれは、俺のおもちゃさ。いずれ毀れるって気がする。だがな、今度の怪我であれに身の回りの世話をさせていて、ひとつだけ気づいたことがある。可那ちゃんのことが、どうでもいいような気分になったんだ。どうでもいいって言うのも変だが、妙に切迫した気持じゃなくなった。どこかで、幸せになってくれりゃいいと思う。四年前の結着《ケリ》を自分の手でつけたことで、不意にそうなったって気がする」

「わかるような気もする」

夏子は自分の娘。気負ってそう思わなくても、自然にそうなりつつあることを、ここ数日浜田は感じはじめていた。四年前のこだわりは、やはり大きかった。

「これで、いいのかな、浜田。こうやって、腐っていくのが人生ってやつか。腐って、どうにもならなくなった時に、死ぬ。それを受け入れるしかねえのかな」

「それしかない、と俺は思ってる。大して金が欲しいわけでもないのに、いつまでも仕事《ヤマ》を踏み続けるっていうのは、許されないって気がするよ」

「大して金も欲しくないのにか。まったくだ」

鈴川が、声をたてて笑った。

「あの三人、なかなかのものだった」

茶を飲み干し、浜田は言った。

「ただ、あの三人は、やはり金で仕事《ヤマ》を踏んでいたんだと思う。それで、俺たちの心の底にあったものまで、読みきれなかった」

「いま言っても、はじまらねえ。俺たちは、結着《ケリ》をつけなきゃやっていられねえ人種だったってことだ。違うか、浜田？」

「まあ、そうだったんだと思う」

浜田は、腰をあげた。

帰りもメーターは倒したままで、そのまま自宅のマンションの駐車場に駐めた。浜田の車は会社である。午前中の稼ぎも入れると、一日の売上げには充分に達していたのだ。

怠惰になっている。すべてに対してというわけではなく、たとえばタクシーの運転手をやるということに対して、不意に怠惰になった。なぜだかわからないが、このままでは、毎日勝手にメーターを倒して、出た数字の分だけ会社に納めるようになる、という気がした。

部屋に入ると、リビングに夏子がいた。

「どうしたの、パパ。気分でも悪くなったんじゃない？」

「なぜ？」

「だって勤務中だし、そんな時にパパが帰ってくることはないし、この間の怪我のことだってあるし」

「昼寝の時間を貰ったんだよ。この間、パパをトラブルに巻きこんだお客さんが、貸切にしてくれた。つまり、乗りもしないのに貸切ってわけさ。待ち時間のメーターが出る。それを払ってくれるそうだ」

「それが、その人が言ってた補償？」

「いや、補償は別で、しばらくは躰を休めてくれとさ。日曜日だったんだな。うっかりしてた。ちょっとばかり、走ろうと思ってね」

「補償って、いくら貰ったの？」

「三十万。治療費とは別に」

「ふうん」

「君も、走らないか、一緒に」

走るというのは、とっさに思いついたことだった。肋骨のテーピングはしたままで、咳などをするとまだ響く。しかし、走りたいという願望は、どこかにあった。

「いいよ、行こうか。ただし、いつもの半分よ。怪我、ほんとは治りきっていないかもしれないんだから」

「パパを甘く見るなよ。パパが君ぐらいの歳のころは、リュックに砂を詰めて、それを担いでいまの二倍は走ったんだ」

「根性って言葉、死語よ、パパ。部活のトレーニングでも、合理的なトレーニングメニュー以外は、肉体の酷使としか考えられていないんだから」

浜田は肩を竦め、自室へ入った。テーピングの上から、買ってあった晒《さらし》を強く巻いた。それからトレーニングウェアを着、ベランダに出て、入念なストレッチをした。関節が音をたて、全身の筋肉が悲鳴をあげた。しかし、走れないとは思わなかった。

夏子も、トレーニングウェアに着替えて出てきて、ストレッチをはじめる。

「今日の夕食は、夏子？」

乗務の日で、朝食しか作る余裕がなかった。

「鰤の塩焼き。大根おろしをつけて。それにヒジキと人参と大豆を煮たもの。味噌汁は、ワカメ。自分ひとりだと思ったからそれだけだけど、パパがいたら酢のものをなにかつけるな」

「帰ってきたくなった」

「仕事でしょ」

夏子が伸脚をはじめる。夏子のストレッチは、いつもそれで終りだ。

「実は、一日分出して貰ってる。勤務したというかたちじゃないと、ボーナスの査定に響くから、そうして貰った。正直なところ、どうやって時間を潰そうか、考えていたんだ」

「じゃ、帰ってくればいい。一品つけるわ。お豆腐があったから、薬味がいっぱいの湯豆腐」

「決まりだ。今夜は君の夕めしで、早い時間に車庫に帰る」

午後三時を回ったところだった。走ってから夕食の仕度に入っても、充分間に合う。外へ出た。

走りはじめる前に、夏子がベビイ‐Gの時計に眼をやった。浜田は、時計などなくてもペースは躰でわかる、と思っていた。

走りはじめた。すぐに、息があがってきた。それでも走り続けていると、やがて呼吸は楽になってきた。脇腹の痛みは、持続している。耐え難いほどではなかった。強く巻いた晒が、効いているようだ。

汗は、ひどかった。一キロも走らないうちから、全身に噴き出した。躰の中の余分なものを搾り出しているようで、それはむしろ快い感じだった。しかしその汗も、三キロも走ったところから、止まった。濡れて重たく感じられたトレーニングウェアが、いつの間にか乾いていた。

五キロ。いつものペースと同じだ、と浜田は思った。夏子は、時々腕をあげ、時計に眼をやっている。

六キロを超えたあたりから、浜田は躰が軽くなったのを感じた。呼吸も楽で、どこまでも走れそうな気がした。走っていることに、かすかな快感さえある。残りの四キロを、浜田は楽に走りきった。夏子の方が、喘《あえ》ぎながら走り終えた。

軽いストレッチをすると、部屋へ戻り、シャワーを使った。テーピングは、そこで剝がした。もう必要はない。脆い状態であろうと、骨はすでに付いている。

「たまげた体力よ、パパ。これじゃ、この間の怪我も、なんの心配もなしね」

駐車場でドリブルの練習をこなして夏子が戻ってきた時、浜田はミキサーで野菜ジュースを作っていた。レモンをたっぷり入れることで、野菜の匂いを消す。夏子がシャワーを使って出てきたころは、できあがっていた。

「根性って言葉、ほんとにあると思う。パパ、はじめは苦しそうだったもの」

「一週間走っていなけりゃ、いつだってあんなものさ」

「ワインを一本抜きたい気分ね。パパが、車に乗らなきゃだけど」

「そいつは、残念だったな。ここで飲んじまうと、癖になりそうな気がする」

「腕によりをかけるから、おいしい夕ごはんだけでも食べてから、仕事に行ってね」

「そうしよう」

夏子が、メニューを指を折りながら確認しはじめる。彩子と、まるで同じ感覚をしている、と浜田は思った。その思いに、複雑なものが入り混じってくる。鈴川をお父さんと呼んでいた、美々という娘。夏子とも、血の繫がりはない。眼の前で汗を拭っているのは、他人かもしれないのだ。

「君は、俺の娘だ」

ふっ切るように、浜田は言った。

「どういう意味？」

「途中で音《ね》をあげるかと思ったが、よくついてきた」

「そんなことか」

「大事なことさ」

グラスに注ぎ分けた野菜ジュースに、二人が同時に手をのばした。

浜田は一気にそれを飲み、夏子はちびちびと何度も口に運んでいた。

2

腿の傷の糸は、十日目に自分で抜いた。

商談がいくつかあったので、鈴川はその数日前から松葉杖で事務所に出ていた。まともな契約を二つほどまとめ、ブティックには新しいブランドが入ることになった。

芳子とは、あれ以来話はしていない。サングラスをかけて店に出ているのは見たが、事務所にあがってくることはなかった。鈴川は客観的に店の利益を算出し直し、芳子の新しい給料を決めた。いままでより四割増え、店の利益が大きくなれば、比例して給料の額もあがる。それで、共同経営者というかたちはできた。交わすべき契約書も作った。それを交わせば、他人ということだ。マンションは芳子のものであるし、今後は契約を守るかぎり、結婚しようが男と同棲しようが自由である。

クリスマスが近づき、店というより街そのものに、活気が出はじめていた。店の売上げは悪くない。輸入業の方も、いい話が二つ三つ舞いこんできている。

こうやって死んでいくのだ。ふと、そう思った。生きながら、死んでいく。それが人生かもしれないと、浜田と話したばかりだった。それも、悪くない。死んでいくだろうと思うことは、生きている時間があった、ということでもある。もともと、気の小さな、つまらない男だった。

車の運転には支障がない程度に、右脚は動くようになっていた。浜田の顔の痣も、きれいに消えたころだろう。一度、ふらりと訪ねてみようか、とくり返し思いながら、そのたびにやめていた。いつも会っていていい相手ではないのかもしれない、という思いがつきまとう。

可那子のことは、ほとんど気にならなかった。武藤にも、報告はやめさせている。好きなのだ、とはいまも思う。しかし、以前と明らかに違っていた。美々を抱きながら、可那子の名を呼んでいたのが、嘘のような気さえする。

小林という男から電話があったのは、十二月も中旬を過ぎたある日の、正午前だった。鈴川が、最もつかまりやすい時間だ。

はじめは、誰だかわからなかった。しばらくして、横浜の小林交易の小林だと気づいた。自然に、身構える気分になった。不意に過去が顔を出してきた、という思いがこみあげてくる。

小林は、余計なことを喋ろうとしなかった。

夕方五時に、横浜のGホテルのロビーで会いたい、と言っただけだ。用件はと訊いても、会った時にという言葉しか返ってこなかった。同じ電話を、浜田さんにもしてあります、とだけ最後に言った。

消した三人の絡み、としか鈴川には考えられなかった。しかし、どういう絡みだというのか。小林は、やくざではない。借りを返すという生き方もしていないはずで、昔と同じように、ただいかがわしい貿易商だった。

浜田を、携帯でつかまえた。

「小林交易のことかい」

「やっぱり、おまえにも電話があったのか」

「五時だと言ってきた。こっちの返事は訊こうとしなかった」

「どうする？」

「会いたいと言ってきた理由は、会わなけりゃわからんと思うね」

相変らず、浜田ははっきりしていた。

「なにか、たくらんでるとしたら？」

「まあ、電話をしてこないと思う。会いたいから、電話をしてきたのさ」

「行くか」

「俺は、そのつもりだよ」

「ベレッタがない」

「海の底だよ。しかし、そんなものはいらんと思うね。小林が荒事に手を出したことはなかったろう」

「あのあとだからな」

「その関係で、会いたがっていると思う。とにかく、会ってみる。なんなら、まず俺ひとりで会ってみてもいい」

「いや、俺も行くよ、浜田」

「もう歩けるんだろうが、松葉杖でもついてきちゃどうだい。その方が、らしいぜ」

「そうするよ」

やってみなければ、わからない。浜田は、いつもそうだった。その思い切りは無謀ではなく、ある程度計算すると、そこへ跳ぶのだ。ある程度以上は、それこそやってみなければわからない。三人を消した時も、そうだった。昔から、鈴川は浜田のその思い切りが羨しかった。それで、浜田より先に思い切ろうとよくしてきたものだ。

午後にひとつ面会の約束をこなすと、鈴川はマンションに戻った。美々が来ていた。このところ、美々は通いの家政婦という感じになっているが、泊っていくこともしばしばある。部屋に女を入れるようになったのは、久しぶりのことだった。

「出かけるの、お父さん？」

「ああ」

「たまに早く帰ってきたと思ったら、すぐに出かけちゃうのね」

「まだ明るい時間だぞ、美々。今夜は、泊らなくてもいい。めしもいらん」

「材料、買ってきたのに」

今夜は美々の手料理だ、と電話で言ったことを鈴川は思い出した。

「大人には、急用ってやつが時々ある。とにかく、部屋へ帰ってろ」

鈴川は、ラフなジャケットに着替え、松葉杖とコートを抱えて外に出た。なにかあった時、松葉杖は一応武器になる。

横浜に着いたのは四時で、エントランスから階段を昇ったところにあるGホテルのロビーに、鈴川はすぐに腰を落ち着けた。

人の動きを、じっと観察する。神経に触れてくる人間がいないかどうかにも、気を配る。そうしていると、不思議に落ち着いた。これも、仕事《ヤマ》の現場と似たようなものだ、と鈴川は思った。

四時五十分に、痩身の小林の姿が現われた。浜田は、まだ来ていない。

「怪我をされたんですか、鈴川さん?」

ソファに腰を降ろし、小林が言った。用件は、浜田が現われてから話すつもりらしい。

鈴川は煙草に火をつけ、小林の顔に眼を据えた。小林が、下をむく。もともと、浜田と一緒に会うには、小物すぎる男だ。

「俺は、両脚が駄目になりかかってね」

「そうですか」

「小林さん、いくつだったかな?」

「五十六です。四年前は、五十二だった」

「当たり前のことまで、言うなよ」

鈴川が言うと、小林は頷いた。貿易業と故買。ともに、スケールは小さい。ただ、長く続けてはきている。

「この歳で、両脚がやられちまうのは、つらいよ」

「そうですか」

「そうですかはねえだろう。あんた、さっきからそればっかりだ」

「大変だ、と思います」

「俺の電話番号は、どこから？」

「それはちょっと。浜田さんが見えられたら、全部お話ししますので」

「死ぬってこと、考えたことがあるかい？」

「そりゃ、いつ病気するかわかりませんし、事故に遭うこともあるし」

「殺されるってことをさ」

「そういうところとは無縁の場所で、私は生きているつもりですが」

「そうだね。いつだって、そうしていた方がいい」

鈴川は、短くなった煙草を消した。それから、アルミ製の松葉杖をいじりはじめた。小林は、居心地が悪そうにしている。

五時ぴったりに、浜田が現われた。

なにも言わず椅子に腰を降ろし、小林が話すのを待つ態勢をとった。鈴川は、また煙草に火をつけた。

「私の用事じゃないんです。私は、ただ伝えるように頼まれただけで」

「誰から」

鈴川は、小林の顔に眼を据えていた。

「ミスター・K」

「ほう。なぜ、また?」

「やりかけの仕事があったそうです。それは、やってしまいたいと言っていました。ただ、仕事に携わっていた人間が、いなくなってしまったようで、それでお二人に頼んでくれと。もし受けてくれるようなら、明日、このホテルの特別室で会いたいそうです」

「ミスター・K自身がか?」

「そうです。伝言も、ミスター・K自身から頼まれました。それ以上のことは、私にはなにもわかりません」

消した三人がやりかけていた仕事《ヤマ》を、引き継げという意味に聞えた。それなら、相当な仕《ヤ》事《マ》だということになる。大抵は、なにかあったらミスター・Kの窓口は閉じるのだ。

「返事は、いまかい?」

浜田が、はじめて口を開いた。眼は、テーブルの一点を見つめている。

「そうです。ここの特別室に、明日の六時に来るか来ないか。私は、それだけミスター・K

に伝えればいいんです」

「あんた、ミスター・Kと近いようだな」

鈴川は、松葉杖で床を突きながら言った。床には厚い絨毯が敷かれていて、ほとんど音はしなかった。

「とんでもない。何台もある携帯の番号のひとつを、教えられているだけです」

「その番号、俺たちに教えてくれないか？」

「できませんよ、鈴川さん。それに、あなた方が電話をすれば、それで関係が切れるってことになります。そうなるはずです」

「別に、関係を持ちたくもねえさ」

「もうひとつ、伝言です。これは、あなた方二人が、やるべき仕事だと」

やはり、消した三人の代りにやれ、ということのようだった。浜田は、まだテーブルの一点を見つめている。

「俺たちが、やるべきだとね」

「明日の六時、必ず来る。そう伝えてくれ」

浜田が、顔をあげて言った。

そう言うだろうという予感が、鈴川にはあった。

「しかし、めずらしいね、ミスター・Kがホテルの特別室で会おうとは」

「私には、わかりませんよ、鈴川さん」

小林は、明らかに浜田に怯えていた。それが、鈴川の気持をかすかに刺した。

「俺はね、小林さん」

言いかけた鈴川の腕を、浜田が押さえた。ミスター・Kの正体はなんだ、と鈴川が言おうとしたことを、浜田は察したようだった。それは訊かない、というのが黙約だった。

「明日六時、このホテルの特別室。なんという名前で押さえてあるんですか?」

浜田の声は、押し殺したように低かった。

「小林です。私の名で」

「わかりました。必ず、とミスター・Kに伝えてください」

「ありがとうございます」

小林が立ちあがり、一度頭を下げた。気の小さい野郎だ、と鈴川は思った。そして、自分も小林と似たようなものだ。

もう一度頭を下げ、小林は立ち去った。

「どういうことだと思う、浜田?」

「小林が言った通りのことだろうさ。それ以上は、会ってみなけりゃわからんよ」

「ミスター・Kが、自分で来て俺たちと話し合うつもりなのかな？」

「それも、会うまでわからんね」

ミスター・Kは、品物の値踏みをする男だった。鈴川は、そう思っている。ただ、はじめはミスター・Kの方から、接触してきた。それで出来た繫がりで、ミスター・Kは、三人の仕事《ヤマ》で得た物《ブツ》を、買い上げるようになったのだ。

「とにかく、明日か」

「一日ぐらい気を持たせるのも、ミスター・Kのやり方だろう。俺はいまのところ、おかしなものはなにも感じないよ、鈴川さん。小林みたいな雑魚《ざこ》を使ったところが、ちょっとばかり俺は気に入らないが」

「わかった。俺も、こだわるのはやめよう。会ってみなけりゃ、なにもわからんのは確かだからな」

「めしでも食うかい、鈴川さん？」

「横浜だからな。中華料理なんてのはどうだ。チャイナタウンにも、しばらく行ってねえし。昔は、立野も一緒に、よく行ったような気がするな」

「二度か三度だよ。それに、二人で中華料理ってのは、どうかな？」

「つまんねえことを考えるやつだ。五人でも余っちまうぐらいの皿をとって、ちょっとだけ箸をつける。それが中華料理の食い方じゃないか」

「そうだな。まったく、そうだ。残すのを惜しいと思った俺は、小市民かね」

「いや、きわめて健康だろう。健康な生活というやつが、俺たちには合わねえ。そうなんだなと、改めて思うだけさ」

「わかった。派手にやろう、鈴川さん」

浜田が腰をあげた。鈴川も立ちあがったが、松葉杖にすがるような恰好だった。杖など必要ない。自分にそう言い聞かせた。実際に、もう普段は使っていないのだ。

浜田の後ろを、鈴川は杖を脇に抱えて歩いていった。ふり返り、それを見た浜田が、白い歯を見せてにやりと笑った。

3

六時五分前に、フロントで部屋番号を訊いた。最上階の特別室。間違いなく、小林という名で取ってあった。

浜田は、鈴川の歩調に合わせた。普通に歩くと、やはり浜田の方がずっと速い。

部屋の前に立った。ノックする。どうぞ。女の声。鈴川と顔を見合わせた。

ドアを開けて入ると、そこはリビングになっていて、背をむけた女の姿が見えた。それが誰だか、浜田にはすぐにわかった。鈴川も同じだろう。

「君も、呼ばれたのか、可那ちゃん？」

浜田が言い、鈴川は無言で寝室とバスルームのドアを開けた。

「あたしが呼んだの、ミスター・Kの名で」

「どういうことかな。説明して貰おう」

「説明なんて、必要なの？」

「なにもわからんのでね」

「ミスター・Kの呼出しに応じて、二人ともここに現われた。それだけで、充分じゃなくて」

「ミスター・Kの名は、小林からか？」

「違うわ。むこうから接触してきた。あたしが小林交易に持ちこんだ、漠然とした話を受けてね。ミスター・Kという名も、その時はじめて知ったわ」

浜田は、可那子とむき合って腰を降ろした。隣室やバスルームを窺っていた鈴川も、そばへ来て腰を降ろした。

「俺たちは、いや俺は頭が悪い。わかるように説明してくれねえか。もしかすると、浜田と俺を嵌めたのか？」

「嵌めたとは、ひどい言い方ね。それなら、あたしは二人にずっと嵌められ続けていたんでしょう、この四年間」

「それは」

「もう、そのことはいいの。兄が死んだということはね」

部屋にはすでにコーヒーが取ってあり、可那子が立ちあがってカップに注ぎ分けた。香りが漂ってくる。可那子の香水と入り混じっているようだ。

可那子が、煙草に火をつける。強い匂いだったので思わずパッケージを見ると、ジタンだった。白いフィルターに、ベージュに近い口紅がかすかについている。

浜田は、コーヒーに手をのばした。

「あたしは、いろいろと動き回ったわ。あなた方二人が、一度大きな動きをした後からも。どう考えても小林交易から先があるのに、どうしてもミスター・Kに行き着かなかった。それで、漠然とした話を持ち出してみたの。漠然と話をしたけれど、実態はもっと具体的に摑んでいるというニュアンスでね」

「待てよ、可那ちゃん」

「全部、聞いてくれない、鈴川さん。兄が、なぜ死んだか。貸金庫にあった宝石や貴金属はなんだったのか。あたしが調べはじめたのは、そこからよ。いろいろとやったけど、雲を摑むような感じだった。あたしは小林交易というところに行き着いたわ。小林さんと喋っていて、あたしはふと思ったの。でも、この人には裏があるかもしれないってね。あたしも、人を見る商売を、というより人の財布の中を見るような商売をしてきたから」

可那子が、煙草を消し、コーヒーカップを受け皿ごと持った。カップについた口紅は、指さきでさりげなく拭っている。

「それで、ちょっと話を持ちかけたのよ。立野良一の妹として、宝石類を内証で処分するルートを知らないかって」

「そうしたら、襲われたんだな、『雨ガ崎テラス』で」

「その前から、ちょっとおかしかった。だから、浜田さんのところへ行ったのよ。あやうく、夏子ちゃんを巻きこむところだったけど。あたしは、兄の手帳を分析して、調べられることは全部調べた。それでもやっぱり雲を摑むみたいで、小林交易ではじめて人にぶつかったという感じね。立野良一という名前を出した時、明らかに小林さんの表情は変ったし、宝石の処分の話を持ちかけた時は、ちょっと怯えた感じで、みんな知っていることか、と訊いてきたわ」

そして小林から三人に話が行き、連中が動きはじめた。そこまでの筋道は、浜田にも理解できた。浜田が『雨ガ崎テラス』で連中のうちの二人と顔を合わせたことで、連中は浜田、鈴川を狙ってくることになった。こちらはその先手を打ち、三人を消した。

「横浜でひとり、多摩川の河口近くの廃工場で二人、死んだのね。少なくとも、あたしを襲った二人は、その中にいるわ。武藤も、間違いないと言ってた」

「武藤だと？」

鈴川が、声をあげた。

「いまは、あたしが雇っているの。三人の動静も、鈴川さんは武藤に調べさせたみたいね。武藤ははっきり言わなかったけど」

「あの野郎」

「そんなに怒らないで、鈴川さん。あたしは武藤に見張られてることに、ある時気づいたわ。特に、車の尾行が駄目ね。離れたり近づいたりしすぎるわ。それでも、あたしをガードしている感じだったから、放っておいた。そして実際、一度は躰を張ってガードしてくれたわ」

「可那ちゃんは、昔から車が好きだったが」

「運転も、そこそこのものよ。A級のライセンスは持ってるし、趣味のレースなんかにも出たりしていた。コーナーを限界でパスする時の快感がたまらないの。浜田さんと較べると、腕は落ちるだろうけど」

「俺は、タクシードライバーさ。プロじゃない」

「プロ級の腕だって、兄が言ってたことがある。踏みこむ時の、度胸がいいって」

「そんなことはいい」

苛立ったように、鈴川が言った。

「本筋の話を続けろよ。武藤なんて雑魚のこともいい」

「そうね」

可那子が、また煙草に火をつけた。思い出したように、浜田も鈴川も煙草をくわえた。束の間、三人の間に霧が流れるように煙がたちこめた。

「あたしは、考えに考えた。結局、死んだ三人と、兄も含めたあなた方三人に、四年前になにかあったと思うしかなかった。それで兄は死に、彩子さんも死に、鈴川さんは左脚を失った。あの時、なにかが封印されたのね。それもわかった。自分がその封印を解いてしまったってことも」

鈴川が、煙草を消すと、続けざまにもう一本火をつけた。浜田は、ゆっくりとコーヒーを啜った。不思議に、味はよくわかった。港の方から、かすかにサイレンの音が聞える。窓の外は暗く、ガラスには部屋の中の情景が映っていた。

「あなた方三人が、なにをやっていたか、具体的にはわからない。でも、なんとなく見当はつくわ。お金になることよね。だけど、心からお金を欲しがってたわけじゃない。お金になることは、多分危険なことよ。それが好きだったんだろうって、いまは思う」

「勝手に決めるなよ、可那ちゃん」

浜田は、可那子の茶色い炎のような瞳を見つめた。彫りの深い顔立ち。四分の一のイタリアの血。不意に、死んだ立野とむかい合っているような気分になった。

「兄は、日頃は腕のいい自動車整備工だったわ。でも、時々すごいことをしたの。お客さんから預かった車でね。第三京浜を二百五十キロで走るなんて、よくやったことだった。妹のあたしが、助手席に乗っててもね。追いかけてくる警察車を振り切る時なんか、ものに憑かれたような顔をしてたわ。理由もなんにもなく、そういうことが好きだったの。あとで車を見ると、ナンバープレートだって付け替えられていた」

「危険が好きか。立野だけでなく、俺も鈴川さんも、そうだと思ってるのか？」

「それぞれに違うけど、ひとつだけ三人は重なっていた。身を切られるような、危険が好きだったの。それで、三人はしっかり結びついてた」

「俺は、まともな育ちをしていない。だけど、鈴川さんは貿易会社の御曹子だぜ」

「それがなによ。それぞれが違う、と言ったでしょう。違うけれども、重なっていた。死に一番近いところで、重なっていた」

確かに、そうだ。それぞれが違ったが、仕事《ヤマ》とひと言発しただけで、重なった。だから、仲間だった。金で揉めたことはない。やり方で意見が対立することはあったが、最後はひとつに決めた。失敗しても、それは誰かが悪いのではなく、ただ三人が負けただけだった。そして、仕事《ヤマ》で失敗したことは、二度しかない。それも警察に追われるというようなことではなく、狙った物《ブツ》がそこになかったというだけのことだった。

三人が、重なった。だから、三人以上の力が出た。

「訊いていい？」

「ああ」

鈴川が言う。

「あの三人が、四年前に兄を殺したのね？」

「そうだよ。俺たちは、あるルートを奪い合った。立野が死んだんで、俺たちが負けたという恰好だったな。彩子さんも死ぬし、俺たちはそのルートをやつらに譲って、足を洗った。俺も浜田も、どこかふっ切れてはいなかったと思うが、一応は足を洗い、無事に四年やってきた」

「それを、あたしが掻き回したわけね」

「かたちではな」

「あの三人を殺したのは、あなた方二人ね？」

「そうだ」

「よく勝てたわね。現役の三人に、引退した二人でしょう？」

「やつらは、金にこだわっていた。引退してからの、楽な暮しにもこだわっていた。俺たちは、違うものにこだわった。その差だったと思う。違うかな、浜田？」

「結着《ケリ》はつけなきゃならないんだ。その結着《ケリ》を四年もつけずにおいたから、可那ちゃんが、自分がなんなんだと考えるようになった。やるべきことをやらないと、こんなもんだと俺は思った」

「わかったわ」

「君の話は、全部終っちゃいないんだろう、可那ちゃん？」

「本題は、これからよ」

可那子がかたちのいい脚を組み、二人を交互に見つめた。

「小林さんに漠然とした話をしたら、二日後にミスター・Kから連絡があった。まるで、久しぶりに会ったみたいな口調で、近づいてきたわ。そして、その仕事《ヤマ》を買いたい、と言ったの。その時はじめて、ミスター・Kに会ったし、呼び名も知った」

「仕事《ヤマ》だって、おい」

鈴川が声をあげた。浜田は、自分が少しずつ愉快になってきていることに気づいた。

「そう、仕事《ヤマ》。それを買う。そして、三人とのルートを復活させたいって」

「三人？」

「鈴川、浜田、立野の三人」

「立野っての、可那ちゃんのことか？」

「悪い？」

「立野良一の妹だもんな」

浜田が言い、笑った。可那子もほほえみ返してくる。

「たまげたな、こりゃ。可那ちゃんが、立野の代りに、俺たちと仕事《ヤマ》を踏むってか」

「そうよ、鈴川さん。兄と同じことはできない。でも、兄にできないことを、できる。女だから」

「言ってることは、わかったが」

「女だからできない、なんて言わないでね、鈴川さん。仲間に、男も女もないと思う。仲間は仲間よ。あたしは浜田さんを好きだったけど、忘れる。仲間になれば、そうでしょう？」

「まあな」

鈴川が、苦笑した。

「だけど、その仕事《ヤマ》ってやつを言ってみろ」

「うちの店の客に、産業廃棄物の処理業者がいる。高額な費用をかけて、廃棄物を処理するってわけ。ところが、払われた金だけ懐に入れて、廃棄物は山の中に埋める。そうやって、税金も払わない財産を作ってる」

「ありそうな話だな」

「そのお金は、洗うかなにかしたいのよ。税務署はこわいし。うちの客は、宝石にして隠そうとしてるわ。そういうことを、匂わせるわ。自慢しながら、口説いてるわけ。調べはかなりついているし、強奪しても、警察にも駈けこめない」

「なるほど」

「あたしたちには、軽い仕事《ヤマ》よ。それで、仲間をお互いよく知るようになる。そうしたら、ほかの情報もあたしが集めるわ。株の不正取引とか、政治資金とか」

「銀座のクラブにゃ、そんな情報も集まりそうだな。しかし、仲間とはな」

「三人とも違う。だけど、重なるところがある。それは、兄の時と一緒よ。今度のことで、あたしは自分がよくわかった。求めてるものは、多分、鈴川さんや浜田さんと同じ」

「どうする、浜田？」

鈴川の顔は、苦笑したままだった。

「一度、仕事《ヤマ》を踏んでみるさ。可那ちゃんを、いや立野可那子を、仲間として認めるのは、それからでいいと思う」

「いいわよ、浜田さん。ただ、この仕事《ヤマ》は軽すぎると思うけど」

「軽いかどうか、やってみなきゃわからんさ。それで、宝石の額は？」

「二億というところかな。ミスター・Kのルートに流して、半値ね」

宝石としては、悪くなかった。

「決めるわよ。方法は別として、仕事《ヤマ》を踏むって」

「まるで、ボスだな、おい」

「鈴川さん、三人は対等よ。あたしを、新米扱いにはしないで。あなた方じゃ絶対手に入れられない情報を、かなり集められると思うわ。兄がやっていたころと、仕事《ヤマ》の質は少し変るかもしれないけど」

浜田は、ほんとうに愉快になってきた。

こんな生き方をする。考えてみれば、難しいことではない。ボロ屑のようにくたばる覚悟があればいいのだ。そして、くたばるまでは、生きていると思える。

「シャンパンでも、飲もうか」

「そんなもの、店で情報を集める時に飲むわ。仲間内では、ウイスキーでいい。それも、ホテルなんかじゃなく、そうね、『サイクロン』なんていう店がいいんじゃない？」

「悪かねえ。横浜にひとつ、東京にひとつ、そんな店を作ろう。飲むのは、安物のバーボン。どうだ、浜田。悪かねえぞ」

「細かい話は？」

「三日後。午後一時から夕方まで。最初の仕事《ヤマ》だから、あたしが決めた」

「わかった。じゃ、今夜は『サイクロン』だ」

鈴川が、立ちあがった。

仕事《ヤマ》など、こんなふうにしてはじまるものだ、と浜田は思った。はずみというやつ。いままでの自分の人生は、大抵はずみでなにかをはじめてきた。

「夜にしか生きられない人間がいる。あなた方を調べていてそう思ったし、自分を顧みてもそう思う」

「いいさ。人生の半分は夜なんだ」

鈴川が言った。

ホテルを出ると、『サイクロン』まで歩いた。鈴川が遅れがちになるが、可那子は構おうとしなかった。三人で歩くことなど、これからはないだろう。

「夏子ちゃんに会った」

不意に、可那子が言った。

「微妙に揺れ動いてるの、浜田さん気がついてるわよね。女としては負けないけど、娘であるあなたには決して勝てない。そう言っておいたわ。納得はできるはずよ、あと一、二年で」

「できなくても、本人の問題だ」

「そうよね」

それきり、可那子は夏子については、なにも言わなかった。横断歩道があり、可那子はそこで青信号をひとつやり過ごした。鈴川が追いついてくる。

「これ、プレゼント。仲間に入るための挨拶と思って貰ってもいいわ。ベレッタ。十六連発のね」

受け取った鈴川が、しばらく口を開けていた。それから、大きな笑い声をあげた。

再び信号が青になり、三人は並んで歩きはじめた。

「可那ちゃんと呼ぶのは、やめよう。立野と呼ぶことにする。浜田、それでいいんじゃねえかな。可那ちゃんは、どこかへ行っちまった。こいつは、俺が知ってる可那ちゃんじゃねえや」

「俺も、立野と呼ぼう」

「いろいろと、これから絞りあげるぜ、立野。俺たちの踏む仕事《ヤマ》は、やわであっちゃならねえんだ。くっと、胆が縮こまって動けねえようなら、死ぬしかない」

「わかってるわ」

「裏切らない。掟は、ひとつだけだ」

前をむいたまま、浜田は言った。『サイクロン』では、一杯か二杯ひっかけるだけにするつもりだった。鈴川も立野も、そのつもりのはずだ。そして、それぞれ家へ帰る。そこには、人生の昼がある。決して光が輝いているわけではないが、穏やかな明るさには満ちている。しかし、その光が、躰を、心を腐らせる。

夜でしか生きられない。

その通りだった。そして、夜は自分で作るものだ。陽が落ちるように、人生の夜は自然にやってくることはない。

俺は、こんなふうに生まれてきた。生きてきた。浜田はそう思った。

遠くで、クラクションが聞えた。人通りは、まだ多い。『サイクロン』の小さなネオンが、人波の間に見え隠れしていた。

解説

西村健

「言ってみれば、一人の小説家が現代を舞台にハードボイルドを書き続けるのには限界があったってことです。だって僕が描きたいのは、自分が男であることにこだわって生きている男たちなんだけど、男が自らの誇りと肉体を賭けて戦うシチュエーションなんて、そういくつも思いつかないですよ」

もうかれこれ七、八年は前のこと。僕がある雑誌のインタビューで、北方センセに「そもそもどうして時代小説を書いてみようと思われたのですか？」と質問してみたところ、返って来たのはこのような言葉だった。

「そこで歴史に視線を向けてみると、これはもう無限にシチュエーションがあるんです。身分制度や差別など様々な制約があって、実際に血でつづられた史実がある。例えば鎖国制度の中で、それでも外国と関わろうとする人間とか、まさに男が体を張るシチュエーションが具体的にいっぱいある。これはモノ書きとして、おもしろいものにブチ当たったなぁという実感がひしひしとしてますね」

なるほどなぁ。非常に分かりやすい、明快な答えだった。これから様々な歴史的切り口を見つけては、それを下敷きにした作品をバンバン書いてやるぞ！　そういうセンセの意気込みが、ひしひしと伝わって来るようなインタビューだったのである。

しかしまた一方で、「ちょっと待って」という懸念に囚われたことも事実であった。つまりはセンセ「もうこれ以上、現代を舞台にした作品を書くつもりはない！」ということなの？　このままでは今後、北方ハードボイルドの新作は読めなくなってしまう……ということなのか知らん??

さてさて、この時の意気込みを実証するかのように、北方時代小説は現在、続々と発表されている。時代小説デビュー作『武王の門』から『破軍の星』、『林蔵の貌』、『余燼』等々など……あらゆる時代を舞台にした傑作、快作の数々で、時代小説作家北方謙三の名は既に完全に定着してしまった。最近では中国の古典にまで題材を広げ、大作『三国志』をものしたかと思えば続いて超大作『水滸伝』に挑むなど、その活躍の程は皆さんもとうにご存じの通り。僕がこんなところでウダウダ喋るまでもないことだ。

　ところが一方あの言葉とは裏腹に、北方現代ハードボイルドもまた、変わらず新作が書かれ続けている。結果的にはあの時の懸念が杞憂に終わってくれた形。僕としてはこんなに有難いことはないのだが、しかしそれはどう解釈すればいいのだろう？　面と向かってあの言葉をぶつけられた僕としては、そこのところはどうしても確認せずにはおれない疑問だった。

　それがこの『夜を待ちながら』を読んでみて、ハタと膝を打ったという次第。一つの回答がここにあるではないか……。その思いが今、しみじみと胸の底で渦巻いている。

　主人公のタクシードライバー――浜田は今朝も、夜が白々と明ける前に床を出た。娘の朝食と弁当の用意を整え、早々と仕事に出かけて行く。洗車済みの車。同僚との会話。客を拾うちょっとしたコツ……。いつもと何も変わらない、タクシードライバーの日常。それが、ディテール豊かにつづられて行く。

　公園のベンチで取る昼食。趣味である釣りに対するこだわり。夕刻の憩い。そして娘への思い……。客を乗せ、降ろす。いつものように街を流す車。その車窓の風景と共に、浜田の思いはあちこちとうつろう。何の変哲もないタクシードライバーの一日。単調で、平凡極まりない、時の歩み――。

　しかし何かが違う。どこから？　というのではない。ただこのままでは終わらない。程なく危険な暴力が、彼の日常に入り込んで来るのに違いない。この浜田という男。何かの過去を引きずる〝野獣〟で、間もなくその牙がどこかに向けられるのに違いない。それが、読んでいてこちらにも分かるのだ。伝わって来るのだ。

そしてその牙が、片鱗を覗かせるのが第一章も中盤に差し掛かる辺り。行き着けの酒場を出た彼は、とある場所に足を運び、出て来た男を路地裏に引きずり込んで半殺しの目に遭わせてしまう。それまでの淡々とした日常とは打って変わった、唐突な暴力の発現。しかもその対象は浜田の過去に関わる相手でも何でもない。何と先日彼の運転にイチャモンをつけ、会社を相手取って裁判まで起こそうとしていた——言わば——ただの気に食わない客だというではないか。やはりこの浜田という男、危険な野獣だったのだ。それまで感じていた緊張感が、間違っていなかったことを悟る瞬間。こういう展開のうまさ、北方文学を味わう際の醍醐味の一つである。

そしてここから、浜田の過去が少しずつ浮き彫りになって行く。鈴川という、どこか危険の香りを漂わす友人。浜田の女房は、どうやら爆死したらしい——それも爆殺？　そして登場する、可那子という女。彼女は死んだ友人の妹だという。そしてその友人——立野とはどうやら、かつて浜田や鈴川と共に仕事《ヤマ》を踏んでいた仲……。いったい彼らの過去に、何があったのか？　全ての登場人物が出揃った時、四年前に封じ込めていた浜田の〝野獣〟が遂に覚醒する。そして突入する怒濤のクライマックス……。

結局北方ハードボイルドとは、一言で言ってしまえば心の物語なのだ。だからシチュエーションの方は、その心を描き出すためのワキなのであり、そのために機能する道具立て的立場なのだ。それが本作品を読んでみての、僕の実感だった。だからこそあの時の「シチュエーションなんて、そういくつも思いつかない」という言葉とは裏腹に、今も北方ハードボイルドは書き続けられることができる。つまりはそういうことなのだろう。もちろんワキが甘ければシテも霞む。しっかりしたシチュエーションを用意しておかなければ、肝心の心の方も浮き彫りにできないことは言うまでもないが。

特に今回改めて感じ入らされたのが、日常の描き方の執拗なまでの細やかさだった。〝浜田流〟料理。釣り。血の繋がらない娘との、どこかぎこちない会話。そしてそんな娘と一緒に汗を流すジョギング……。そうしたどこにでもありそうな現代の日常がリアルに描かれているからこそ、ラストの非日常的な暴力が奮い立つ。後半の〝破壊〟へスムーズに入り込むことができる。

もちろんそのためには、前半の日常が克明に、繊細に積み上げられていればいるだけ、効果的であることは言うまでもなかろう。そういう意味では極論を言えば、重要なのはむしろ動きの少ない前半の方。個人的な趣味の例えで恐縮だが――かつてのヤクザ映画で「遂に敵組織へ殴り込みを掛けるクライマックスより、むしろ敵の執拗な無法に主人公がじっと耐え抜く前半にこそ真髄がある」と言われるように。

見事だなぁ。モノ書きの端の端くれとして、しみじみとそう思う。お前もここまで日常を描き込めるか？　そう問われればその場で、「ご免なさい」。サッサと尻を捲るしかない。何と言っても現代を見つめる確かな目——観察力の奥深さがダン違いなのだ。いやぁここまでは、とてもとても……。そう考えていてふと、気がついたというわけ。そうだそう言えばぁ……。

——現代を見据える観察眼を鍛えるには、何より歴史を見つめ直すのが最上の策というようなもしかしたら時代小説をものすることによって、北方ハードボイルドにもそれと同じ効果が得られたのではあるまいか。思わぬ産物——相乗効果として。そうだとすれば、これ程嬉しい話もまたとあるまい。今や北方文学にとって、時代小説と現代ハードボイルドとは車の両輪——お互いに高め合う、なくてはならない相方と化しているのか、も？

今度北方センセに会う機会に恵まれたならば、その辺りについてぜひとも質問してみたいものだ。その時センセがどう答えるか？　報告については、またの機会をお楽しみに。

——作家

この作品は一九九九年十月小社より刊行されたものです。

夜《よる》を待《ま》ちながら

北方謙三《きたかたけんぞう》

平成14年4月25日　初版発行

発行者――見城　徹

発行所――株式会社幻冬舎

〒151-0051東京都渋谷区千駄ヶ谷4-9-7

電話　03(5411)6222(営業)

　　　03(5411)6211(編集)

振替00120-8-767643

印刷・製本―図書印刷株式会社

装丁者――高橋雅之

幻冬舎文庫

ISBN4-344-40217-0　C0193　き-1-6